Daniela Meisel

GEGEN EINSAM

Grafische Gestaltung: Dorothea Löcker, Wien
Umschlagabbildung: © Anja Becker und René Oes
Druck und Verarbeitung: Remaprint, Wien
ISBN 978-3-85452-679-7

Informationen über das aktuelle Programm
des Picus Verlags und Veranstaltungen unter
www.picus.at

Daniela Meisel

GEGEN EINSAM

Roman

Picus Verlag Wien

Entwürfe

1

EIN durchschnittlicher Mitteleuropäer besitzt siebzehntausend Gegenstände. Von der Büroklammer bis zu seinem Auto.

Ich betrachte die Tafel, auf der die Sätze geschrieben stehen. Helle Schrift. Ihr Grund dunkel. Eine doppelte Linie umgibt den Text.

Ich weiß nicht, warum ich hier bin. Ich besuche keine Ausstellungen. Ich sehe mich um. Der Raum ist quadratisch. Hohe Decke. Die Wände weiß. Bilder in Holzrahmen sind an den Seiten angebracht. Der Geruch von frischer Farbe überdeckt meine Empfindungen.

Ein älterer Herr mit grün-braun kariertem Anzug und Nickelbrille wandert die Vitrinen entlang. Beugt sich über die Gläser der Schaukästen. Mustert die Ausstellungsstücke. Manchmal nickt er, als würde er einem unsichtbaren Kurator zustimmen. Er trägt eine Mütze aus beigem Breitcord. Seine Hände hinter dem Rücken verschränkt. Ich imitiere sein Verhalten.

In den Vitrinen Reißnägel, Kugelschreiber, Schirmständer und Radiowecker. Die Bilder an den Wänden zeigen Autos, Gartenliegen und Doppelbetten. In einer Ecke des Raumes lehnt ein Waffenrad schief auf seinem Ständer, daneben liegt ein halb aufgepumptes Plastikboot in Orange und Rot mit Blasebalg. Sein Schlauch steckt in dem Ventil der Seitenwand.

Ich denke an die Sommerurlaube meiner Kindheit, die ich auf dem Gutshof meiner Großeltern im Salzkammergut verbracht habe. Mein Großvater hat mich auf dem Gepäckträger solch eines Waffenrads zum Zigarettenkaufen mitgenommen, wenn meine Großmutter ihr wöchentliches Kaffeekränzchen in der

»Lustigen Spinnerin« besucht hat. Die Leute im Dorf haben ihn gegrüßt. Mich nicht.

Mir ist kalt. Ich schlinge die Arme um meinen Oberkörper. Lauter Alltagsgegenstände. Warum sollte ich sie mir ansehen? Ich blicke zu der Tafel, die neben der Eingangstür angebracht ist. Ein durchschnittlicher Mitteleuropäer. Ich ziehe die Schultern zusammen.

Ich bin der durchschnittlichste Mensch, den ich kenne. Das war immer schon so. Als meine Mutter mich zur Welt brachte, lag sie dreizehn Stunden in den Wehen. Der mittlere Zeitwert für Erstgebärende, den man in von Hebammen verfassten Ratgebern nachlesen kann. Ich wog dreitausendvierhundertfünfzig Gramm und war einundfünfzig Zentimeter lang. Die durchschnittlichen Maße eines männlichen Neugeborenen meines Jahrgangs.

Mein Leben lang bin ich nicht aufgefallen. Während meiner Kindergartenzeit wurde ich von den Betreuerinnen nie ermahnt, weil ich einen Spielkameraden in den Arm gebissen oder in eine Schmutzlacke gestoßen hätte. Ich habe nie eine Blumenvase zerbrochen und keinem anderen Kind sein Pausenbrot weggenommen. Ich bin nie gelobt worden, weil meine Salzteigfigur schön geworden ist oder ich die Muttertagskerze fantasievoll beklebt habe, und von mir hing nie eine Zeichnung von einem Piratenschiff an den Wänden oder von einem Haus mit rotem Schindeldach und einem Apfelbaum.

Während meiner Schulzeit hatte ich kein »Sehr gut« in meinen Abschlusszeugnissen, auch nicht im Unterrichtsfach Religion, ich hatte keine negative Note und nie eine Entscheidungsprüfung am Ende des Semesters. Die Burschen haben mich nicht zum Fußballspielen aufgefordert oder zu einem Wettrennen und die Mädchen haben mir keine Liebesbriefe geschrieben. Sie haben nicht einmal über mich gelacht.

Auf einem Wandertag am Semmering wurde ich im Wald vergessen. Der Autobus fuhr ab, als ich gegen den Baumstamm einer morschen Eiche pinkelte. Meine Mutter hat mich am Abend in einer Kneipe im nächsten Ort mit unserem siebzehn Jahre alten Opel Kadett abgeholt.

Nach der Schule bin ich nicht mit meiner Klasse auf Maturareise nach Kreta geflogen. Man hat mich nicht eingeladen und ich habe mich nicht zu fragen getraut. Eine Mitschülerin, die ich zwei Monate später getroffen habe, hat zu mir gesagt: »Ich hasse das Herbstwetter in Österreich. Erinnere dich an den Sandstrand in der Tigani-Bucht, Manuel! An das türkisblaue Meer. Ich würde sofort wieder dorthin fliegen, wenn ich Geld für das Ticket besäße.«

Ich nahm mir vor, eine Weltumrundung als Rucksacktourist zu starten oder per Autostopp nach Barcelona zu reisen. Ich wollte einen Fallschirmsprungkurs belegen und mich bei einer Männerzeitschrift als Sportjournalist bewerben. Ich bin in Wien geblieben und habe angefangen als Postbeamter zu arbeiten. Ich weiß nicht warum.

Ich stehe montags bis freitags von acht bis sechzehn Uhr, bei einer Mittagspause zwischen zwölf und eins, hinter dem Schalter. Nehme Briefe entgegen und Pakete, die nach Italien verschickt werden, nach Venezuela oder auf die Philippinen. Ich selbst habe Österreich nie verlassen.

Ich bin der Mittelwert eines Menschen. Mein Lieblingsbuch ist »Der Herr der Ringe« von J. R. R. Tolkien, mein Lieblingsfilm »Der Pate« von Francis Ford Coppola und mein Lieblingslied ist »Imagine« von John Lennon. Die Titel führen jeweils die Listen der meistgelesenen Bücher, meistgesehenen Filme und meistgehörten Songs der Welt an.

Ich bin einen Meter und achtundsiebzigeinhalb Zentimeter groß, was exakt der Durchschnittsgröße österreichischer Männer entspricht, die in dem zuletzt herausgegebenen Jahrbuch der Statistik Austria zu finden ist. Ich habe mit zwei Frauen geschlafen, von denen keine länger als drei Monate meine Freundin bleiben wollte, habe braune Augen und mein Friseur bezeichnet meine Haarfarbe als mittelbraun. Ich fahre einen VW Golf und werde vermutlich am 6. September 2051 mit genau siebenundsiebzig Komma drei Jahren an einem Herzinfarkt sterben.

Ich betrachte einen Klapptoaster. Das gleiche Modell der gleichen Marke steht in meiner Einbauküche. Wenn ich mich krank fühle, bereite ich mir damit Toast Hawaii zu, esse die eine Hälfte und lasse die andere stehen.

Mich friert. Ich habe gehört, dass man in Museen die Temperatur niedrig hält, um die Exponate zu schützen. Ist das hier nötig? Ich sehe mich um.

Der ältere Herr hat den Raum verlassen. Ich beuge mich nach hinten. Blicke durch die Glastür ins Foyer. Die Kassadame sitzt an ihrem Platz. Sie blättert in einer Zeitschrift. Die Stirn in ihre rechte Hand gestützt. Sonst sehe ich niemanden.

Der Ausstellungsraum ist größer als zu dem Zeitpunkt, an dem ich gekommen bin. Ich möchte hinaus. Öffne die Glastür. Zerknülle die Eintrittskarte in meiner Hosentasche. Ich nehme meine Jacke vom Garderobenhaken. Murmle der Kassiererin »Auf Wiedersehen« zu und verlasse das Museum. Sie blickt nicht auf.

Draußen Regen. Ich ziehe meine Kapuze über den Kopf in meine Stirn. Das Licht der Autoscheinwerfer und Reklameschilder verschwimmt. Lichtkegel in der Dunkelheit. Das Werbeplakat an der Litfaßsäule verspricht jugendliches Aussehen bei täglicher Verwendung einer Anti-Aging-Creme.

Ich blicke auf meine Uhr. Mit einem Knopfdruck kann ich ihr Ziffernblatt zum Leuchten bringen. Kurz vor halb fünf und es ist finster. Ich mag den Winter nicht. Er beendet die Tage, bevor etwas Außergewöhnliches passieren kann.

2

ICH lache nicht gerne. Ich habe mich dabei im Spiegel betrachtet. Meine Mundwinkel schieben sich nach außen und oben, drücken meine Wangen hoch, lassen sie geschwollen aussehen, als hätte ich Mumps. Mein Mund wird breit. »Maja, meine Breitmaulfröschin«, hat mein erster Freund einmal zu mir gesagt. Ich habe ihn nie wieder geküsst.

Ich sitze an meinem Schreibtisch. Blicke durch die Glasfront meines Büros auf die Einkaufsstraße hinunter. Die Menschen laufen durcheinander. Sind Ameisen.

Ameisen tragen tote Raupen, Käfer oder Schmetterlinge in ihren Bau, um ihren Staat zu ernähren. Die Menschen tragen Plastiktaschen und Papiersäcke von Armani, Gucci oder Rolex.

Ich feiere Weihnachten nicht. Jedes Jahr bekomme ich von meiner Mutter eine Einladung zu unserem traditionellen Familienfest in Gmunden zugesandt. Jedes Jahr schicke ich ihr die Karte, die sie von Hand mit Gold- oder Sternenpapier beklebt hat, zurück.

Seit Mitte Oktober hängen Lichterketten über der Einkaufsstraße. Sie formen Weihnachtssterne, Rentiere und Englein. Im November sind Christbäume in die Auslagen der Geschäfte gestellt worden. Es gibt keine Art der Schmückung, keine Farbvariante, die ich noch nicht an ihnen gesehen habe. Die Kinder tun mir leid.

Eine Frau in einem Lodenmantel dreht sich nach einer Gruppe lateinamerikanisch gekleideter Musiker mit langen Haaren um, die ihre Instrumente auspacken. Sie stößt mit einem Herrn zusammen. Pakete fallen auf den Boden, Orangen und Äpfel springen über das Kopfsteinpflaster, rollen, kommen an der Mauer des

Jungfrauenbrunnens zum Stillstand. Der Herr reißt die Arme hoch. Gestikuliert. Sein Mund unter dem Schnurrbart klappt auf und zusammen. Ich wende mich ab.

Auf dem Weg zur Kantine kommt mir mein Chef entgegen. Er bleibt stehen. Seine Sekretärin drei Schritte hinter ihm. Im Büro wird sie »die Neue« genannt. Sie arbeitet seit einem dreiviertel Jahr in unserer Kanzlei. Ich mustere sie. Ihr blondes schulterlanges Haar ist strähnig. Nie sieht es frisch gewaschen aus. Sie hält ihren Kopf gesenkt, einen Stapel Akten vor ihrer Brust. Ein Brustpanzer, denke ich.

Ich habe versucht, mich mit ihr zu unterhalten. Sie sieht einem nicht in die Augen und antwortet »Hmm« und »Aha«, wenn man mit ihr spricht. Bei den wenigen Gelegenheiten, bei denen ich in ihrer Nähe gestanden bin, ist mir aufgefallen, dass sie keinen Körpergeruch hat.

»Ich war gerade auf dem Weg zu Ihnen«, sagt mein Chef. Er hat diesen verbissenen Gesichtsausdruck. Die Tür zur Kantine steht offen. Aus der Küche duftet es nussig. Ich blicke auf die Stehtafel vor dem Eingang. Lese das Tagesgericht. Biokürbisrisotto, garniert mit gebratenen Kürbiskernen und einem Schuss steirischem Kernöl. Ich schmunzle. Ich weiß, dass unser Koch von einer Anstellung im Palais Coburg träumt oder im Plachutta. Mein Magen knurrt.

Mein Chef mustert mein Gesicht und sein Ausdruck wird härter. Er zieht Luft durch die Nase: »Ich bin überhaupt nicht zufrieden, Frau Kramer!«

Meine beiden Kollegen, die uns am nächsten sitzen, heben die Köpfe. Ich blicke zu ihnen und zurück: »Und warum nicht?«

Die Sekretärin im Hintergrund wird ein Stück kleiner. Sie presst die Akten fester gegen ihre Brust.

»Weil ich Sie wiederholt angewiesen habe, Kundentermine nicht in einer Studentenbude abzuhalten. Wir treffen unsere Mandanten im Marriott oder im Bristol. Nicht im ›Centimeter‹!«

Die Stimme meines Chefs ist gegen Ende des Satzes lauter geworden. Die Gesichtsfarbe dunkler. Aus den Augenwinkeln nehme ich wahr, dass sich die drei Kolleginnen, die zusammen an einem Tisch sitzen, aufgerichtet haben. Ich verlagere mein Gewicht von einem Bein auf das andere.

»Ich sehe das nicht …«

Mein Chef hebt die Hand: »Es ist mir völlig gleichgültig, wie Sie das sehen, Frau Kramer! Wenn Sie mit den Arbeitsbedingungen als Steuerberaterin nicht zurechtkommen, hätten Sie Greenpeaceaktivistin werden sollen oder Sozialarbeiterin. Halten Sie sich an unsere Regeln, oder Sie fliegen hier raus!«

In der Kantine Stille. Die Sekretärin hat ihre Schultern zusammengeschoben.

Ich sehe meinem Chef in die Augen: »Es wäre höflich, mich in Ihr Büro zu bitten, wenn Sie mir so etwas zu sagen haben.«

Er starrt mich an. Seine Brauen berühren sich beinahe. Er öffnet seinen Mund. Die Sekretärin hinter ihm stöhnt auf. Der Aktenstapel rutscht aus ihren Händen. Blätter fallen zu Boden. Sie fällt. Das Geräusch, das der Aufschlag ihres Hinterkopfs auf dem Parkett verursacht, lässt meinen Chef herumfahren.

Die Augäpfel der Sekretärin, ich meine, dass ihr Vorname Carolina ist, kippen nach hinten. Ihre Hände zu Fäusten geballt. Arme und Beine gestreckt. Speichel läuft aus dem Mund. Ihre Lippen färben sich blau. Ich beiße auf meine. Carolinas Körper beginnt zu zucken. Ihr Kopf schlägt rhythmisch auf den Boden. Blut läuft, verteilt sich, bildet eine Lacke. Die Mitarbeiter in der Kantine sind aufgestanden. Der Chef blass.

»Helfen Sie ihr, Frau Kramer. Sie können so etwas. Ich kann kein Blut sehen!«

Er wendet sich ab. Ich knie mich neben Carolina. Spüre Schweiß auf meiner Stirn. Das Blut kommt aus ihrem Mund. Sie hat sich in die Zunge gebissen. Ihr Atem geht stoßweise. Meine Hände zittern. Ich berühre Carolina an der Schulter. Streichle sie. Flüstere: »Ich bin bei dir.« Fühle mich allein.

Ich versuche mich an den Erste-Hilfe-Kurs zu erinnern, den ich während meiner Führerscheinausbildung absolviert habe. Ich hatte mich in den Vortragenden, einen mexikanischstämmigen Sanitäter verliebt, der lispelte, wenn er erregt war. Ich habe mich während des Unterrichts mehr auf seine Aussprache als auf den Inhalt seiner Worte konzentriert.

Ich bringe Carolina in die stabile Seitenlage. Streichle sie. Rede mit ihr. Ihr Atem wird ruhiger. Arme und Beine entkrampfen sich. Der Kopf sinkt zu Boden. Ich schaue auf.

»Holt die Rettung!«, rufe ich an meine Kollegin Regine und die anderen gewandt. Die Anwesenden greifen zu ihren Mobiltelefonen.

Carolinas Augäpfel drehen sich in eine normale Position zurück. Ihre rechte Pupille wandert nach außen und wieder in die Mitte. Ihr Blick wird klarer. Sie sieht mich an. Hebt ihren Kopf. Schaut zur Kantine. Zu unserem Chef. Betrachtet die Blutlacke neben sich. Tränen treten in ihre Augen. »Ist schon gut«, sage ich zu ihr, »gleich wird jemand hier sein, der Ihnen helfen kann.« Sie weint.

Die Sanitäter kommen mit einer Trage. Es sind zwei Österreicher, einer stämmig, mit Bierbauch, der andere jünger und mit Geheimratsecken. Sie heben Carolina auf die Liege, nicken uns Umstehenden zu. Carolina dreht ihren Kopf weg. Sie tragen sie hinaus. Regine geht nebenher und schildert den Vorfall. Als die vier um die Ecke des Ganges verschwunden sind, weicht der Druck von meiner Brust und ich kann wieder atmen.

Mein Chef bittet mich in sein Büro.

»Sie haben das hervorragend gemacht, Frau Kramer. Ich würde mich freuen, wenn Sie Erste-Hilfe-Beauftragte unserer Kanzlei würden. Der Grundkurs beginnt in einem Monat und wir haben noch niemanden für diesen Posten.«

Ich möchte in sein Gesicht schlagen.

3

MEINE Wohnung ist ein Museum. Wenn ich Gläser vor meinen Regalen anbringen lasse, kann ich Besucher hereinbitten und Eintritt verlangen. Ich wandere die Kästen und Kommoden entlang. Öffne Schubladen, blicke in Fächer. In der Abstellkammer fahre ich mit der Hand durch eine Schachtel Schrauben. Die Spitze eines Nagels sticht in meine Fingerkuppe. Blut quillt. Ich stecke den Finger in den Mund.

Ich trage einen Stuhl in die Mitte des Wohnzimmers und setze mich darauf. Ich sehe mich um. Die Blätter der Kletterpflanze hängen oder sind gelb. Ich sollte sie öfter gießen. Die Umschläge der Bücher glänzen nicht und müssten abgestaubt werden. Ich brauche eine Katze, finde ich und erhebe mich von meinem Sessel.

Ich erinnere mich an die Katzen auf dem Gutshof meiner Großeltern. »Die vermehren sich schlimmer als die Karnickel«, hat mein Großvater geschimpft, wenn er im Heuschober neue Junge gefunden hat. Er hat sie an ihren Nackenfalten hochgehoben, in einen mit Steinen gefüllten Jutesack gesetzt, den Sack mit einer Kordel zugebunden und ihn in den Weiher am Waldrand geworfen. Ich bin zwei Tage lang hinter dem Kamin gesessen, habe mich im Stall verkrochen und geweint.

Im Internet suche ich nach einem Tierheim. Ich finde sechs Homepages. Auf einer lese ich: »Dienstags von siebzehn bis neunzehn Uhr geöffnet«.

Mein Drucker funktioniert seit einem halben Jahr nicht mehr. Wahrscheinlich der Kirschkern, der von meinem Tellerrand gerollt ist und jetzt in seiner Mechanik steckt. Ich notiere mir die Adresse und den Anfahrtsweg zum Tierheim auf einem Klebezettel.

Im Stiegenhaus treffe ich Jutta Weigelstorfer. Sie wohnt einen Stock über mir und besitzt drei Katzen. Ich nicke ihr zu. Wie immer geht sie gebückt. Grüßt mich nicht. Ich denke, dass ich sie um Hilfe bitten kann, wenn ich Probleme mit der Pflege meines neuen Mitbewohners haben sollte.

Der Motor meines Autos springt beim ersten Zünden an. Ich habe den Wagen vor zwei Wochen aus der Werkstatt zurückbekommen. Der Mechaniker hat sich bei mir entschuldigt. Normalerweise würde das Service in seinem Betrieb nicht so viel Zeit in Anspruch nehmen. Er habe meinen Wagen aufgrund einer unangenehmen Verwechslung beinahe übersehen.

Ich klebe den Zettel mit der Adresse und dem Anfahrtsweg auf das Lenkrad und fahre los. Das Geschäft für den Heimtierbedarf ist zwei Straßen von meiner Wohnung entfernt. Ich finde keinen Parkplatz, umkreise viermal den Block. Endlich schiebt sich ein grüner Mercedes auf die Straße und überlässt mir seine Parklücke.

Die Verkäuferin grüßt mich beim Eintreten. Sie trägt eine dunkelblaue Seidenbluse, die im Licht der elektrischen Beleuchtung schimmert, hat in Wellen gelegtes brünettes Haar und geschminkte Lippen. Sie erinnert mich an eine Schauspielerin aus einem Film der sechziger Jahre. Sie kommt hinter dem Ladentisch hervor und fragt, wonach ich suche. Sie verschränkt ihre Hände vor dem Bauch, sieht mich an, hält ihren Kopf schief. Sie trägt Stöckelschuhe. Lächelt. Ich blicke mich um. Außer mir ist niemand im Raum. Ich werde rot.

»Ich brauche einen Transportkäfig für eine Katze«, sage ich und ärgere mich, dass ich nicht lauter gesprochen habe.

»Wie bitte?«, fragt die Verkäuferin und schiebt ihren Kopf vor.

»Einen Transportkäfig für eine Katze«, wiederhole ich.

Der Weg zum Tierheim ist nicht kompliziert. Ich fahre geradeaus. Kurz vor dem Ziel muss ich dreimal abbiegen. Ich lese die Straßennamen von einem Klebezettel ab, kontrolliere die Schilder an den Hauswänden. Der Zettel löst sich von meinem Lenkrad. Ich greife danach, fahre an der richtigen Straße vorbei. Die nächste ist eine Einbahn.

Als ich beim Tierheim ankomme, warten zwei ältere Damen vor der Tür.

»Eine Frechheit, dass die uns nicht aufmachen. Die haben genau gesehen, dass wir hier stehen«, wendet sich eine der beiden an mich. Sie trägt eine Strickmütze und einen verwaschenen Schal. Ihre Begleiterin schweigt.

»Am Dienstag öffnet das Heim erst um siebzehn Uhr«, antworte ich und deute auf ein Schild neben dem Eingang. Die alte Dame betrachtet es.

»Eine Frechheit!«, wiederholt sie und klopft gegen die Tür. Ich blicke auf meine Armbanduhr. Es ist sechs Minuten vor fünf. Ich fühle mich unbehaglich, wenn jemand zu Unrecht angegriffen wird. Hoffe, dass die Frau ihren Ärger hinuntergeschluckt hat, bis wir eingelassen werden. Ein Junge stellt sich zu uns.

»Na, holst du dir ein Kätzchen?«, fragt die andere Dame und beugt sich zu ihm.

»Ich bin allergisch«, antwortet er und wirft ihr einen finsteren Blick zu.

Eine hochgewachsene Frau mit langen Haaren und kniehohen Stiefeln sperrt die Tür auf. Drinnen riecht es nach Desinfektionsmittel und Kot. Ich bemühe mich, flach zu atmen.

»Sie müssen auf eine unserer Pflegerinnen warten«, weist uns die hochgewachsene Frau an und setzt sich hinter den Empfangstisch. Sie führt ihr Handy ans Ohr und fängt an zu telefonieren.

»Eine Frechheit«, murmelt die ältere Dame.

Zwei Pflegerinnen kommen aus einem Kämmerchen.

»Wohin möchten Sie? Ins Katzenhaus, zu den Hunden oder zu den Kleintieren?«

Die beiden älteren Damen und ich melden uns für das Katzenhaus. Der Junge will die Kleintiere sehen.

Wir folgen den Pflegerinnen. Am Gang Bilder von Hunden mit durchgescheuertem Fell im Nacken. Von Katzen mit aufgerissenen Bäuchen und Pfoten ohne Krallen. In der Seite eines Chinchillas steckt ein Holzpfeil. In meinem Hals ein Kloß. Der Junge hält seinen Kopf gesenkt.

Bei den Hundezwingern trennen sich die Gruppen. Ich lese auf einem Plakat, dass die Spaziergänge, die von Mittwoch bis Freitag vormittags mit den Hunden unternommen werden können, auf unbestimmte Zeit entfallen müssen, weil viele Tiere unter Husten leiden. Im Freigehege läuft links ein Schäfer und rechts ein Boxermischling neben uns her. Der Schäfer wedelt mit dem Schwanz. Der Boxermischling knurrt und bellt. In seinem Käfig liegen zerbissene Basket-, Volley- und Fußbälle.

Der Gang im Katzenhaus ist eng. Mit jedem Schritt rücken seine Wände näher an mich heran. Durch Gucklöcher kann ich in die mit Linoleum ausgekleideten Räume blicken. In jedem befinden sich fünf bis sechs Katzen. Sie dösen in ihren Häuschen oder auf einem der Klettergerüste. »Bitte desinfizieren Sie Ihre Hände und benutzen Sie unseren Seuchenteppich, bevor Sie ein Katzenzimmer betreten«, steht in roter Schrift auf einem Schild.

Die älteren Damen unterhalten sich mit der Pflegerin. Die mit dem verwaschenen Schal erzählt, dass sie auf der Suche nach einer Katze für ihre unverheiratete Tochter sei.

Ich betrachte die Tiere in dem Raum vor mir. Eine dreifarbige Glückskatze. Zwei schwarze mit weißen Pfoten und gelben Augen. Eine, der das rechte fehlt. Im hinteren linken Eck liegt eine grau getigerte Katze auf der Seite. Ich beobachte sie. Die Pflegerin stellt sich hinter mich. Sie sieht mir über die Schulter.

»Das ist unsere Mimi. Die wollte noch nie jemand mitnehmen. Vielleicht weil sie nicht alt und nicht jung war, als sie zu uns gebracht worden ist. Sie hatte keine Verletzung und ist nicht misshandelt worden. Besonders hübsch ist sie aber auch nicht. Ich habe es noch nie geschafft, ihr Fell zum Glänzen zu bringen, wenn ich es gebürstet habe.«

Die Pflegerin lacht. Ich drehe mich zu ihr.

»Die nehme ich.«

Sie mustert mich und nickt.

Bei der hochgewachsenen Frau hinter dem Empfangstisch bezahle ich vierzig Euro für erfolgte Impfungen und andere undefinierte Aufwendungen. Werfe fünf zusätzliche Euro in die Spendenbox. Man hilft mir, Mimi in meinen Transportkäfig zu setzten. Sie wehrt sich nicht. Ich bedanke mich und verlasse das Tierheim mit dem Käfig in der Hand. Mit der Katze ist er nicht schwerer als zuvor.

4

ICH fühle mich wohl in Krankenhäusern. Wenn die Menschen eine Chemotherapie wegen Prostatakrebs über sich ergehen lassen müssen oder ihre Lungenentzündung behandelt wird, macht es keinen Unterschied, ob sie Aufsichtsratsvorstand einer großen Bank sind oder Kassakraft im Lebensmittelhandel. Am Tropf hängend wandern sie durch die Gänge, tragen grün oder blau gemusterte Kittel, Stützstrümpfe und ihre Haare sind zerzaust. Ihre Gesichter bleich und man weiß nicht, ob sie ihren Beruf in einem Anzug von Armani ausüben oder in einem Arbeitsmantel.

Der Portier sitzt in einer Glasnische. Meine Bewegungen fallen mir schwer, wenn ich ihn betrachte. Ich frage nach der Zimmernummer von Frau Carolina Bach. Er tippt in die Tastatur seines Computers. Seine Augen fliegen über die Zeilen am Bildschirm. Ich habe den Eindruck, dass die Geschwindigkeit, mit der er sie bewegt, seine Gefangenschaft ausgleichen soll. Er schüttelt den Kopf. Ich danke ihm und wende mich ab.

»Eine Frau Karla Bach liegt auf Zimmer 212, Station 15H«, ruft er mir nach.

Ich drehe mich zurück. Räuspere mich. Er schaut mich an. Ich habe das Gefühl, dass er meine Ignoranz durchschaut. Schnell gehe ich weiter.

Die Bereiche des Krankenhauses sind mit unterschiedlichen Farben gekennzeichnet. Im roten Bereich fahre ich mit dem roten Lift auf Station 15H. An der Aufnahmestelle der Neurologie ist niemand. Auf einem Stehkärtchen am Empfangstisch lese ich, dass ich mich als Besucher bei einer Schwester melden muss. Ich sehe mich um. Setze mich auf einen orangefarbenen Plastiksessel. Alle Sessel gleich, ihre Sitzflächen rau. Ich schließe die Augen, lege meinen Kopf zurück und die Arme auf die Lehnen der Sitze. Ich hätte Ärztin werden sollen.

»Suchen Sie jemanden?«

Ich öffne die Augen. Eine Krankenschwester mit wulstigem Kinn und Hornbrille steht vor mir.

»Ja, Frau Carolina … ich meine … Frau Karla Bach. Zimmer 212.«

Die Krankenschwester nickt und deutet den Gang entlang. Ich folge ihrem Fingerzeig. Klopfe. Ein leises »Herein« dringt aus dem Raum.

Karla ist allein. Das Bett zu groß für ihren Körper. Die beiden anderen leer.

»Frau Kramer«, sagt sie. Es klingt nicht erfreut.

Ich greife nach einem Sessel.

»Darf ich?«, frage ich und ziehe ihn an ihr Bett heran, ohne eine Antwort abzuwarten. Ich setze mich. Sehe ihr ins Gesicht. Sie blickt auf ihre Beine, die sich dünn unter dem Leintuch abzeichnen.

»Mir ist das so peinlich«, murmelt sie.

»Ihr Anfall? Epilepsie ist eine Krankheit, Karla. Soweit ich weiß, die häufigste neurologische überhaupt.«

Sie blickt aus dem Fenster: »Ich habe gedacht, es wäre vorbei.«

Eine Schwester schaut zur Tür herein. Sieht mich an: »Frau …?«

»… Maja Kramer.«

Sie lächelt.

»Dürfte ich Sie kurz sprechen?«

Ich bejahe und ziehe die Brauen hoch. Ich habe keine Vorstellung, was sie mir mitteilen wollen könnte. Ich versichere Karla, gleich wieder zurück zu sein, und folge der Schwester. Sie führt mich in den Aufenthaltsraum, in dem sich niemand aufhält. Streckt mir die rechte Hand hin, stellt sich als die Oberschwester dieser Station vor, bittet mich, Platz zu nehmen.

»Sind sie eine Verwandte von Frau Bach?«

Ich schüttle den Kopf. Erkläre, eine Arbeitskollegin zu sein.

Die Schwester sieht mir in die Augen: »Darf ich mich trotzdem an Sie wenden? Sie sind der einzige Besuch, der bislang bei ihr war, und ich habe nicht den Eindruck, dass noch jemand kommen wird.«

Enge in meiner Brust. Ich nicke.

»Gut«, die Schwester atmet hörbar aus, »es ist so. Frau Bach leidet an einer Form der Epilepsie, die mit Medikamenten behandelbar und in den Griff zu bekommen ist. Sie ist aber nicht gut eingestellt. Ich habe sie darauf angesprochen und sie hat mir gesagt, dass sie zu ihrem Hausarzt gehe, der ein Freund der Familie sei. Sie sollte dringend einen Facharzt aufsuchen, aber sie lehnt das ab. Vielleicht können Sie mit ihr reden?«

In meinem Brustkorb kein Platz.

Als ich in das Krankenzimmer zurückkomme, hält Karla die Augen geschlossen. Ich setze mich neben sie. Sie reagiert nicht.

»Schlafen Sie?«, frage ich leise.

Karla schüttelt den Kopf. Sie öffnet die Augen nicht.

»Die Schwester hat mit Ihnen über den Facharzt gesprochen?«

Ich betrachte ihr Gesicht. Die Haut wie Papier. Das Adherngeflecht schimmert bläulich. Ich habe den Eindruck, das Pulsieren des Blutes wahrzunehmen.

»Wieso möchten Sie nicht dorthin gehen? Man könnte Ihnen helfen.«

»Ich kenne meinen Hausarzt seit meinem siebten Lebensjahr. Niemand wird etwas erfahren.«

»Alle Ärzte stehen unter Schweigepflicht.«

Sie öffnet ihre Augen und blickt auf ihre Hände. Reißt mit den Fingern an der Nagelhaut ihres Daumens.

»Jetzt ist es ohnehin zu spät. Ich werde entlassen. Sie haben keine Ahnung, wie lange ich auf diese Arbeit gewartet habe.«

Ich konzentriere mich auf meine Atmung. Ziehe die Luft durch den Mund tief in meinen Unterbauch. Halten. Halten. Und durch die Nase ausströmen lassen.

»Wer hat Ihnen diesen Unsinn eingeredet? Sie werden nicht entlassen. Das wäre in höchstem Maße diskriminierend. Dafür gibt es Gesetze«, sage ich so ruhig wie möglich.

»Meine Eltern sind der Meinung ...«

Ich springe auf.

»Ihre Eltern! Was haben die damit zu tun? Sie sind erwachsen, Karla, und ...«

»Ich lebe bei ihnen.«

Sie flüstert es. Sieht mich an. Ich fasse mit der Hand an meine Stirn.

»Haben die Ihnen eingeredet, dass Sie sich für Ihre Krankheit schämen müssten? Sie verstecken sollen? «

Sie schweigt.

»Sie meinen es gut mit mir«, sagt sie nach einer Weile.

Ich sehe mich um: »Und wo sind sie? Ihre lieben Eltern?«

Ich denke an meinen Vater, der als Wurstverkäufer in einer Fleischhauerei gearbeitet hat, später in einer Filiale einer großen Supermarktkette. Sein Leben lang hat er zu Leuten aufgeschaut, die besser verdient haben als er. Die sich ein Seegrundstück leisten konnten und ein Segelboot. Einen großen Mercedes gefahren sind und Anzüge von Hugo Boss getragen haben, von Don Gil oder maßgeschneiderte. Er war so besessen von dem Gedanken, dass ich einen Beruf erlernen sollte, der eine gute und sichere Verdienstquelle bieten würde, es einmal besser haben sollte als er, dass er gar nicht bemerkte, wie glücklich ich war mit diesem Leben, das er verachtete.

»Eltern meinen es vielleicht gut mit ihren Kindern, Karla. Ob ihre Vorstellungen immer gut für sie sind, ist eine andere Frage«, sage ich und erhebe mich, um das Zimmer zu verlassen.

5

RITA ist am ersten Tag bei mir eingezogen. Sie stand vor meiner Tür. Tränen in den Augen. Zwei Koffer in den Händen.

»Er hat mich geschlagen«, hat sie geschluchzt und sich an mir vorbei in meine Wohnung gedrängt.

»Wer?«, habe ich gefragt. Ich war fassungslos, dieses makellose Wesen so aufgelöst zu sehen.

»Ricardo! Er hat alles mitbekommen. Ich kann nicht mehr bei ihm bleiben.«

Sie hat sich in meinem Wohnzimmer umgesehen, ihre Koffer abgestellt und mich angeblickt. An ihren Wimpern hingen Tropfen glitzernd wie Glimmerschiefer, den ich als Kind gesammelt habe.

»Kann ich einstweilen bei dir unterkommen?«

Am Vormittag desselben Tages waren wir uns zum ersten Mal nähergekommen. Ich hatte sie schon lange beobachtet. Sie wohnte in unserem Sprengel, kam alle drei oder vier Tage in unsere Filiale, um Briefe aufzugeben oder Pakete abzuholen. Sie war schlank, hatte helle Haut und lange dunkle Haare, die in Wellen über ihren Rücken fielen, und in ihren Blicken stand eine Glut, dass ich brannte, wenn ich ihr in die Augen blickte.

An diesem Morgen sah sie verwirrt aus. Ihr Gesichtsausdruck war leer und ihr Haar zerzaust. Mein Herz zog sich zusammen, als sie so vor meinen Schalter trat. Vor der Arbeit hatte ich Jutta Weigelstorfers Kater Murli zum Tierarzt gebracht. Er hatte sich in der Nacht mehrmals übergeben. Der Tierarzt hatte meine schnelle Reaktion gelobt, die meisten Leute würden viel zu lange warten, bis es letztendlich zu spät wäre für ihre Lieblinge. Ich hatte ihn nicht aufgeklärt, dass es sich nicht um meinen Kater handelte, und sein Lob füllte meinen Brustkorb.

Aufrecht stand ich hinter dem Schalter, die Schultern zurückgenommen, die Frau meiner Träume vor mir. Verletzlich, verwirrt. Ich räusperte mich: »Alles in Ordnung bei Ihnen, Frau Sahlmann? Kann ich Ihnen helfen?«

Sie hatte mich angesehen, das Schild mit meinem Namen gelesen, mich gemustert und ihr Blick war klar geworden.

»Ja, wenn ich ehrlich bin. Ja. Wann haben Sie Mittagspause, Herr Schmidt?«

Um zwölf Uhr trafen wir uns auf dem Rathausplatz. Sie sah besser aus als zuvor. Ein Lächeln spielte um ihren Mund. Ich bot ihr an, sie zum Essen einzuladen. Sie lehnte ab, sagte, dass sie spazieren gehen wolle. Wir gingen in den Park. Die Baumkronen über uns waren mit Lichterketten in Herzform geschmückt und ich wurde rot. Sie blieb stehen. Sah mich an.

»Wo wohnen Sie, Manuel? Ich darf doch Manuel zu Ihnen sagen, richtig?«

Ich spürte ein Kratzen in meinem Hals, nickte. Mit Mühe brachte ich meine Adresse heraus. Sie lachte, sagte, dass ich sie Rita nennen könne. Fasste meine Hand. Ich starrte auf unsere Hände. Mein Herz schlug in meiner Kehle. Für meine Stimme kein Platz. Rita führte meine Finger an ihren Mund, küsste ihre Spitzen. Sie blickte mir in die Augen.

»Ich mag Sie schon lange, Manuel.«

»Ist hier dein Schlafzimmer?«, fragte sie, als sie am Abend in meiner Wohnung stand. Ohne meine Antwort abzuwarten, öffnete sie die Tür und trat ein. Ich folgte ihr. Betrachtete ihren Rücken.

»Wer ist denn Ricardo?«

Sie wandte sich um.

»Mein Freund. Er ist wahnsinnig eifersüchtig.«

Sie öffnete ein goldenes Amulett, das sie um ihren Hals trug, zeigte mir das Foto, das gegenüber dem ihren in der rechten Klappenhälfte steckte. Der Mann darauf hatte dunkles Haar und dunkle Augen, olivenfarbene Haut. Ich hatte ihn schon öfters in unserer Filiale gesehen. Ein Stechen durchzuckte meine Brust. Ich betrachtete mein Doppelbett.

»Rita«, sagte ich sanft, »du solltest zur Polizei gehen. Sie werden ihn aus eurer Wohnung verweisen und du hast wieder einen Platz zum Schlafen.«

Sie legte mir einen Finger auf den Mund. Strich über meine Lippen. Ich konnte mich nicht bewegen. Sie stellte sich auf die Zehenspitzen und küsste mich. Zog mich auf das Bett. Fuhr mit der Hand unter mein T-Shirt. Streichelte meine Brust. Öffnete den Gürtel meiner Hose. Wir schliefen miteinander. Es dauerte nicht lange.

»War das dein erstes Mal?«, fragte sie mich danach.

Wieder wurde ich rot.

»Du bist süß«, sagte sie und drückte mir einen Kuss auf die Wange.

Neun Wochen später traf ich Ricardo auf der Straße. Ich senkte den Blick, aber er hatte mich schon gesehen. Ich wandte mich um, ging in die andere Richtung. Er tat es mir gleich. Beschleunigte seine Schritte. Das Klacken seiner Absätze hallte auf dem Asphalt. Ich fühlte eine Hand auf meiner Schulter. Wurde herumgedreht.

»Manuel? Richtig?«, er lächelte mich an. »Danke, Kumpel, dass du meine Freundin während der ganzen Scheiße bei dir hast wohnen lassen. Aber jetzt ist es vorbei. Ich habe eine neue Arbeit gefunden und morgen zieht sie bei dir aus. Ich hoffe, wir können uns mal bei dir revanchieren.«

Als ich in meine Wohnung zurückkam, war Rita nicht mehr da. Ich öffnete den Kleiderschrank. Ihre Sachen fort.

Ich habe Mimi ein Schlafkörbchen gekauft mit einer Decke aus extra weicher Biobaumwolle darin. Die wurde gentechnikfrei und ohne den Einsatz von Pestiziden und chemischen Düngemitteln hergestellt, hat mir die Verkäuferin im Heimtierbedarfsgeschäft versichert. Ich habe ein Katzenkistchen besorgt, das eine freundliche und helle Farbe hat, wie sie es mir geraten hat, und es an einen warmen Ort in meiner Wohnung gestellt. Mimis Katzenfutter hat die Güteklasse Eins und ist allergiegetestet.

»Das könnten wir zu Mittag essen«, hat die Verkäuferin zu mir gesagt und gelacht.

Mimi schläft hinter meiner vertrockneten Kletterpflanze, die sich trotz regelmäßigen Gießens nicht erholen will. Zuerst habe ich nicht gewusst, wo meine Katze ihr Geschäft erledigt, bis mich der Geruch nach drei Tagen hinter den Schlafzimmerschrank hat blicken lassen. Das Katzenfutter rührt sie nur an, wenn es Abend ist, ich das Licht in der Küche ausmache und ihr beim Fressen nicht zusehe. Sie wird jeden Tag dünner.

Ich läute bei Jutta Weigelstorfer.

»Ich komme ja schon«, ruft die alte Dame und schimpft unverständliche Worte. Durch die Tür höre ich das Schlurfen ihrer Schritte. Sie öffnet nach Minuten. Sieht mich, die rechte Hand auf der Klinke, aus ihrer gebückten Haltung heraus an: »Ja, bitte?«

Meine Katze springt aus meinen Armen. Sie läuft in Frau Weigelstorfers Wohnung.

»Mimi!«, rufe ich. »Ich habe sie erst vor Kurzem aus dem Tierheim geholt«, füge ich entschuldigend hinzu. Jutta Weigelstorfer dreht sich nach ihr um.

»Das macht doch nichts«, sagt sie und ihr Blick ist weich.

Mimi sitzt vor unserer Wohnungstür und maunzt. Wenn ich zur Arbeit gehe, versucht sie durch den Türspalt zu entwischen. Ich halte sie an ihrem extra weichen Lederhalsband fest. Wenn ich am Abend zurückkomme, höre ich sie schon von draußen. Im Tierheim hatten sie mir erklärt, dass sie eine Wohnungskatze sei.

»Na geh schon, geh!«, sage ich am fünften Tag zu ihr. Ich öffne die Tür. Sie läuft die Stiegen nicht hinunter. Sie läuft hinauf. Ich folge ihr. Finde sie vor Jutta Weigelstorfers Tür. Mimi miaut. Die alte Dame öffnet ihr nach kurzer Zeit. Ich frage mich, wie die gebrechliche Frau so schnell sein konnte.

Das Spiel wiederholt sich vierzehn Tage lang. Am fünfzehnten läutet es an meiner Tür. Jutta Weigelstorfer steht davor. Mimi in ihren Armen. Die alte Dame sieht mich an.

»Man kann sich eine Katze nicht aussuchen«, sagt sie und streichelt Mimis Fell, »sie wählt sich ihren Besitzer selbst.«

6

ICH lese keine Zeitungen. Die Berichte und Reportagen machen mich traurig. Als ich zehn Jahre alt geworden bin, haben mich meine Eltern regelmäßig zum Nachrichtenschauen gezwungen. »Wer nicht informiert ist, aus dem kann nichts werden«, hat mein Vater gesagt. Ich habe mich oft in den Schlaf geweint.

Ich sperre den Postkasten auf und nehme die Wochenendausgabe meiner Tageszeitung heraus. Ich bin froh, dass man das Blatt tageweise abonnieren kann. Ich gehe in meine Wohnung zurück. Werfe einen Blick auf die Titelseite und den größten Teil der Zeitung in den Altpapiermüll. Den Immobilienteil behalte ich.

Ich bereite mir eine Tasse frisch gemahlenen Bohnenkaffee zu, sauge seinen Duft in meine Nase, den ich noch mehr genieße als seinen Geschmack. Hole einen Kugelschreiber und setze mich zu Tisch. Ich blättere zu den Wohnungsanzeigen. Beginne bei den Bezirken sieben, acht und neun, die traditionell als Studentenbezirke gelten.

Ich habe Glück. In der Josefstadt sind drei freie WG-Zimmer ausgeschrieben, die an diesem Wochenende besichtigt werden können. Ich ringle die Anzeigen mit einem roten Stift ein. Wähle die erste Telefonnummer. Eine junge Frau hebt ab. Ich kann Reste eines oberösterreichischen Dialekts in ihrer Sprache erkennen. Wir vereinbaren einen Termin. In einer Stunde soll ich vorbeikommen. Ich reiße einen Streifen vom Rand der Zeitung. Notiere mir Adressen und Telefonnummern der anderen beiden WGs und stecke ihn in meine Hosentasche.

Ich hole den Wollpullover mit den überlangen Ärmeln, den mir Tante Gerda zu meinem sechsundzwanzigsten Geburtstag gestrickt hat, aus meinem Schrank. Ich suche nach dem dazu passenden Schal, bei dem ihr die Wolle ausgegangen und der deswegen gestückelt ist. Ich finde ihn unter meinen Seidentüchern. Im Vorraum betrachte ich mich im Spiegel. Ich tausche meine Hose gegen einen grünen Faltenrock aus Filz.

Ich wandere zu Fuß in die Josefstadt. Eine Stunde ist Zeit genug, um den Weg zurückzulegen, und im Winter bin ich ohnehin zu wenig draußen. Am Samstag Vormittag sind nicht viele Leute unterwegs. Ich treffe auf Hundebesitzer, die ihre Schützlinge an der Leine hinter sich her ziehen oder daran hinterhergezogen werden. Mütter und Großmütter schieben Kinderwagen mit schlafenden Babys. Sie sehen müde aus, die Babys zufrieden.

Unter der Straßenbahnbrücke sitzt ein bärtiger Mann auf einer Fußmatte. Seine Schuhe haben Löcher. Um die Stirn hat er ein rot kariertes Geschirrtuch gewickelt. Neben ihm liegt ein Schäfermischling auf einem Flickenteppich. Er hat seinen Kopf auf seine Vorderpfoten gebettet, sieht zu mir hoch mit seinem Faltenblick. Ich denke an die Hunde, die ich zuvor beobachtet habe. In einem Interview, das ich letzte Woche im Radio gehört habe, hat ein bekannter Hundetrainer aus Deutschland gesagt, dass die Tiere der Obdachlosen die besterzogenen seien. Ich krame in meiner Tasche, ziehe einen Fünf-Euro-Schein aus meiner Geldbörse und lege ihn in den Hut des Bettlers. Er erhebt sich, tänzelt von links nach rechts wie eine Ballerina und bedankt sich mit einer Verbeugung.

In der Josefstadt finde ich die Gasse auf Anhieb. An der Straßenecke ist ein indisches Restaurant. Auf der Stehtafel vor dem Eingang lese ich: »Essen Sie bei mir, sonst verhungern wir beide«, und muss lachen. Ich kontrolliere die Hausnummer. Gehe zwei Häuser weiter und läute die Glocke der Türnummer vierundzwanzig.

»Komm herauf!«, tönt es durch die Sprechanlage, ehe ich mich vorstellen kann. Ein Summen. Ich ziehe an dem Knauf des Eingangstors, das verschlossen bleibt. Ich hätte drücken müssen. Mein altes Türproblem. Aus irgendeinem Grund arbeite ich beim Öffnen immer in die entgegengesetzte Richtung.

Die junge Frau begrüßt mich an der Wohnungstür. Sie hat ein schmales Gesicht und Rehaugen. Ihr rechter Schneidezahn ist in der Hälfte abgebrochen, was ihr ein kindliches Aussehen verleiht.

Sie führt mich einen Gang entlang. Zeigt mir die drei Zimmer, von denen das hinterste leer steht, die Küche, die Toilette, das Bad. Die Mehrzahl der Einrichtungsgegenstände kenne ich aus den Ikea-Katalogen der letzten Jahre. Ich fühle mich heimisch.

Die Studentin erklärt mir, dass ihre ehemalige Mitbewohnerin nach Griechenland gegangen sei, um für ein Jahr in einem Club auf Chalkidike zu arbeiten. Im Sommerurlaub hätte sie sich dort in einen Animateur für Wassersport verliebt. Ich denke an ein ähnliches Erlebnis aus meiner Teenagerzeit, an ähnliche Erlebnisse von Bekannten und muss schmunzeln.

Die Studentin nennt mir den Mietpreis und betont, dass sie ordentliche WG-Bewohner seien. Jede Woche hätte ein anderer von ihnen Küchen-, Bad- oder Toilettendienst. Am Ende hält sie mir die Hand hin und entschuldigt sich, sich bislang nicht vorgestellt zu haben.

»Maja«, sage ich, »hast du vielleicht Kaffee da?«

Wir sitzen in der Küche. Die Studentin nippt an ihrem Becher. Erklärt mir, Sportwissenschaften zu studieren. Ich sehe an ihr herunter. Ihre Arme sind dünn, wie ihre Beine. Die Schultern schmal. Ich kann mir nicht vorstellen, dass sie die nötige Muskelkraft besitzt. Erwidere, dass ich mich für Sonder- und Heilpädagogik eingeschrieben hätte. Sie nickt. Ich frage sie, ob sie aus Oberösterreich stammt. Sie zieht die Augenbrauen hoch. Ich schiebe die Schultern nach vorne, tippe auf meine Brust und grinse: »Gmundnerin. Mir kannst du nichts vormachen.«

Sie erzählt, dass sie aus Leonding stammt. Ich stoße einen Pfiff aus. Sie lacht auf: »Da gibt es weniger zu pfeifen, als du denkst.«

Ich beuge mich vor: »Tatsächlich? Das interessiert mich.«

Sie wiegt ihren Kopf.

»Dazu brauche ich mehr Kaffee«, sagt sie und steht auf, »willst du auch noch eine Tasse haben?«

Ich nehme das Angebot an und lehne mich in meinem Sessel zurück. Sie steht auf. Schaltet die Kaffeemaschine ein. Das Geräusch von Bohnen, die zermahlen werden, füllt den Raum. Ich sauge ihren Geruch ein. Die Studentin stellt einen vollen Becher Kaffee vor mir ab. Blickt in ihre Tasse.

»Das letzte Mal war ich bei der Vernissage meines Onkels daheim. Ich musste mir vom Linzer Bahnhof ein Taxi nehmen. Als ich in den Wagen gestiegen bin, keine Zähluhr, nur eine handgeschriebene Tafel mit Kilometerangaben und Preisen. Der Fahrer hatte fette Haare und verfaulte Schneidezähne, aber ein blütenweißes Hemd, Anzug und Krawatte. Ich sehe ihn an, er grinst und sagt: »Deswegen bin ich Taxifahrer geworden, weil da steigen die hübschen Mädels freiwillig zu mir ins Auto und so schnell nicht wieder aus.«

Sie schüttelt sich. Ich verziehe das Gesicht.

»Bist du wieder ausgestiegen?«

»Ich war spät dran. Als ich ihm erklärt habe, dass ich zum 44er Haus möchte, hat er geantwortet, er würde in Leonding nur den Friedhof kennen, weil dort die Eltern von Adolf Hitler begraben lägen.«

Ich spitze die Lippen und ziehe hörbar Luft in meinen Mund.

Sie nickt.

»Ich bin immer kleiner geworden in meinem Sitz. 1967, hat er gesagt, hätte er das Grab mit Freunden abgefackelt. Es wäre nicht mit Absicht geschehen, sondern weil sie so viele Kerzen aufgestellt hätten.«

Sie sieht zu Boden. Schweigt.

»Er hat sich nicht einmal die Mühe gemacht, seine Einstellung zu verstecken, verstehst du? Und ich werde das Gefühl nicht los, die wird bei uns daheim immer salonfähiger.«

Ich mustere sie.

»Du glaubst doch nicht, dass die Leute in Wien besser sind?«

Sie sieht mich an: »Ich rede es mir ein.«

Auf dem Nachhauseweg achte ich auf Mauern und Fassaden. Lese die Bekritzelungen und Graffitis. »Ausländer raus!«, steht da und »Schleicht euch dahin, wo ihr hergekommen seid!« Ich gehe an Wahlplakaten mit eindeutigen Botschaften vorüber, von denen Politiker lächeln, deren makellose Zähne und stahlblaue Augen aus dem Photoshop stammen. Ich frage mich, wie die Sportstudentin das schafft.

7

MIT Karla war es anders. Sie war in mich verliebt. Ich habe sie bei einem Betriebsausflug kennengelernt. Er wurde für die Mitarbeiter unserer Filiale, für die vom Europaplatz und die aus der Maria-Eis-Gasse organisiert. Andernfalls wären zu wenig Leute zusammengekommen und die Anfahrt zu teuer gewesen.

Wir trafen einander beim Südbahnhof. Der angemietete Autobus stand schon da. Karla ist als Letzte eingestiegen und hat sich in die hinterste Reihe gesetzt. Alleine, sonst wäre sie mir nicht aufgefallen. Sie war dünn, hatte blondes strähniges Haar, das ungewaschen aussah, und hielt ihre Handtasche vor ihre Brust. Ein Brustpanzer, habe ich mir damals gedacht.

Das Ziel unseres Betriebsausflugs sollte eine Almhütte auf der Rax sein. Es war Ende Oktober, kalt und nass. Bei unserer Ankunft im Tal sagte man uns, dass wir unser Vorhaben besser bleiben lassen sollten. Schnee hätte sich angekündigt. Die Chefs der drei Filialen tauschten Blicke.

Beim Aufstieg ging ich neben meiner Kollegin Bettina. Sie redete gerne. Nach drei Monaten Arbeit bei der Post hatte ich bereits ihre Familiengeschichte gekannt. Wusste, dass ihr Vater sie unter großen Entbehrungen alleine aufgezogen hatte, ihre Mutter eine Alkoholikerin war, die sich niemals bessern würde, und ihre Schwester jeden Abend die Spielhalle aufsuchte, wobei sie bereits den Wert eines Einfamilienhauses verzockt hatte, wahrscheinlich mehr.

Auf halber Höhe drehte ich mich um. Die Schneeflocken, die anfangs klein und samtig auf uns herniedergerieselt waren, waren größer geworden. Wind hatte aufgefrischt und blies sie uns jetzt ins Gesicht. Bettina hatte ihren Schal über Mund und Nase gezogen, redete. Ich verstand kein Wort. Sie blickte auf ihre Stiefel, ging weiter, gestikulierte, merkte nicht, dass ich stehen geblieben war. Karla, die das Schlusslicht der Gruppe gebildet hatte, war nicht mehr zu sehen.

»Halt!«, rief ich. Keine Reaktion meiner Kollegen. Ich lief den Weg ein paar Schritte zurück. Fand Karla, die auf einem Baumstumpf neben einer einzeln stehenden Tanne saß.

»Halt!«, rief ich lauter. Die Gruppe blieb stehen. Ich ging zu Karla. Beugte mich über sie.

»Ist alles in Ordnung mit Ihnen?«

Sie schüttelte den Kopf. Sah mich an. Ihre Wangen rot gefroren. Ich war mir nicht sicher, ob sie geweint hatte.

»Ich habe Angst«, flüsterte sie und blickte zu Boden.

Ich blinzelte in den Himmel.

»Wegen des Wetters?«

Sie nickte. Hob ihren rechten Arm.

»Ich habe mir vor zwei Monaten bei einem Sturz das Handgelenk gebrochen. Ich breche mir oft etwas und der Boden ist rutschig«, sie lächelte klein.

Ich hielt Karla meinen Arm hin: »Wenn Sie möchten, können Sie sich bei mir unterhaken. Ich habe einen recht sicheren Tritt.«

In der Hütte hängten die Mitarbeiter ihre nasse Überbekleidung über die Heizkörper oder legten sie auf den Kamin, manche schlüpften aus ihren Winterstiefeln, stellten sie davor. Hände wurden gerieben, es wurde über das schlechte Wetter geschimpft und gelacht. Die Gesichter rot vor Kälte. Der Chef von Karlas Filiale bestellte eine Runde Glühwein für alle.

»Danke, aber ich trinke nichts«, sagte Karla, die neben mir einen Platz gefunden hatte, leise.

»Sie wollen sich nach dieser Wanderung doch keine Lungenentzündung holen, Frau Bach? Wir können keinen Krankenstand gebrauchen, jetzt, wo bald die Vorweihnachtszeit mit den vielen Briefen ans Christkind beginnt.«

Er lachte laut. Der Wirt brachte das Tablett mit den Bechern darauf. Die Kollegen reichten sie weiter. Ich roch an meinem Glühwein, der nach Zimt und Gewürznelken duftete. Warf einen Seitenblick auf Karla, die mit zusammengezogenen Augenbrauen in ihren Becher schaute. Ihr Chef hob den seinen, rief: »Auf unser Wohl!« und führte ihn zum Mund. Karla nippte an ihrem Glühwein. Verzog das Gesicht. Ich beugte mich zu ihr: »Warum lassen Sie ihn nicht einfach stehen?«

»Bevor ich diese Stelle bekommen habe, war ich drei Jahre lang arbeitslos«, gab sie mir zur Antwort und trank einen Schluck.

Die erste Runde Glühwein war schnell geleert. Mein Chef sorgte für Nachschub. Die Stimmen der Kollegen wurden lauter, es wurde mehr gelacht, hie und da mit der flachen Hand auf den Tisch geschlagen. Ein Arbeitskollege aus meiner Filiale fing an, Witze aus seinem unerschöpflichen Repertoire zu erzählen. Karla, die immer noch bei ihrem ersten Becher Glühwein war, begann zu kichern. Ich beobachtete sie. Die Grübchen in den Wangen standen ihr gut. Die Augen schimmerten feucht. Ihre Zähne waren gerade, makellos und weiß. Sie leerte den ersten Becher, trank einen Schluck von dem zweiten und grinste mich an: »Sie sind mein Retter.«

»Bitte nennen Sie mich Manuel«, sagte ich und hielt ihr die Hand hin. Sie bot mir das Duwort an.

Eine halbe Stunde später betrachtete ich auf dem Gang vor der Toilette die Hirschgeweihe, die ausgestopften Bälger von Auerhähnen und Murmeltieren an den Wänden. Karla kam mir entgegen. Beim Gehen wankte sie ein wenig.

»Was hätte ich nur ohne dich gemacht«, lallte sie und fiel mir um den Hals.

Wir wurden ein Paar. Am Anfang konnten wir es geheim halten, aber die Mitarbeiter in meiner Filiale kamen rasch dahinter. Karla hatte einen Dreißig-Stunden-Job bei der Post, war um fünfzehn Uhr mit ihrer Arbeit fertig und holte mich danach von meiner ab. Aus irgendeinem Grund hielten es meine Kollegen für ihr Verdienst, dass es zu dieser Beziehung gekommen war. Johlten und klatschten, wenn sie Karla sahen, und schlugen mir auf den Rücken. Ich mochte die Aufmerksamkeit. Karla nicht.

»Ich warte um zehn nach vier vor dem Café um die Ecke auf dich«, sagte sie nach zwei Wochen und deutete mit der Hand in die Richtung.

Es verstimmte mich, dass sie meine Filiale nicht mehr betreten wollte. Mir fehlte die neu erworbene Anerkennung. Ich war so glücklich, eine Beziehung mit einer Frau zu führen, die ich mochte, die mich mochte, die ganze Welt sollte davon erfahren! Ich fing an, mir Zeitausgleich zu nehmen, die Überstunden aufzubrauchen, die ich in den letzten Jahren angesammelt hatte. Mittwochs und freitags holte ich Karla um fünfzehn Uhr in der Maria-Eis-Gasse ab. Ihre Kollegen reagierten nicht anders als meine.

»Ich mag das nicht, Manuel«, sagte Karla zu mir, als ihre Kollegen außer Hörweite waren.

»Jetzt sei nicht so! Es ist doch nett, wie sie sich für uns freuen«, antwortete ich und strich ihr eine Haarsträhne aus dem Gesicht. Karla verdrehte die Augen.

Eines Abends, wir lagen eng umschlungen auf meiner Couch und schauten uns »Der Pate« auf DVD an, weil Karla den Film tatsächlich noch nie gesehen hatte, sagte ich: »Lass uns nachher ausgehen!«

Karla stemmte sich von mir weg. Sah mich an: »Wirklich? Du weißt doch, dass ich das nicht so gerne tue. Und du hast auch gesagt, dass du …«

»Das stimmt«, unterbrach ich sie, »aber hie und da könnte es ja lustig sein.«

Sie lächelte.

»Vielleicht hast du recht.«

Nach dem Film gingen wir gemeinsam duschen. Wuschen uns

gegenseitig die Haare. Karla föhnte die ihren über eine Rundbürste, die sie vor zwei Tagen aus ihrer Wohnung mitgebracht hatte. Ich zog mein bestes Hemd an. Sie fand einen dunkelroten Lippenstift in ihrer Handtasche und trug ihn auf. Ich musterte ihr Gesicht.

»Die Farbe steht dir gut. Ich habe nicht gewusst, dass du Makeup besitzt.«

Sie zuckte mit den Schultern, drehte sich vor dem Spiegel.

Wir beschlossen zu Fuß zu gehen. Eingehakt marschierten wir Richtung Bermuda-Dreieck.

Es war unter der Woche und wir bekamen im »Kaktus« einen Platz an einem Stehtisch. Ich bestellte Whisky-Cola, Karla trank Mineralwasser mit zwei Zitronenscheiben und einem Minzblatt. Wir unterhielten uns über den Betriebsausflug, der uns zusammengebracht hatte, lachten. Ich küsste sie auf die Stirn. Sie lehnte sich an meine Schulter.

Nach meinem dritten Glas fing ich an zu schwärmen. Meine Stimme wurde lauter. Karla blickte um sich. Lächelte gequält. Ein großer Typ mit Glatze und breiten Schultern in einem eng anliegenden T-Shirt ging an unserem Tisch vorbei. Ich sprach ihn an. Deutete auf Karla: »Sie ist meine Freundin.«

Er musterte mich von oben bis unten.

»Sehe ich aus, als ob mich das interessieren würde?«, sagte er und ging weiter.

Karla starrte mich an: »Manuel, hör auf damit! Das ist mir peinlich.«

»Was denn?«, lachte ich und bestellte ein weiteres Glas Whisky-Cola.

Ich sprach ein älteres Pärchen an und einen Mann, der ein Poloshirt trug. Karla wurde immer kleiner.

»Habt ihr schon einmal eine solche Schönheit gesehen?«, fragte ich eine Gruppe Jugendlicher, die das Lokal betreten hatten und auf der Suche nach einem Stehplatz waren. Ich hielt einen

Burschen am Arm fest und machte eine Kopfbewegung Richtung Karla: »Sie gehört zu mir.«

Der Junge machte sich los. Musterte mich. Putzte sich den Arm ab. Karla umfasste den meinen. Ihre Hand eine Zange. Die Augenlider flatterten. Ihr Gesicht trotz der spärlichen Beleuchtung bleich.

»Entschuldigung, bitte«, sagte sie zu dem jungen Mann. Der nickte, schüttelte den Kopf und folgte seinen Freunden.

Ich betrachtete Karla. Obwohl ich betrunken war, merkte ich, dass ihr Körper verkrampft war. Ihre Gesichtszüge verzerrt.

»Was hast du denn?«, fragte ich sie.

Ihr Brustkorb bewegte sich auf und ab. Sie schloss die Augen. Öffnete sie: »Ich dachte, du würdest mich verstehen. Ich dachte, du wärst wie ...«

Sie brach ab. Blickte zu Boden und wieder hoch.

»Ich bin keine Trophäe, Manuel! Ich gehe nach Hause«, sagte sie und ging. Ich war unfähig, ihr zu folgen.

Am nächsten Morgen fand ich einen Brief vor meiner Tür. Ich hob ihn auf. Öffnete das Kuvert. Auf dem Papier, das hellgrün war und nach Minze roch, stand eine Zeile:

»Manuel, ich kann das nicht. Versuche nicht, mich zu überreden. Es tut mir leid.«

Drei Tage war ich gelähmt, dann ging ich in ihre Filiale. Sie war nicht da. Einer ihrer Kollegen sagte mir, dass sie überraschend gekündigt habe. Mir wurde klar, dass ich nicht wusste, wo sie lebte. Sie hatte mich besucht, bei mir übernachtet. Wenn ich auf ihre Wohnsituation zu sprechen gekommen war, war sie mir ausgewichen. Ich rief sie auf ihrem Handy an. Eine Stimme sprach zu mir von einem Tonband.

»Kein Anschluss unter dieser Nummer.«

8

SONNTAGFRÜH stehe ich um fünf Uhr auf. Ich mag es, wenn mein Wecker in der Dunkelheit läutet und ich weiß, dass ich schon lange wach sein werde, wenn der Großteil der Wiener Bevölkerung sich erst aus seinen Betten wälzt. Für Stunden gehört die Stadt mir allein. Ich summe meistens um diese Zeit.

In der Dusche singe ich »Yellow Submarine« und »Here Comes the Sun« von den Beatles oder »Nothing Else Matters« von Metallica, wenn ich am Vorabend zu viel getrunken habe. Einmal habe ich meine Nachbarin damit geweckt. Sie ist in ihrem Flanellnachthemd mit den rosafarbenen Herzen vor meiner Tür gestanden und hat gedroht, mich bei der Polizei anzuzeigen. Sonst hat sich nie jemand beschwert.

Zum Frühstück trinke ich grünen Tee, hole mir den Immobilienteil meiner Zeitung zum Tisch. Mache ein Kreuz neben einer Anzeige, ringle eine andere ein. Blicke aus meinem Fenster, das nach Osten zeigt. Beobachte, wie der Himmel sich über den Dächern von unten herauf hellblau färbt, violett und dann orange.

Heute denke ich an die Sportstudentin, an ihren abgebrochenen Zahn, frage mich, ob sie bei einem Training während ihres Studiums einen Ball ins Gesicht bekommen hat oder einen Squashschläger auf den Mund. Eine andere Sportstudentin hat mir einmal erzählt, dass sie beim Geräteturnen kopfüber von den Ringen gestürzt sei. Die Schutzmatte unter ihr war verrutscht. Die zwei mittleren Schneidezähne ihres Oberkiefers blieben im Holzboden stecken. Diesen Anblick könne sie nie vergessen.

Ich stelle mir vor, ich muss zum Schwimmunterricht. Die Sportstudentin hat gejammert, dass der Montagmorgen immer schon um sechs Uhr fünfundvierzig im Stadthallenbad beginnen würde. Sie und ihre Kollegen würden dann noch mit ihrem Wochenendhangover kämpfen. Ich hätte kein Problem damit. Ich stelle mir die athletisch gebauten Körper der Studenten vor, die knappe schwarze Badehosen tragen und eine rasierte Brust haben. Verbrenne mich an meinem Tee.

Heute brauche ich nach keiner Anzeige zu suchen. Ich werde die beiden Wohnungen besichtigen, deren Adressen und Telefonnummern ich auf dem Zeitungsstreifen notiert habe. Gestern hatte ich keine Lust mehr dazu. Ich hole das Stück Papier aus meiner Handtasche. Blicke auf die Uhr. Zum Anrufen ist es zu früh.

Ich blicke in den Kühlschrank. Finde eine Tube extrascharfen Senf, ein Joghurt mit abgelaufenem Verbrauchsdatum und eine halbe Tomate. Ich wasche den Joghurtbecher aus, werfe ihn in den Plastikmüll, gehe in mein Schlafzimmer, schlüpfe in den Faltenrock, den Strickpullover und schlinge den Schal um meinen Hals. An der Garderobe ziehe ich den Parka über und Stiefel.

Im Kaffeehaus bin ich der erste Gast. Ich setze mich ans Fenster, wo ich die Spaziergänger beobachten kann. Der Gehweg bleibt leer. Der Kellner kommt zu meinem Tisch. Seine Augen sind verquollen. Er hat einen Zahnpastaspritzer an seinem Kinn. Ich kenne seinen Namen nicht. Er arbeitet seit zwei Monaten hier und ist nicht gesprächig.

»Sie haben da etwas«, sage ich und deute auf die Zahnpastastelle.

»Was darf ich Ihnen bringen?«, fragt er.

Ich blicke zur Vitrine, in der die Mehlspeisen präsentiert werden. Der Topfenstrudel ist bestimmt vom Vortag, denke ich und bestelle einen Schinken-Käse-Toast mit Ketchup und einen gespritzten Apfelsaft. Nach zehn Minuten kommt der Kellner mit einem vollen Tablett zurück. Der Zahnpastaspritzer klebt an seinem Kinn.

Maria steht vor dem Eingang. Sie müht sich ab, ihren Gehstock unter ihre Achsel zu klemmen, um öffnen zu können. Ich habe sie nicht kommen sehen. Ich springe auf, halte ihr die Tür.

»Bitte, setz dich zu mir.«

Ich spreche langsam und laut, betone jede Silbe, deute auf meinen Platz. Sie lächelt mich an. Ich hake mich bei ihr unter. Führe sie zu meinem Tisch.

Maria ist taubstumm. Durch einen Unfall hat sie als junge Frau ihr Gehör verloren. Mit der Zeit verschwand ihre Sprache mehr und mehr. Ich habe sie vor zwei Jahren kennengelernt. Sie besucht dieses Kaffeehaus ähnlich oft wie ich. Mir ist aufgefallen, wie sie die Leute beobachtet. Stundenlang sitzt sie da, rührt sich nicht, lässt ihren Blick schweifen. Sie hat einen Zeichenblock aus Büttenpapier in ihrer Handtasche, Rötelstifte und Kreiden. Wenn sie genug Eindrücke gesammelt hat, beginnt sie zu zeichnen. Mit schnellen, kräftigen Strichen formt sie Konturen, schraffiert Flächen, setzt Punkte und Linien auf das Blatt. Hat man sie gehen gesehen, möchte man nicht glauben, dass diese alte Dame sich so flink bewegen kann. Maria zeichnet Hände. Gefaltete, verkrampfte, solche, die gestikulieren. Ihre Handsammlung besteht aus mehr als tausend Stück, aus über sieben Jahrzehnten.

»Warum malst du nie etwas anderes, Gesichter zum Beispiel?«, habe ich ihr auf einen Zettel geschrieben. Sie kritzelte darauf, gab ihn mir zurück.

»An den Händen kann ich erkennen, was ich über eine Person wissen muss«, stand auf dem Papier.

Sie setzt sich mir gegenüber, holt ein Blatt und einen Bleistift aus ihrer Handtasche. Schreibt. Der Kellner kommt. Nimmt das Blatt. Liest. Legt es auf den Tisch und nickt.

Seit einem Jahr beschäftige ich mich mit der Gebärdensprache. Wann immer ich mich darin versucht habe, hat Maria abgewunken. Sie möge das Blättersystem. Wenn ihr ein Satz besonders gefalle, könne sie ihn aufheben. Mit dem Gedächtnis sei es in ihrem Alter nicht mehr so einfach. Ich habe mir vorgenommen, sie dennoch mit dem Beherrschen der Gebärdensprache zu überraschen. Mir gefällt, dass die nationalen Unterschiede dieser Kommunikationsform viel geringer sind als die der Lautsprachen.

Schau mal auf das Kinn des Kellners, wenn er zurück ist, schreibe ich. Der Kellner bringt Marias Espresso. Sie sieht zu ihm hoch. Hält sich die Hand vor den Mund. Unzählige Lachfalten zeigen sich um ihre Augen. Wir grinsen uns an.

Siehst du dir heute wieder eine Wohnung an, schreibt sie. Ich krame nach meinem Handy. Nicke.

Ich bekomme einen Besichtigungstermin um zehn Uhr. Um neun verabschiede ich mich von Maria. Sie hat noch nichts gezeichnet. Beobachtet einen fleischigen Kerl mit Glatze und Kinnbart, der in der Ecke des Kaffeehauses sitzt und in einer Tageszeitung liest. Auf seine rechte Hand ist eine Amsel tätowiert.

Die Wohnung liegt in der Laudongasse. Ich gehe an dem Lokal »Brot und Spiele« vorbei. Denke daran, wie ein Bekannter, den ich bei einer Besichtigung seiner WG in der Skodagasse getroffen habe, hier seinen Goldfisch beim Master-Mind-Spielen an den Barkeeper verloren hat.

Ich läute an der Wohnungstür. Warte. Läute. Nach fünf Minuten öffnet sich das Eingangstor mit einem Summen. Ich trete ein.

»Dritter Stock!«, ruft jemand durch die Sprechanlage.

Ein groß gewachsener Typ, hager, mit wenigen Haaren und einem breiten Mund, öffnet mir die Tür. Er ist mir auf Anhieb sympathisch. Er trägt Filzpantoffeln. Ich schlüpfe aus meinen Stiefeln. Er stellt sich vor, hält mir die Hand hin. Ich schüttle sie kräftig. Er führt mich zu einem Zimmer.

»Hier wäre deine Lagerstätte, für den Fall.«

Ich betrachte den Raum. Er ist klein. Die Wände dunkelgrün. Poster von Heavy-Metal-Bands, deren Namen ich nicht kenne, kleben daran. An manchen Stellen ist Farbe abgeblättert. Ich ziehe die Augenbrauen hoch. Der Vermieter folgt meinen Blicken.

»Du müsstest halt ausmalen.«

Er zeigt mir das Bad und die Toilette. Deutet auf eine verschlossene Tür: »Meine Freundin schläft ihren Rausch aus. Ist gestern ein bisserl später geworden!«

Er grinst.

In der Küche sehe ich keine Kaffeemaschine.

»Habt ihr Tee da?«, frage ich und reibe meine Hände aneinander.

Der Vermieter bereitet eine Kanne Earl Grey zu. Nimmt zwei Becher aus einem Regal. Füllt Tee hinein und gießt Milch dazu.

»Du trinkst ihn doch mit Milch?«, fragt er und stellt einen vollen Becher vor mich auf den Tisch. Er setzt sich zu mir.

»Das Zimmer ist recht billig. Du hast gesehen, wie klein es ist. Und der zweite Vorteil ist, dass ich kaum da sein werde in diesem Jahr. Ihr hättet also viel Platz.«

Ich frage, wo er sich aufhalten wird. Beobachte ihn dabei über den Rand meiner Tasse hinweg.

»Sechs Monate Australien. Ich werde mit Tigerhaien tauchen.«

Seine Augen leuchten. Ich will wissen, wie er dazu gekommen ist.

»Ich werde ›down under‹ Daten für meine Diplomarbeit sammeln. Ich arbeite für einen Verhaltensforscher, der herausgefunden hat, dass die Haie in einen Trancezustand verfallen, wenn man sie an der Schnauzenspitze auf den Rücken dreht. So kann man sie ohne Einfluss von Betäubungsmitteln untersuchen.«

»Und bis ihr sie so weit habt?«

Der Student zuckt mit den Schultern.

»Wenigstens sind es keine weißen«, murmle ich. Der Student winkt ab.

»Es bestehen gute Chancen, den Angriff eines weißen Hais zu überleben. Das liegt an seiner Jagdtaktik. Ein großer Weißer beißt in die Weichteile seines Opfers, schwimmt fort und lässt es verbluten. Erst dann kommt er zurück, um zu fressen. Und wenn dich während dieser Zeit jemand rettet …«

Ich ziehe die Schultern zusammen.

»Wie beruhigend!«

»Der Tiger dagegen ...«, er schüttelt den Kopf. Dann lächelt er: »Und was studierst du?«

»Sportwissenschaften. Da kann man höchstens Mal einen Zahn beim Geräteturnen verlieren«, grinse ich.

»Oder man bricht sich das Genick«, sagt der Zoologiestudent, »dann schon lieber Abenteuertod im Meer!«

9

MIT Katzen habe ich abgeschlossen. Sie haben mich als Kind zum Weinen gebracht und heute tun sie mir noch weh. Ich liege in meinem Bett, blicke an die Decke. Seit Neuestem höre ich das Klacken ihrer Krallen auf dem Parkett aus Jutta Weigelstorfers Schlafzimmer, das über meinem liegt. Ich dachte, dass die Samtpfoten ihre Krallen nur verwenden, wenn sie klettern wollen oder angreifen. Ich lege den Polster auf mein Gesicht, drücke ihn an die Ohren. Das Geräusch ist noch zu hören.

Ich gehe ins Bad. Wasche mich. Putze mir die Zähne. Dabei schaue ich nicht in den Spiegel. Zum Rasieren habe ich keine Lust. Mein Blick fällt auf das Katzenkistchen. Ich erinnere mich an das Gespräch mit der Verkäuferin aus dem Heimtierbedarfsgeschäft. Ein warmer Ort … Ich drehe die Heizung zurück.

Ich habe keinen Hunger. In dem Regal, in dem ich die ungekühlt haltbaren Lebensmittel aufbewahre, stapeln sich Katzenfutterdosen. Im Gefrierschrank steht eine halb volle Futterschüssel. Ich habe Durst. In dem Backwarenshop gegenüber meiner Postfiliale kann ich mir vor der Arbeit etwas zu trinken kaufen. Hinter meiner Stirn Druck.

Ich denke an Bettina. Ich habe ihr erzählt, dass ich mir eine getigerte Katze aus dem Tierheim geholt habe, die Mimi heißt. Sie hat mir erzählt, dass sie Katzen lieben würde. Ihre Schwester, die Spielsüchtige, habe drei. Sie kümmere sich viel um sie. Dreimal pro Woche fahre sie in die Wohnung ihrer Schwester nach Simmering. Bringe Katzenfutter mit, leere die Kistchen und bürste das Fell der Tiere. Andernfalls würden die armen Dinger vollständig verwahrlosen.

Aus ihrer Handtasche hat Bettina ihre Geldbörse geholt, sie geöffnet und mir das Foto dreier schwarzer Katzenbabys gezeigt, die nebeneinander in einem Körbchen mit einer rosafarbenen Polsterung saßen. Damals hatte ich mir überlegt, ein Foto von Mimi in meine Geldbörse zu stecken.

Ich blicke auf meine Armbanduhr. Es ist zu früh, um in die Arbeit zu gehen. Mein Kopf schmerzt. Von oben das Klacken der Krallen. Ich setze mich auf einen Sessel an meinem Wohnzimmertisch, stütze die Stirn in meine Hand und fange an, mit Daumen und Mittelfinger meine Schläfen zu massieren. Bekomme Lust auf einen Toast Hawaii. Aus den Augenwinkeln sehe ich einen Schatten hinter meiner vertrockneten Kletterpflanze. Ich hebe den Kopf. Ist Mimi ...? Habe ich gestern beim Heimkommen die Tür nicht ...?

Ich gehe zu meinem Regal. Blicke hinter die Kletterpflanze. Bücke mich. Schaue hinauf. Nichts. Ich betrachte den Keramiktopf, der mit kleinen lilafarbenen Blüten verziert ist. Handbemalt. Ich hatte ihn auf einem Kunstmarkt für Rita gekauft. Das Pochen in meinem Kopf wird stärker. Ich hebe die Hand. Fege den Topf mit der Kletterpflanze vom Regal. Die Wucht des Aufpralls schlägt eine Kerbe in meinen Holzboden. Scherben rund um mich.

Ich betrachte die Kletterpflanze, die nie ein leichtes Leben bei mir hatte. So wie die wenigen grünen Blätter aussehen, werden sie bald absterben. Ich gehe in die Küche. Hole das Katzenfutter aus meinem Regal. Mit einem Stapel Dosen komme ich ins Wohnzimmer zurück, werfe sie neben den zerbrochenen Topf. Ich wasche Mimis Futternapf aus, reinige ihr Katzenkistchen, hole ihr Schlafkörbchen mit der Biobaumwolldecke, türme alles auf den Haufen. Ich betrachte meine Bücher, die abgestaubt werden müssten, ziehe eines nach dem anderen aus dem Regal. Der Haufen wird größer. Nach und nach leere ich die Kommoden und Kästen meiner Wohnung. Lasse den Berg wachsen. Je höher, desto besser.

Mein Mobiltelefon klingelt. Ich ziehe es aus meiner Hosentasche. Lese Bettinas Nummer auf dem Display und drei versäumte

Anrufe in Abwesenheit. Ich kontrolliere die Uhrzeit. Es ist fünf nach halb neun. Sie hat mich aus der Arbeit angerufen. Ich drücke den Ausschaltknopf. Das Logo des Mobilfunkbetreibers auf meinem Handy verschwindet. Das Display ist schwarz. Ich ziehe den Stecker meines Festnetztelefons aus der Dose. Betrachte den Berg. Die Schmerzen in meinem Kopf sind noch zu spüren.

Ich sehe eine dunkelblaue Tafel vor mir. Siebzehntausend Gegenstände steht dort in hellgrauer Schrift. Ein durchschnittlicher Mitteleuropäer. Ich kauere mich neben den Haufen. Nehme meine Besitztümer nacheinander in die Hand, fange an, sie zu zählen, schlichte sie dabei von links nach rechts. Bald habe ich zwei Berge.

Ich frage mich, ob Scherben als einzelne Dinge gewertet werden dürfen und ob ich aus diesem Albtraum erwachen werde, wenn ich mich an einer von ihnen schneide. Zwischen den Seiten eines Bildbands über Korallenriffe ein Foto. Ich nehme es heraus.

Auf dem Bild ist Karla zu sehen, sie hat ihren Arm um meine Schulter gelegt. Lacht. Ihre Haare sind strähnig, die Zähne gerade und makellos weiß. Im Hintergrund wächst ein Wacholderstrauch. Zwischen seinen kahlen Ästen und vertrockneten Beeren lugt der blaue Himmel hindurch. Wir sitzen auf einer Parkbank, in unsere Winterjacken gehüllt. Das Foto hat ein ungarischer Tourist für uns geschossen.

In der kurzen Zeit, in der ich mit Karla eine Beziehung geführt habe, habe ich hundertzweiundfünfzig Fotos von ihr gemacht. Eines an jedem Morgen und eines an jedem Abend. Am Tag, nachdem wir zusammengekommen sind, habe ich mir eine Digitalkamera gekauft.

»Besitzt du nicht langsam genug Bilder von mir?«, hat Karla mich gefragt und ihre Stirn gerunzelt.

Eine Woche, nachdem sie mich verlassen hatte, kam Bettina in der Mittagspause zu mir. Sie hatte beobachtet, dass ich während der Arbeit Karlas Fotos betrachtet hatte.

»Verbrenn sie!«, hat sie mir geraten. »Das hilft.«

Zu Frühlingsbeginn fuhr ich in den Wienerwald. Ich stapfte durch das vertrocknete Laub des Vorjahres. Fand abgeblühte Schneeglöckchen. An manchen Stellen war der Boden von Primeln und Leberblümchen lila-gelb gesprenkelt. Ich hockte mich hin. Fuhr mit der Hand durch die Laubschicht, hielt meine Finger an die Nase, die nach Moder und feuchter Erde rochen, löste einen Moospolster von einem Felsen. Zerrieb die Erde an seiner Unterseite zwischen meinen Händen. Am Ufer eines Bachlaufs sammelte ich mittelgroße Kiesel. Formte einen Steinkreis. Ich klaubte trockenes Reisig auf, legte es in seine Mitte. Warf den Stapel Fotos, den ich in der Brusttasche meiner Jacke getragen hatte, hinein. Ich zündete ein Streichholz an. Warf es dazu. Die Flammen begannen an dem bedruckten Papier zu lecken. Wurden höher, breiteten sich aus, fraßen von meiner Erinnerung. Ich habe nicht geweint.

Ich betrachte das Foto in meinen Händen. Die zwei Berge, die annähernd gleich groß sind. Ich bin mir sicher, dass ich siebzehntausend Gegenstände zählen werde, allenfalls sechzehntausendneunhundertneunundneunzig oder siebzehntausendeins. Ich schiebe die beiden Haufen zusammen. Lege das Foto oben auf. Ich hole Werbeprospekte und Zeitungspapier aus meinem Postkasten. Zerknülle die Seiten und stopfe sie in die Leerräume des Stapels aus Gegenständen. Ich ziehe den Kopf eines Streichholzes über die Reibfläche an der Schachtelseite. Er flammt auf. Ich stecke das Hölzchen unter das zerknüllte Zeitungspapier. Rauch steigt auf. Verbreitet sich im Raum. Das Blut pulsiert in meinen Schläfen. Ich bin müde. Mein Kopf schwer. Ich lege mich flach auf den Parkettboden. Meine Umgebung zieht sich zusammen. Die Gegenstände schrumpfen. Erleichtert schließe ich die Augen.

10

MEINE Mutter hat meinen Vater nie geliebt. Eine Woche vor ihrer Hochzeit ging sie zu meinem Großvater und erklärte ihm, dass sie nicht heiraten könne. Sie wolle Pilotin werden. Mein Großvater hat sie ausgelacht. Was sie sich vorstelle, hat er gefragt, wie er dann dastehe und ob sie wirklich glaube, die Passagiere würden zu einer Frau ins Flugzeug steigen, um dieser ihr Leben zu überlassen. Hubert Kramer sei ein anständiger Mann, der einen anständigen Beruf erlernt habe und seine Tage lang gut für sie sorgen werde. Sie solle auf den Boden der Tatsachen zurückkehren und aufhören, in den Wolken zu schweben.

Meine Mutter ist mit meiner Großmutter nach Wien gefahren. Sie waren in elf verschiedenen Brautmodengeschäften, weil meine Mutter die angebotenen Kleider zu festlich fand. Schließlich entschied sie sich für ein schlichtes weißes ohne Rüschenbesatz und für einen Hut mit einer blauen Schleife. Zur Hochzeit trug sie flache Schuhe und kein Make-up, mit der Ausnahme von ein wenig dunkelblauer Tusche auf dem oberen Wimpernkranz. Als der letzte Hochzeitsgast die Feier verlassen hatte und sie mit meinem Vater allein war, fühlte sie sich so einsam wie noch nie in ihrem Leben.

Die Geschichte kenne ich von meiner Tante. Sie hat sie mir nach dem Tod meines Vaters erzählt. Meine Mutter weiß nichts davon.

Ich betrachte das Modell eines Airbus A380, das in der Auslage eines Reisebüros in der Linken Wienzeile steht, ein Plakat mit einem Palmenstrand am türkisblauen Korallenmeer dahinter. Ich bin mit der U-Bahn zur Kettenbrückengasse gefahren, weil ich in meinem Lieblingslokal zu Mittag essen möchte, das um die Ecke liegt. Es ist ein kleines Restaurant mit dem Namen »Beijing«. Es stehen vier Tische darin, an denen jeweils vier Personen Platz finden. Es ist ein »Eine-Frau-Unternehmen«. Seine Besitzerin heißt Lin. Im »Beijing« gibt es keine Speisekarte. Man geht zum Naschmarkt hinüber, schlendert durch die Reihen der Verkaufsstände mit frischem Obst und Gemüse, Seefisch, Fleisch und Käse, kauft Zutaten und bringt sie Lin, die daraus die köstlichsten Speisen zaubert. Sie ist eine Meisterin im Würzen und Kreieren von Saucen. Für die Zubereitung zahlt man je nach Aufwand zwei bis drei Euro. Die Getränke kauft der Gast im Lokal. Manchmal hat Lin einen Thementag. Heute ist es »Essen auf Safari«. Sie lacht, als ich ihr einen halben Oktopus, Zitronengras und Bambussprossen bringe.

Nach dem Mittagessen wandere ich in die Josefstadt. Um drei Uhr kann ich das WG-Zimmer in der Piaristengasse besichtigen. Die Wohnung liegt um die Ecke vom Theater. Als ich an der Türglocke läuten will, spricht mich ein Pärchen an. Die beiden sind schon eine Weile hinter mir gegangen. Ich habe sie zusammen lachen hören.

»Kommst du wegen des Zimmers?«

Ich nicke. Ich mustere die beiden von der Seite. Er ist groß, hat kräftige Schultern, sie klein und hager, mit Sommersprossen auf der Nase. Beide strecken mir die Hände hin.

Zwei Frauen stellen sich vor. Die Größere zieht ihre Freundin zu sich, drückt ihr einen Kuss auf die Nasenspitze und grinst.

»Du hast doch kein Problem mit gleichgeschlechtlicher Liebe?«

Ich schüttle energisch den Kopf. Fühle mich ertappt, weil ich die Möglichkeit, es könne sich um zwei Frauen handeln, nicht einmal in Betracht gezogen habe. Ich habe mich für aufgeschlossener gehalten.

Wir fahren mit dem Lift in den vierten Stock. Die Größere der beiden sperrt die Wohnungstür auf. Sobald sie öffnet, drängt die Kleinere sich an ihr vorbei. Sie deutet mir mit den Händen.

»Warte bitte! … Jetzt kannst du hereinkommen!«

Ich betrete den Vorraum. Werde geblitzt. Sie hält eine Sofortbildkamera in den Händen. Lacht. »Für unsere Sammlung«, sie deutet an die Wand. Ich schaue auf die Bilder. Außer weißen Flecken kann ich nichts erkennen. Ich blinzle. Sehe Gesichter. Erschrockene, lachende, mit zusammengekniffenen Augen, manche mit den Händen ihrer Besitzer davor. Sie füllen die rechte Wandseite des Vorraums und die Hälfte der linken. Die junge Frau schwenkt mein Foto in der Luft. Ich beuge mich vor. Blicke auf das Bild. Mein Mund steht offen, sieht noch breiter aus als sonst. Ich verziehe mein Gesicht.

»Jeder bekommt nur eine Chance«, sagt die Fotografin und zuckt mit den Schultern.

Das Pärchen führt mich durch seine Wohnung. Die Kleinere der beiden erklärt mir den Mietpreis, die Regeln des Zusammenlebens in ihrer WG, warum ein Zimmer bei ihnen frei geworden ist. Die Größere nickt und schweigt. Im Wohnzimmer gerahmte Fotos. Sie zeigen die beiden in einem Ruderboot auf einem Fluss, der von tropischen Pflanzen gesäumt ist, auf einer Hängebrücke über einem Wasserfall, die Größere vor einem Zelt in der Savanne, die Kleinere, die winkend auf einer Sanddüne steht.

Ich räuspere mich.

»Möchtest du etwas zu trinken haben?«, fragt die Kleinere mich.

Wir sitzen am Wohnzimmertisch. Die größere der beiden Frauen und ich haben einen Becher Wasser vor uns stehen, die kleinere eine Margarita in einem Stielglas.

»Du wirst dich noch zu Tode saufen«, schimpft ihre Freundin.

»Vom Zu-Tode-Saufen bin ich meilenweit entfernt«, entgegnet die Kleine.

Die Größere zuckt mit den Schultern. Jede nippt an ihrem Getränk. Wir schweigen. Ich habe das Gefühl, die Wände des

Raumes sind näher an uns herangerückt. Nach einer Weile deute ich auf die Fotos. Frage nach den Reisen.

»Wir haben uns am Flughafen in Johannesburg kennengelernt. In einem Gespräch über die beste Art, den Krüger Nationalpark zu durchqueren, haben wir herausgefunden, dass wir in Wien nur drei Straßen voneinander entfernt wohnen«, kichert die Kleine, »das Ziel meiner Freundin sind die weißen Flecken auf den Landkarten.«

Ich ziehe die Augenbrauen hoch: »Gibt es denn noch welche?«

Die Größere steht auf. Deutet auf das Foto, auf dem die tropische Flusslandschaft zu sehen ist.

»Im Amazonasgebiet existieren haufenweise Stellen, die du in keinem Atlas finden wirst.«

»Ist das nicht riskant? So abseits von jeder Zivilisation unterwegs zu sein?«

Sie zuckt mit den Schultern.

Ihre Freundin steht auf. Stellt sich neben das Foto aus der Savanne.

»Das hier sieht vielleicht aus wie ein netter Safari-Urlaub. In Wirklichkeit waren wir in einem Malaria-verseuchten Gebiet unterwegs, das sogar die Einheimischen meiden. Unser Zelt haben wir wegen der aggressiven Treiberameisen in den Bäumen aufhängen müssen, wie die Bergsteiger in den Kletterwänden. Ich habe Fieber bekommen und wir hatten vier Tage nichts zu essen.«

Sie nippt an ihrem Cocktail. Sieht mich an.

»Und weißt du, was das Erste war, das wir nach diesen vier Tagen auftreiben konnten? Eier! Ich bin allergisch gegen Eier.«

»Aber du hattest keine Reaktion. Daran erkennt man, wie die Nutztiere bei uns in Mitteleuropa gehalten werden. Sind mit Antibiotika voll gestopft und mit was weiß ich was noch für Medikamenten!« Die Größere gibt einen schnaubenden Laut von sich.

Ich lache.

»Ich habe einen Freund, der für seine Diplomarbeit mit Tigerhaien schwimmen wird. Ihr würdet euch verstehen.«

Die Kleinere macht eine abwehrende Handbewegung.

»Nicht noch mehr Verrückte. Ich persönlich würde mich ja mit gewöhnlichem Städtetourismus zufrieden geben. Ab und zu ein netter Badeurlaub, Wandern in der Schweiz, maximal noch eine geführte Safari …«, sie seufzt. Sieht auf.

»Habe ich schon erwähnt, dass ich mir in Mosambik die rechte Hand gebrochen habe? Hundertfünfundachtzig Kilometer vom nächsten Krankenhaus entfernt, und wir hatten kein Fahrzeug.«

Ich schüttle den Kopf. Denke an Karla in ihrem grün gemusterten Kittel. Hatte sie gesagt, dass sie morgen entlassen würde? Ich erhebe mich. Erkläre, dass ich einer kranken Arbeitskollegin einen Besuch versprochen hätte. Die beiden nicken. Die Kleinere bringt mich zur Tür.

»Wir melden uns«, sagt sie und winkt.

Auf dem Weg ins Krankenhaus stelle ich mir vor, dass Treiberameisen über dessen Fassade krabbeln, durch Türspalten und Mauerritzen in sein Inneres vordringen. Fleischfressende Pflanzen strecken ihre Äste in Karlas geöffnetes Zimmerfenster. Ein Affe turnt auf der Haltevorrichtung über ihrem Bett. Sie schreit, ruft um Hilfe, als ihr das Tier ins Gesicht springt. Ich beschleunige meine Schritte.

Im Krankenhaus klopfe ich an Karlas Zimmertür, bekomme keine Antwort.

»Suchen Sie jemanden?«, fragt mich die Schwester mit dem wulstigen Kinn und der Hornbrille, bevor ich öffnen kann.

»Frau Karla Bach. Sie ist letzte Woche in diesem Zimmer gelegen.«

»Die haben wir am Freitag entlassen. Sie wollte auf keinen Fall länger hierbleiben und aus medizinischer Sicht hat nichts dagegen gesprochen.«

Ich bedanke mich für die Auskunft. Fühle mich schuldig. Ein mittelgroßer Mann mit braunem Haar begegnet mir am Gang zu den Aufzügen. Sein Gesicht ist bleich und sein Körper steckt in dem gleichen grün gemusterten Krankenhauskittel wie Karlas. Er murmelt etwas, das ich nicht verstehe. Die Vorstellung, dass er im Alltag Poloshirts und Wildlederschuhe trägt, heitert mich nicht auf.

11

DIE Stimme von Jutta Weigelstorfer weckt mich. Sie ruft. Ein Klopfen an meiner Eingangstür. Eine andere Stimme, die ich nicht kenne. Das Klopfen wird lauter. Ich setze mich auf. Meine Lungenbläschen verklebt. Ich huste. Es ist hell im Zimmer. Rauchig und warm. Mein Kopfweh hat sich ausgebreitet. Mein Nacken schmerzt. Mein Hals. Stiche in meiner Kehle. Ein Brennen. Ich sehe die verschwommenen Umrisse meiner Couch. Meine Stehlampe hat zwei Schirme. Sie schaukeln ineinander. Der Boden wankt. Ich kippe.

Ich kann mich nicht bewegen. Meine Arme und Beine aus Stein. Meine Lunge hat sich zu der Größe eines Tennisballs zusammengezogen. Ich schnappe nach Luft. Die Stimmen werden mehr. Lauter. Ich höre ein Krachen. Das Splittern von Holz. Jutta Weigelstorfer ruft: »Um Gottes willen!«

Ein Unbekannter gibt Anweisungen: »Bitte, treten Sie zurück, Frau Weichseldorf! Platz machen! Alle zur Seite!«

Ich höre Schritte. Sehe Beine in Stiefeln. Ein Gesicht über dem meinen. Hat es eine weiße Schnauze? Ich spüre eine Hand auf meinem Brustkorb.

»Können Sie mich hören, Herr Schmidt? Herr Schmidt, was ist passiert?«

Die Hand auf meinem Brustkorb fängt an sich zu bewegen. Massiert mich. Ich will das nicht. Spanne meine Kiefer. Mein Mund lässt sich nicht öffnen. Das Maskengesicht schiebt seine Finger hinein. Dreht mich zur Seite. Beginnt in meinem Rachen zu wühlen. Tränen treten mir in die Augen. Ich möchte weg von hier. Jemand nimmt mich unter den Achseln, packt meine Beine. Ich werde hochgehoben. Sie tragen mich fort.

Ich bin auf See. Mein Boot schaukelt über die Wellen. Ich liege, die Arme unter dem Nacken verschränkt, auf seinem Boden. Spüre das Holz der Planken. Betrachte den Himmel über mir, der wolkenlos ist und mit Funkelsternen bestückt. In der Ferne steigt Nebel auf. Stimmen kommen von dort.

»Was ist hier los? Was ist passiert? Ein Hausbrand! Wer? Der Herr Schmidt. Die Wohnung angezündet. Nein. Der würde nie ... Der ist doch ... immer so unauffällig. Das passt nicht zu ihm ... Ein Unfall.«

Ich blinzle. Sehe blaues Licht, das kreist. Menschen mit offenen Mündern. Sie deuten mit ihren Händen. Ich kenne sie nicht. Eine Sirene heult. Ich blicke hinauf. Die Sterne driften. Verblassen. Der Himmel schwarz.

Ich erwache in einem weißen Raum. Decke, Wände, Boden. Alles weiß. Ich schließe die Augen. Öffne sie. Über mir ein Metalldreieck an einem Kabel. Meine Liegestatt vergittert. Der Geruch nach Desinfektionsmittel in meiner Nase.

Im Bett neben mir ein alter Mann. Sein Gesicht ist eine Landkarte. Er hält seinen Mund, der eingefallen aussieht, geöffnet. Schnarcht. Ich wende mich zur anderen Seite. Das Bett leer. Auf dem Nachttisch stehen rote Rosen in einer Glasvase, tropische Aronstabgewächse in einer aus Keramik. Eine Bonbonniere liegt halb geöffnet. Einige Pralinen fehlen. Ich wünsche mir Toast Hawaii.

Ein junger Mann betritt das Zimmer. Er trägt einen grün gemusterten Kittel. Seine Haare orangerot gefärbt und verfilzt. Er nickt mir zu. Macht kleine, langsame Schritte. Er sieht zu dünn aus. Ich blicke an mir hinunter. Ich trage den gleichen Kittel.

Eine Schwester öffnet die Tür. Schiebt einen Wagen mit drei Tabletts in den Raum. Sie hat ein freundliches Gesicht und sanfte Augen.

»Ich bringe das Mittagessen«, sagt sie. Sie sieht mich an: » Herr Schmidt. Endlich aufgewacht!«

Ich ziehe mich an dem Haltegriff hoch.

»Ich kann mich an nichts erinnern …«

Die Schwester stellt ein Tablett auf den Nachttisch des alten Herrn, eines auf den des Jungen, das Letzte auf meinen. Sie bleibt neben meinem Bett stehen. Beugt sich über mich. Tätschelt meine Hand.

»Sie hatten eine Rauchgasvergiftung. Aber machen Sie sich keine Sorgen. So weit ist alles in Ordnung. Ich werde jetzt Fieber bei Ihnen messen und einen Arzt holen, der dann gleich nach Ihnen sieht.«

Ich lasse mich in meinen Polster fallen. Rauchgasvergiftung? Ich blicke zu dem Jungen mit den orangeroten Haaren hinüber. Die Farbe erinnert mich an die von Zitas Fell. Zita war die älteste Katze auf dem Gutshof meiner Großeltern. Sie ist gestorben, als ich selbst schon erwachsen war. Ich sehe Zita, die sich mit Romeo um einen Forellenkopf balgt. Ich habe den Fisch gefangen. Es war mein erster erfolgreicher Angelausflug.

Mimi! Ich höre das Klacken ihrer Krallen. Flammen züngeln aus einem Haufen von Alltagsgegenständen und Zeitungspapier.

Ich bedanke mich bei der Schwester und schließe meine Augen.

Der Arzt kommt nach eineinhalb Stunden. Begrüßt mich kurz. Fühlt meinen Puls. Mit einem Stethoskop hört er meine Lunge ab. Er sieht in meinen Rachen. Drückt mit einem Holzstäbchen meine Zunge hinunter. Kontrolliert meine Werte, die auf einer Tafel notiert sind, die an meinem Bettende angebracht ist.

»Sie haben Glück gehabt«, sagt er und geht.

Der alte Mann ist aufgewacht. Er läutet nach der Schwester. Im Zimmer riecht es nach Urin. Die Schwester kommt. Sie mustert den alten Mann. Sein Bett, auf dessen Laken sich ein gelber Fleck ausbreitet.

»Herr Konal, wenn das nicht funktioniert mit Ihrem Toilettengang, dann müssen wir Ihnen doch einen Blasenkatheter legen.«

Der Gesichtsausdruck des alten Mannes leer.

»Ich bin gleich wieder da«, sagt die Schwester und verlässt das Zimmer.

Herr Konal sieht mich an. Er hebt seinen Kopf.

»Alles Diebe und Verbrecher! Ich kann nicht zur Toilette!«

Er zieht seine Nachttischschublade auf. Deutet hinein. Ich erkenne goldene Manschettenknöpfe, eine goldene Armbanduhr und eine silberne.

»Die verkleiden sich als Krankenhauspersonal oder als Ärzte und dann …«, er macht eine Wischbewegung mit seiner Hand, »… hab ich alles in der Zeitung gelesen. Aber von mir kriegen die nix, diese Verbrecher! Keinen Cent!«

»Ich muss an die frische Luft«, sagt der Junge mit den orangeroten Haaren und steht aus seinem Bett auf. Im Vorbeigehen sieht er zu dem alten Mann hinüber. Wirft mir einen langen Blick zu und deutet mit dem Finger an seine Stirn.

»Sehen Sie«, sagt Herr Konal, als der Junge den Raum verlassen hat, »auf so eine Gelegenheit warten die nur. Und bevor der Junge zurück ist …«

Er wiederholt die Wischbewegung mit seiner Hand. Ich erkläre ihm, dass ich mir ebenfalls die Beine vertreten möchte.

»Alles Diebe und Verbrecher«, murmelt Herr Konal, als ich das Zimmer verlasse, und reibt den goldenen Ring an seinem Finger.

Ich wandere die Gänge entlang. Betrachte die Poster von wissenschaftlichen Arbeiten an den Wänden, die bunte Bilder aus Mikroskopen zeigen, auf denen ich nichts erkennen kann. Für mich sehen sie aus wie abstrakte Malereien. Ich lese die Überschriften, die mir genauso wenig sagen. Ich setze mich auf einen orangen Plastiksessel. Die Gänge menschenleer.

Ich lese die Namen auf den Türschildern. Zähle die Titel davor. Auf manchen sind es vier. Meine Station ist im roten Bereich untergebracht. Ich weiß nicht, wie spät es ist. Es gibt keine Fenster.

Im roten Bereich kommt mir eine junge Frau entgegen. Sie hat rotes glattes Haar, das nicht gefärbt aussieht, und einen breiten Mund. Sie mustert mich. Ich habe den Eindruck, sie wolle herausfinden, was ich tue, wenn ich nicht in diesem Krankenhaus zur Behandlung bin.

»Ich bin Postbeamter«, murmle ich. Finde es seltsam, dass ich das Bedürfnis verspüre, ihr das mitzuteilen.

12

ICH gehe nicht gern zur Arbeit. Wenn ich Montag morgens meine Seidenstrümpfe über meine Beine ziehe, in einen meiner Hosenanzüge schlüpfe, in ein Kostüm mit knielangem Rock, verwandle ich mich in eine andere Person. Ich öffne meinen Schuhschrank mit den Pumps darin, wähle ein Paar, dessen Farbe zu meinem Aufzug passt. Weiß, dass ich mich mit jedem Schritt, den ich in diesen Schuhen laufe, weiter von mir entfernen werde.

Ich stehe vor dem Spiegel. Trage Make-up auf. Eine dünne Schicht. Eine Maske. Die Farbe des Lippenstifts passt zu meinem Haar. Manchmal, wenn ich es nicht aushalte, mein Körper mich an verschiedenen Stellen zu jucken beginnt, rufe ich in der Kanzlei an und behaupte, dass ich Kopfweh habe oder Grippe. Ich schminke mich ab. Schlüpfe aus meinem Arbeitsgewand. Ziehe je nach Jahreszeit eine Weste über oder einen Mantel, deren Kapuzen ich tief ins Gesicht schiebe, fahre zu einer Fakultät der Universität Wien, setze mich in einen Hörsaal mit Medizinstudenten oder einen, in dem eine Vorlesung über alte Geschichte stattfindet. Ich verstehe den Stoff, der aus dem Zusammenhang gerissen ist, nicht, lausche den Stimmen der Vortragenden, betrachte die Gesichter meiner Mitstudenten und bin glücklich.

Heute ist so ein Tag. Ich rufe trotzdem nicht in der Arbeit an. Ich war diesen Monat schon zweimal im Krankenstand. Auf meinen Absätzen stöckle ich Richtung Innenstadt. Meine Beine schmerzen bei jedem Schritt. Ich beiße die Zähne zusammen und denke an die Tigerhaie, die hilflos auf ihrem Rücken treibend als Forschungsobjekte dienen.

In der Kanzlei klopfe ich an die Tür des Chefsekretariats. Ich will sehen, wie es Karla geht.

Ich werde hineingebeten. Es ist nicht Karlas Stimme. Verwundert trete ich ein. Vor mir sitzt die Praktikantin aus dem letzten Sommer.

»Wo ist denn Frau Bach?«, frage ich.

»Die hat am Freitag gekündigt. Ich springe ein, bis jemand Neues gefunden ist.«

»Freitag?«, ich blicke der Praktikantin in die Augen, »das kann nicht sein. Da war sie doch noch im Krankenhaus wegen …«

Die Praktikantin zuckt mit den Schultern.

»Ich kann Ihnen nur das sagen, was ich weiß.«

»Ist der Chef da?«

»Ja, aber er ist gerade nicht …«

Ich höre ihr nicht weiter zu. Klopfe gegen seine Tür und trete ein. Mein Chef sieht auf. Die Praktikantin beugt sich vor. Will mich zurückhalten. Er winkt ab und erklärt, dass es in Ordnung sei. Ich schließe die Tür vor ihrem Gesicht.

Mein Chef deutet auf einen der beiden Stühle, die auf der gegenüberliegenden Seite seines Schreibtischs stehen.

»Bitte, setzen Sie sich, Frau Kramer. Was gibt es?«

Ich bleibe stehen. Es ist seine Schuld, dass ich die Praktikantin statt Karla vor seiner Bürotür finde. Ich verschränke die Arme vor meiner Brust.

»Was ist mit Frau Bach passiert?«

Mein Chef zieht die Augenbrauen hoch. Er mustert mich.

»Hat Ihnen die Sekretärin nicht Bescheid gesagt? Frau Bach hat am Freitag gekündigt. Sie hat mich angerufen, als ich gerade nach Hause gehen wollte, und mich um ein persönliches Gespräch gebeten.«

Ich sehe ihn an. Er weicht meinem Blick aus. Stapelt die Akten, die über den Schreibtisch verstreut liegen.

»Mehr kann ich dazu nicht sagen, Frau Kramer. Das wissen Sie!«

Ich lasse die Arme sinken.

»Aber sie muss doch … Ich meine, sie hat doch eine Kündigungsfrist.«

Mein Chef betrachtet mich von oben bis unten.

»Frau Bach braucht ihren restlichen Urlaub auf. Sie wird nicht mehr in unsere Kanzlei zurückkehren. Und …«, er sieht mir in die Augen, »… sie hat mich ausdrücklich gebeten, weder ihre private Telefonnummer noch ihre Adresse weiterzugeben!«

In meinem Büro gebe ich »Karla Bach« in eine Internetsuchmaschine ein. Erhalte zweitausendneunhundertsiebzig Einträge. Ich tippe in der Zeile mit den Nachnamen »Bach« und »Wien« bei Gemeinde/Ort ein. Drücke »enter«. »725 Treffer« steht auf meinem Bildschirm. Ich überlege, wie Karlas Eltern heißen könnten. Franz und Irmgard. Friedl und Susanne. Paul und Evelyn. Peter und Rosa? Ich schließe die Seite.

In der Kantine treffe ich Regine. Sie isst das Tagesgericht. Lachstartar auf buntem Salat. Ich setze mich zu ihr.

»Hast du die Geschichte von Karla gehört?«

Regine sieht von ihrem Essen auf.

»Von wem?«

»Von der Bach Karla. Die Sekretärin vom Chef.«

»Ach, die Neue! Nein, ist etwas passiert?«

Ich beuge mich vor.

»Sie hat gekündigt.«

Regine sticht in eine Cocktailtomate. Mustert mich. Ich schweige. Sie dreht die Tomate mit der Gabel.

»Nimmt dich das mit, oder warum ziehst du so ein Gesicht?«

Ich zucke mit den Achseln. Regine lacht. Klopft mir auf die Schulter.

»Ach, Maja. Nach außen gibst du dich immer so rebellisch, aber in dir schlägt ein ganz weiches Herz.«

Nach der Arbeit gehe ich in mein Kaffeehaus. Ich muss mit jemandem reden. Hoffe, dass Maria da ist. Der schweigsame Kellner bringt mir einen Cappuccino und eine Schokoladentorte mit Schlagobers. Ich stochere in dem Kuchen. Beobachte die Tür. Maria kommt um zehn nach sieben. Mein Herz wird leichter, als ich ihre gebückte Gestalt durch das Fensterglas sehe. Ich laufe zum Eingang. Öffne ihr.

»Was ist denn los, Kindchen?«, schreibt sie auf einen Zettel, nachdem sie ihre Tasche neben sich auf der Sitzbank abgelegt und mir gegenüber Platz genommen hat.

»Eine Arbeitskollegin ...«, schreibe ich und lasse den Stift sinken. Sehe Maria ins Gesicht. Sie nimmt meine Hand. Tätschelt sie. Tränen in meinen Augen. Ich blinzle.

»Und was hast du diesmal studiert?«, schreibt Maria auf den Zettel. Ich lache auf. Wische mir die Tränen von den Wangen.

»Sportwissenschaften und Sonder- und Heilpädagogik.«

»Bald hast du alle Fächer durch«, schreibt sie und schmunzelt.

In meiner Wohnung schiebe ich die CD mit den Jazz-Klassikern in den Spieler. Lege mich auf die Couch. Versinke in der Musik und zwischen den Pölstern. Ich mag dieses Möbelstück. Ich habe es auf dem Flohmarkt erstanden, der jeden Samstagvormittag hinter dem Naschmarkt aufgebaut wird. Der Stoff des Sofas aus Breitcord ist currygelb, die Pölster in derselben Farbe, dunkelblau und weinrot gestreift. Der Verkäufer hat erzählt, dass es aus Ungarn stammt. Sein Vater hätte bei einem Wohnungsbrand die drei Kinder einer verarmten Adelsfamilie gerettet. Aus Dank hätten ihm die Eltern diese Couch und eine Tafel aus Eichenholz mit acht Stühlen geschenkt, die den Flammen nicht zum Opfer gefallen waren. Ich habe fünfundsiebzig Euro für die Geschichte bezahlt.

Mein Handy klingelt. Ich habe es auf der Kommode im Vorraum liegen gelassen. Ich seufze. Erhebe mich. Blicke auf das Display meines Mobiltelefons. Ich kenne die Nummer nicht. Drücke den Annahmeknopf. Die Sportstudentin aus der Josefstadt meldet sich.

»Hallo Maja, das Zimmer gehört dir. Du warst mir auf Anhieb sympathisch und daher habe ich mir gedacht, wozu noch warten.«

Ich räuspere mich.

»Das freut mich, aber ich muss leider absagen. Ich habe in der Zwischenzeit schon etwas anderes gefunden.«

»Tatsächlich?«, die junge Frau klingt enttäuscht, »So schnell?«

Ich wiederhole meine Entschuldigung.

»Vielleicht sehen wir uns einmal beim Ausgehen«, meint sie.

»Ja, vielleicht«, antworte ich und wünsche ihr einen schönen Abend.

Ich lege das Handy zur Seite. Gehe zu meiner Pinnwand aus Kork, die über meinem Schreibtisch angebracht ist. Betrachte die Eintragungen, die ich auf meiner Wohnungsbesichtigungsdokumentationsseite gemacht habe. Ich male einen Haken neben die Florianigasse vierundzwanzig. Lächle. Von hundertsiebenundfünfzig ausgeschriebenen Zimmern hätte ich hundertneun bekommen. Das ist eine knapp siebzigprozentige Erfolgsquote.

13

ICH verlasse das Krankenhaus. Als ich durch die Glastür in das Freie trete, Wintersonne in meinem Gesicht. Ich schließe die Augen, um ihre noch spärliche Wärme intensiver spüren zu können. Ich bin erleichtert. Mit meiner Rauchgasvergiftung komme ich mir neben den Tumorpatienten oder denen, die auf eine Lungentransplantation warten, noch mittelmäßiger vor als sonst.

Der Junge hat mir zum Abschied die letzte Praline aus seiner Bonbonniere geschenkt. Sie war mit Marzipan gefüllt, das ich nicht mag. Herr Konal hat mir geraten, vor der endgültigen Entlassung meine Wertgegenstände zu kontrollieren. Meine Armbanduhr hat fünfundzwanzig Euro gekostet. Ich habe sie mir vor einem halben Jahr in dem kleinen Juweliergeschäft, das zwei Häuserblocks von meiner Wohnung entfernt liegt, gekauft, weil sie um die Hälfte verbilligt war. Sie hat nicht einmal einen symbolischen Wert.

Auf der Patiententoilette habe ich meine bleiche Gesichtshaut im Spiegel betrachtet und beschlossen, dass ich zu Fuß nach Hause gehen werde.

»Frische Luft ist das einzig Wahre für den Teint«, hat meine Großmutter immer behauptet. Sie wäre entsetzt, wie viele Experten heute vor den schädlichen Einflüssen des UV-Lichts warnen.

Ich schlendere die Straßen entlang. Blicke in die Auslagen der Geschäfte. So kurz vor Weihnachten sind in fast allen Christbäume, Weihnachtsmänner oder Englein mit goldenen Flügeln aufgestellt. Das Glitzern des Lamettas und der Kugeln schmückt meinen Weg. Siebzehntausend Gegenstände, denke ich. Ich frage mich, wie viele ich jetzt noch besitze.

Die Fassade meines Wohnhauses ist unverändert. Ich blicke in den dritten Stock. Habe erwartet, dass die Fenster meiner Wohnung zersplittert sind oder verkohlt. Ihr Glas ist verschmutzt. Sonst bemerke ich nichts.

Im Parterre bewegt sich etwas hinter einem Vorhang. Eine weiße Perserkatze schiebt die Stofffalten beiseite, spaziert auf dem Fensterbrett. Sie rollt sich in seiner Mitte zusammen. Sieht mich an aus ihren mandelförmigen Augen. Ihre Pupillen schmal. Sie erinnern mich an die eines Reptils. Ich hebe einen Kieselstein vom Boden auf. Werfe ihn gegen die Fensterscheibe. Mit einem dumpfen Ton prallt er vom Glas ab. Die Katze bleibt liegen.

Neben meiner Wohnungstür ist eine Notiz angebracht: »Herr Schmidt, bitte melden Sie sich bei Ihrem Vermieter, sobald Sie wieder aus dem Krankenhaus zurück sind.«

Ich löse den Klebestreifen, mit dem der Zettel befestigt worden ist, von der Wand. Kleine Plättchen Verputz lösen sich und rieseln zu Boden. Ich falte das Papier und stecke es in meine Tasche.

Mein Vermieter wohnt im Nachbarhaus. Vor Jahren wurden bei einem Unfall, an dem sein Auto und eine Straßenbahn am Ring beteiligt waren, seine Beine gequetscht. Sie mussten im Krankenhaus mehrmals gebrochen werden. Sind nie vollständig verheilt. Seither ist mein Vermieter arbeitsunfähig. Lebt von seiner Invalidenpension und den Mieteinnahmen der beiden Zinshäuser, die er von seiner Großmutter geerbt hat.

Ich betrachte die Schrift, in der die Nachricht geschrieben ist. Die Buchstaben sind verschnörkselt. Die Nichte meines Vermieters hilft ihm bei der Erledigung seiner Geschäfte. Die Mitteilung muss von ihr sein. Es gibt keine Aufzüge in den zwei Altbauhäusern, die aus der Zeit vor dem Ersten Weltkrieg stammen und unter Denkmalschutz stehen.

Ich ziehe meinen Wohnungsschlüssel aus der Hosentasche. Stecke ihn in das Schloss. Er passt bis zur Hälfte. Ich versuche ein zweites Mal ihn hineinzuschieben. Komme nicht weiter. Ich betrachte sein Metall. Die Form und Anordnung seiner Zacken.

Der Schlüssel sieht nicht verbogen aus. Ich mustere die Tür. Erst jetzt fällt mir auf, dass es eine neue ist. Ich höre das Splittern von Holz. Die Rufe von Jutta Weigelstorfer aus der Ferne.

Meine Nachbarin kommt aus ihrer Wohnung. Sie bindet ihr Kopftuch unter dem Kinn. Betrachtet mich von oben bis unten.

»Guten Tag, Herr Schmidt«, sagt sie. Ihre Stimme klingt anders als sonst. Respektvoller. Nachdem sie im Treppenhaus verschwunden ist, höre ich noch ihren Klang. Ich habe das Gefühl, gewachsen zu sein.

Mit der Nachricht in der Hand klopfe ich bei meinem Vermieter. Er öffnet mir im Rollstuhl. In letzter Zeit sehe ich ihn seltener mit seinen Krücken. Er begrüßt mich erfreut. Bittet mich einzutreten. Ich putze mir am Fußabtreter die Schuhsohlen ab. Schlüpfe aus meinen Stiefeln. Er betrachtet meine Socken, die blau und weiß geringelt sind.

»Das wäre nicht nötig gewesen.«

Er sieht zu mir hoch. Lächelt. Ich bleibe im Vorraum stehen. Ich bin wieder einen Meter und achtundsiebzigeinhalb Zentimeter groß. Weiß nicht, was ich von der Freundlichkeit meines Vermieters halten soll.

Er schiebt die Räder seines Stuhls vorwärts. Rollt den Gang entlang in die Küche. Ich bleibe stehen. Er wendet seinen Kopf. Ich folge ihm. Er deutet auf einen Sessel.

»Setzen Sie sich doch!«

Ich nehme Platz. Er mustert mich. Ich schlucke. Bin ein Schüler, der auf die Verkündung seines negativen Testergebnisses wartet. Ich blicke zu Boden.

»Es wird Ihnen aufgefallen sein, dass wir Ihre Tür tauschen mussten. Ich habe die neuen Schlüssel für Sie.«

Er rollt zu einem Küchenkasten. Öffnet die oberste Lade und zieht ein Kuvert heraus. Legt es vor mir auf den Tisch. Ich betrachte seine Ausbeulung. Fühle mich unfähig zu sprechen.

»In Ihrer Wohnung ist kein schlimmer Schaden entstanden.

Die verkohlten Gegenstände mussten wir entsorgen und der Boden ist ein wenig in Mitleidenschaft gezogen worden. Er wird voraussichtlich nächsten Montag ausgetauscht.«

»Danke«, stottere ich, »und ... was bin ich Ihnen schuldig? ... Ich meine ...«

Er sieht mich an.

»Gar nichts. Ich habe alles mit der Versicherung geklärt. Sämtliche Renovierungskosten werden übernommen.«

»Hat es keine Probleme gegeben? Waren die sofort bereit zu zahlen?«

Mein Vermieter nickt.

»Einen Tag nach meinem Anruf war schon der Sachverständige hier. Ich habe ihm erklärt, was für ein unauffälliger und zuverlässiger Mieter Sie sind und dass es sich bei dem Brand nur um einen Unfall gehandelt haben kann.«

Ich schweige. Nehme das Kuvert vom Tisch und stecke es in die Innentasche meiner Jacke.

»Vielen Dank, ich weiß nicht, was ich sagen soll ...«

»Gar nichts«, sagt er. Sein Lächeln schneidet in meine Brust.

In meinem Wohnzimmer setze ich mich auf die verkohlte Stelle meines Parkettbodens. Sie ist nicht groß. Ich fahre mit den Fingern über das verbrannte Holz. Halte sie an meine Nase. Sie riechen neutral. Ich betrachte das leere Regal, das vor mir steht. Siebzehntausend Gegenstände, denke ich. Würde es etwas ändern, wenn ich vierunddreißigtausend besäße?

Abschied und Anfang

1

DER Juni ist mein liebster Monat. Die Sommerferien oder, wie es korrekterweise heißt, die vorlesungsfreie Zeit an den Universitäten, dauern von Anfang Juli bis Anfang, manchmal Mitte Oktober. Viele Studenten verbringen sie im Ausland und versuchen, für diese Zeit Kurzmieter für ihre WG-Zimmer zu finden. Die Seiten mit den Wohnungsanzeigen in den Zeitungen sind mehr. Ich finde ein passendes Inserat nach dem anderen.

Ich schlendere den Gehweg entlang. In mir tanzt es. Heute ist der bisher wärmste Tag in diesem Jahr. Die Menschen haben Freitagabend die Stadt verlassen oder sitzen auf Picknickdecken in den Parks. Plaudern. Lesen. Hören Musik. Viele Burschen haben ihre T-Shirts ausgezogen, manche Mädchen tragen Bikinis, haben ihre Haut mit Körperschutzlotion eingecremt und sonnen sich. Die Geschäfte und Einkaufsmeilen leer. Die Verkäufer und Verkäuferinnen sehen durch die Schaufenster auf die Straße hinaus, blättern in Zeitschriften, gähnen, betrachten ihre Fingernägel.

Ich stelle mir vor, wie es sein muss, in einem Shoppingcenter zu arbeiten. Ohne Fenster, bei künstlichem Klima und elektrischem Licht. An der Kassa zu sitzen, das Piepsen des Scanners, wenn der Strichcode auf den Produkten über ihn gehalten wird. Ich ziehe die Schultern zusammen. Es gibt Momente, in denen ich froh bin, in einer Steuerberatungskanzlei zu arbeiten.

Im Innenhof des Alten AKH setze ich mich auf eine Parkbank. Ziehe meine Zeitung unter dem Arm hervor. Neben mir ein älterer Herr mit Krückstock und Brille. Ich spreche ihn an. Teile ihm mit, dass ich nur den Immobilienteil lese, und biete ihm den

Rest an. Er nimmt ihn. Lächelt. Die Brille rutscht ihm von der Nase. Er bückt sich danach. Beginnt zu lachen.

Die Sonne strahlt durch die Baumwipfel. Tauben spazieren über die Rasenfläche. Bewegen ihre Köpfe beim Gehen ruckartig vor und zurück. Picken zwischen die Grashalme, die grün sind und saftig. Umrunden die Sitzbänke auf der Suche nach Essensresten. Haussperlinge gesellen sich zu ihnen. Ein kleiner Junge rennt schreiend in ihre Mitte. Fuchtelt mit den Armen. Die Vögel fliegen auf. Er gluckst. Klatscht in seine Babyspeckhändchen. Die Atmosphäre dieses Tages, die Stimmung ist ansteckend.

Heute gehe ich nach dem Zufallsprinzip vor. Ich öffne eine Doppelseite mit Wohnungsanzeigen, schließe meine Augen und lege meinen Finger auf eine Stelle. Auf das nächste Inserat von diesem Punkt ausgehend, in dem nach einem Studenten oder einer Studentin gesucht wird, melde ich mich. Ich finde es siebzehn Zeilen tiefer. Es ist zwei Sätze lang. Ich wähle die Festnetznummer. Höre eine männliche Stimme, die mich begrüßt. Sie klingt älter, als ich es von Studenten gewohnt bin, nicht unsympathisch. Wir verabreden einen Termin um elf Uhr. Ich lasse mir den Weg erklären. In dieser Wohngegend war ich noch nie.

Um kurz vor zehn breche ich auf. Die Fenster der Hochhäuser umso größer, je näher ich meinem Ziel komme. Die Balkone, auf denen Blumenkisten mit Geranien oder Tontöpfe mit Palmen stehen, zahlreicher. Die Mehrzahl der Wohnblöcke ist mit Tiefgaragen ausgestattet. Ihre Fassaden frisch gestrichen. Die Hausmauern ohne Bekritzelungen oder Graffitis. Aus den Mistkübeln quillt kein Müll. Kein Hundekot liegt auf den Gehwegen.

Das Haus, in dem sich das ausgeschriebene Zimmer befindet, hat kein Nummernschild. Es überragt die umliegenden Gebäude um zwei Stockwerke. Ich hoffe, dass die Wohnung im letzten Geschoß liegt, weil ich mich frei fühle, wenn ich über Häuserdächer blicke. Oberhalb der Sprechanlage ist eine Kamera angebracht. Ich komme mir vor wie in einem amerikanischen Film. Drücke die

Klingel. Sehe in die Linse. Frage mich, ob die Perspektive meinen Mund am Bildschirm noch breiter erscheinen lassen wird.

Ich habe Glück. Mit dem Aufzug fahre ich in den letzten Stock. Am Gang, der mindestens so breit ist wie meine Küche, sehe ich vier Türen. Die Wohnungen müssen riesig sein. Bevor ich bei der Nummer neununddreißig klopfen kann, wird mir geöffnet. Der Mann hat braunes Haar, braune Augen und ist mittelgroß. Ich schätze sein Alter auf fünfunddreißig Jahre oder älter. Er studiert genauso wenig wie ich, das ist eindeutig. Mein Blick fällt auf seine Füße. Er trägt keine Hausschuhe. Seine Socken sind blau-weiß geringelt. Den Kopf hält er ein wenig gesenkt, so als duckte er sich vor einer unsichtbaren Gefahr. Er streckt mir die Hand entgegen.

»Manuel Schmidt. Guten Morgen.«

Ich stelle mich vor und verkneife mir die Bemerkung, dass es für ein »Guten Morgen« schon etwas spät ist. Ich putze mir die Schuhsohlen am Fußabtreter ab. Schlüpfe aus meinen Halbschuhen. Meine Socken sind rot. Er blickt darauf. Bedankt sich für die Mühe, als hätte ich eine besondere Leistung vollbracht.

Ich folge ihm in die Wohnung. Es riecht nach Farbe und Leim. Der Parkettboden hat kaum Kratzer. Der Glühbirne, die an einem Kabel von der Zimmerdecke hängt, fehlt der Lampenschirm. Durch eine zweieinhalb Meter breite und ebenso hohe Glasfront kann ich bis zum Stephansdom sehen. Die Sonne scheint herein. Ich spüre Schweißtropfen, die sich in meinem Nacken gebildet haben. Nehme das Tuch von meinen Schultern, das mir Maria geschenkt hat und das ich seither im Sommer bei Wohnungsbesichtigungen trage und lege es über die Armlehne des Couchsessels.

Ich mustere Manuel. Er hat mir den Rücken zugewandt. Blickt aus dem Fenster. Er trägt ein hellblaues Hemd, das in einer braunen Cordhose mit einem braunen Ledergürtel steckt

»Was studierst du? Ich darf doch du sagen?«, frage ich.

Er wendet sich um. Kratzt sich am Hals.

»Oh, falls das ein Missverständnis war: Ich studiere nicht. Ich arbeite bei der Post. Und ja, natürlich ist du in Ordnung.«

Ich betrachte sein Gesicht. Er ist ein wenig rot geworden.

»Warum suchst du in deiner Anzeige ausdrücklich nach einem Studenten?«

Er kratzt sich am Kopf.

»Ich habe nur ein Zimmer zu vergeben, und ich dachte, das wäre am ehesten für jemanden geeignet, der stu …«

»Verstehe«, unterbreche ich ihn. Ich sehe mich um. An den Wohnzimmerwänden Regale, die bis unter die Decke reichen. Eines neben dem anderen. Ich zähle sechs. Außer dem Couchsessel befindet sich ein kleiner Fernseher im Raum. Ein Glastisch, auf dem sich Werbeprospekte stapeln. Sonst nichts.

»Und warum suchst du überhaupt nach einem Mitbewohner? Es sieht bei dir nicht aus, als wärst du auf Geld angewiesen …«

Er deutet auf die Regale. Mir fällt auf, dass seine Körperhaltung dabei aufrechter wird.

»Wegen meiner Sammlung.«

Ich mustere die Gegenstände, die auf den Bords stehen. Bücher, Vasen, Kerzen und Musik-CDs, aus dunklem Holz geschnitzte Figuren und solche aus Speckstein, eine Keramikkatze mit abgebrochenem Schwanz. Ich ziehe die Brauen hoch.

»Deine Sammlung?«

Manuel nickt. Er geht zu einem Regal. Streicht mit den Fingern seiner linken Hand über das Holz. Berührt eine Duftlampe, die das Aussehen eines Fliegenpilzes hat.

»Alle Gegenstände, die du in dieser Wohnung siehst, sind ein Teil davon. Ich weiß wann und wo ich jeden einzelnen von ihnen gekauft habe, wie viel er wert ist und wo er gefertigt wurde. Sie stehen in alphabetischer Ordnung in meinen dreizehn Regalen.«

Er deutet auf das zweite.

»Hier finden sich zum Beispiel die Gegenstände mit den Anfangsbuchstaben C und D. Zusätzlich habe ich drei Ordner, in denen alle gelistet sind.«

Ich starre ihn an.

»Was hat das mit deiner Suche nach einem Mitbewohner zu tun?«

»Zurzeit besitze ich achtzehntausendvierhundertzwei Gegenstände. Mein Ziel sind vierunddreißigtausend. Um es erreichen zu können, bin ich vor fünf Monaten umgezogen. Diese Wohnung ist groß genug für meine Sammlung, so groß, dass ich ein Zimmer erübrigen könnte. Die Miete ist der Wohnfläche entsprechend hoch und die Einnahmen durch einen Mitbewohner könnte ich für den Kauf von weiteren Dingen verwenden. Finanziell wird es langsam eng.«

Er lächelt gequält. Ich weiß nicht, was ich erwidern soll.

»Ich zeige dir das Zimmer, die Küche und das Bad«, sagt Manuel. Ich folge ihm. Im Rest der Wohnung sind die übrigen sieben Regale aufgestellt. Die anderen Möbel verschwinden neben ihrer Größe. Die Gegenstände auf den Bords sind geputzt. Ich sehe keinen Staub. Werbeprospekte stapeln sich auf den Tischen. Der hinterste Raum steht leer.

»Möchtest du etwas trinken? Tee, Kaffee, Saft?«, fragt Manuel mich, als wir alles besichtigt haben. Ich schüttle den Kopf.

»Ich muss dann gehen.«

»Haben wir uns schon einmal getroffen?«, fragt er mich an der Tür, »dein Gesicht kommt mir bekannt vor.«

»Ganz sicher nicht!«, antworte ich und schlüpfe in meine Schuhe. Ich verlasse die Wohnung ohne mich umzudrehen.

2

DEN Stil meiner Wohnungsanzeige habe ich mit Bettina besprochen. Ich hatte Zweifel, wie ich meine Suche nach einem Mitbewohner formulieren sollte.

»Ist es nicht unsinnig, dass du in eine größere Wohnung gezogen bist, um jetzt ein Zimmer zu vermieten?«, hat Bettina mich gefragt.

»Ich habe hier trotzdem mehr Platz als früher«, habe ich ihr geantwortet und dass meine Sammlung in der neuen Umgebung viel besser zu Geltung komme. Sie solle sich persönlich davon überzeugen. Vielleicht eine Tasse Tee mit mir trinken.

Bis jetzt hatte Bettina keine Zeit für einen Besuch. Sie hat mir geraten, in meinem Inserat kurz und bündig zu schreiben. Das würde einen seriösen Eindruck hinterlassen. Seit ich die Anzeige habe schalten lassen, hat sich außer Maja Kramer niemand darauf gemeldet.

Ich setze mich auf meinen Couchsessel. Sehe mich um. Ich glaube, dass Maja meine Wohnung gefallen hat. Vor allem die Sammlung. Meine Keramikkatze, die ich vor drei Monaten im Ausverkauf eines Souvenirladens in der Innenstadt erworben habe, hat sie eingehend betrachtet. Ich muss ihren abgebrochenen Schwanz kleben. Als ich angefangen habe, meine Schmuckstücke regelmäßig zu reinigen, hat mir die Routine gefehlt und die Katze ist aufgrund ihrer glatten Oberfläche meinen Händen entglitten. Seit zwei Monaten ist mir nichts mehr zerbrochen.

Ich erhebe mich aus dem Sessel. Etwas rutscht zu Boden. Ich bücke mich danach. Es ist ein blaues Seidentuch. Auf dem dunklen Leder des Sessels ist es mir nicht aufgefallen. Jetzt erinnere ich mich, dass Maja es über die Armlehne gelegt hat. Ich werde sie sofort anrufen. Halte inne. Sie hat vergessen, mir ihre Nummer zu geben, und ich, sie danach zu fragen.

Ich blicke auf meine Uhr. Zehn nach fünf. Genug Zeit, um einkaufen zu gehen, bevor die Geschäfte schließen. Ich spüre ein Kratzen in meinem Hals. Schreibe Alleskleber, Lampenschirm, Toastbrot, Schinken, Schmelzkäse und Ananasscheiben auf einen Notizzettel.

Außer dem Lampenschirm bekomme ich alle Dinge bei der Filiale der Supermarktkette um die Ecke. Ich erledige den Einkauf schnell. Mein Speiseplan ist nicht abwechslungsreich. Ich weiß, wo sich die Produkte, die ich regelmäßig erwerbe, befinden. An der Kassa drängen sich ein Junge und ein Mädchen vor mich. Auf seiner Schulter sitzt eine Ratte mit braun, weiß und schwarz geflecktem Fell. Sie betrachtet mich aus ihren Knopfaugen. Ihre Barthaare zittern. Sie wendet sich ab. Vergräbt ihre Schnauze zwischen den Haaren des Jungen.

Wenn du das goldene Hamsterlaufrad, das ich vor vierzehn Tagen erstanden habe, sehen könntest, fändest du mich interessanter, denke ich und wundere mich, dass ich das Bedürfnis verspüre, ein Nagetier von meinen Vorzügen zu überzeugen.

Der Einkaufswagen der beiden Teenager ist bis über den Rand gefüllt. Ich betrachte die Piercings, die in ihren Ohren und Nasenlöchern stecken, ihre grün und blau gefärbten Dreadlocks, die zerrissene Lederjacke des Mädchens und die durchlöcherte Bluejeans des Jungen. Frage mich, woher die beiden das Geld für die vielen Lebensmittel haben. Blicke auf meine Armbanduhr. Das Lampengeschäft liegt in der Innenstadt. Ich beginne an der Nagelhaut meines Daumens zu reißen.

Ein breitschultriger Mann mit Glatze kommt auf uns zu. Er ist eineinhalb Köpfe größer als ich, trägt ein rotes T-Shirt, das sich um seinen muskulösen Körper spannt und auf dem »Supermarkt Security« steht. Er fasst den Jungen an der freien Schulter.

»Tiere sind hier nicht erlaubt«, sagt er. Er zieht ihn zur Seite.

Das Mädchen folgt den beiden mit dem Einkaufswagen. Gestikuliert. Schimpft. Ich bin erleichtert, dass die Kassa nun frei ist.

Nachdem ich meine Waren bezahlt habe, schlichte ich sie auf einer Ablage in eine Kartonschachtel. Entdecke an der Seite zwei Stapel mit Werbeprospekten, die ich noch nicht besitze. Ich nehme je einen, falte sie und stecke sie in meine Jackentasche. Ich kann nicht verstehen, dass ich meine Lieblingslektüre früher ungelesen in den Altpapiercontainer geworfen habe.

Als ich meinen Einkauf im Kofferraum meines Autos verstaut habe, bekomme ich Herzklopfen. Ich habe meine Sammlung seit sechs Tagen nicht erweitert. Das Kratzen in meinem Hals ist kaum noch zu spüren. Vielleicht hätte ich mir Hähnchenbrust und Reis zum Abendessen kaufen sollen.

Ich fahre in die Innenstadt. Finde keine Parklücke. Viertel vor sechs. Ich trommle mit dem Zeigefinger auf das Lenkrad. Drehe sieben Runden. Der Sekundenzeiger bewegt sich schnell. In der achten wird ein Platz frei. Ich reversiere. Höre einen dumpfen Knall. Ich bin gegen die Stoßstange des Kleinwagens hinter mir gefahren. Ich springe aus meinem Auto. Laufe zu seiner Rückseite. Beuge mich über das Metall. Auf beiden Seiten sind keine Beulen oder Kratzer zu erkennen. Ich haste die Straße entlang. In der nächsten Quergasse ist das Lampengeschäft. Ich erkenne seine Fassade. Die Leuchtreklame über der Auslage. Das Licht wird abgeschaltet. Mein Herz sinkt. Ich klopfe gegen die Eingangstür. Ein Herr mit Schnauzbart und Nickelbrille sieht mich durch die Scheibe an. Deutet auf sein Handgelenk und schüttelt den Kopf. Ich habe ihn noch nie gesehen. Ich blicke ihm in die Augen. Falte die Hände zum Gebet. Bewege sie dreimal vor und zurück. Er hebt mir seine Handflächen entgegen, zuckt mit den Schultern und wendet sich ab. Ich bleibe vor der Auslage stehen. Blicke in die Dunkelheit der erloschenen Glühbirnen.

Ich trotte zu meinem Wagen zurück. Eine Politesse steht neben der Beifahrertür. Sie klemmt einen Zettel unter meinen Scheibenwischer. Er steckt in einer Plastikhülle. Ich blicke darauf.

»Sie haben keinen Parkschein ausgefüllt. Die Kurzparkzone in der Innenstadt gilt bis zweiundzwanzig Uhr«, sagt sie und geht. Ignoriert meine Versuche, sie zurückzuhalten.

3

MARIA stirbt an dem Tag, an dem sie vierundachtzig Jahre alt wird. Sie behauptet das, seit ich sie kenne.

»Keiner stirbt an seinem Geburtstag«, schreibe ich ihr, »niemand tut so etwas.«

Sie blickt mir in die Augen. Zuckt mit den Schultern.

»Du wirst schon sehen«, schreibt sie auf einen Zettel. Ich glaube ihr nicht.

Heute ist der Tag. Auf meinem Kalender habe ich das Datum mit einem Rufzeichen versehen und zweimal unterstrichen. Es ist vier Uhr fünfundzwanzig und ich sitze bei meinem Morgenkaffee. Selbst für einen Sonntag ist das früh.

Ich konnte nicht mehr schlafen, weil ich von Maria geträumt habe, die in einem Grab auf dem Zentralfriedhof lag. Der Sarg hatte die Form zweier Hände. Maria war in ihre Innenflächen gebettet. Sie trug das lilafarbene Blütenkleid, das schon ihrer Großmutter gehört und das sie zu Lebzeiten niemals angezogen hatte, weil sie sein Muster altmodisch fand. Ihr Gesicht weißer als ihr Haar. Als ich ihr eine Rose auf die Brust legen wollte, schlossen sich die Hände wie die beiden Schalenklappen einer Muschel um ihren Leichnam.

Ich blicke auf das Ziffernblatt. Der Sekundenzeiger bewegt sich in Zeitlupe. Vor sechs Uhr kann ich nicht bei Maria auftauchen. Ich denke daran, wie sie vor zwei Jahren den Nussbaum aus dem Garten ihrer Schwester holen wollte. Sie hatte ihn Maria vererbt. Den Rest ihres Besitzes hat sie einem Tierschutzheim vermacht.

»Einen Nussbaum«, habe ich auf einen Zettel geschrieben, drei Fragezeichen dahinter.

»Wir haben ihn als junge Mädchen aus einem der Mandelkerne

gezogen, die uns ein französischer Offizier nach dem Ende des Krieges geschenkt hat«, war Marias Antwort.

»Auf welche Weise und wohin willst du einen ausgewachsenen Mandelbaum transportieren?«, wollte ich wissen. Wie so oft hat sie mit ihren Schultern gezuckt.

»Ich helfe dir«, habe ich ihr angeboten und mir am nächsten Tag frei genommen. Mit einem Kleintransporter, den wir uns von einem Möbelgeschäft geliehen hatten, und einer Spitzhacke eines meiner Arbeitskollegen sind wir zu dem Grundstück von Marias Schwester nach Gumpoldskirchen gefahren.

Der Garten hatte eine leichte Hanglage, schmiegte sich an die Hügelketten, auf denen Weinstöcke wuchsen, dahinter der Wald. Der Mandelbaum stand im letzten Drittel des Rasens. Als wir auf die dreieinhalb Meter große Pflanze zugingen, fragte ich mich, was ich mir dabei gedacht hatte. Ohne die Hilfe einer Gärtnerei, vielleicht eines Kranwagens, würden wir nichts ausrichten können.

Ich blieb stehen. Die Rinde des Baumes war schwarz, an manchen Stellen von Moospolstern und Flechten überwachsen. Seine Äste dürr. Er trug keine Blätter. Ich ging näher. Löste ein Stück Borke. Käferlarven krochen darunter. Die peristaltischen Bewegungen ihrer Madenkörper ließen mich meine Schultern zusammenziehen. Ich hob eine vertrocknete Mandel auf, die bei den Wurzeln des Baumes lag. Drehte sie in meiner Hand. Betrachtete sie von allen Seiten.

»Letzten Sommer hat der Baum noch gelebt«, hat Maria auf den obersten Zettel ihres Notizblocks geschrieben. Ich habe alle Mandeln, die ich auf dem Boden gefunden habe, eingesammelt.

Mein Mandelbäumchen, das im Sommer auf meinem Balkon und im Winter in meinem Wohnzimmer wächst, ist inzwischen über einen Meter hoch. Das von Maria eineinhalb. Im April treiben sie rosafarbene Blüten, die nach Weinbeeren, Frühlingswiese und Wald duften.

Ich läute an Marias Türglocke mit dem Hörhelfer. Ich stelle

mir vor, wie das Blitzlicht ihr kleines Heim erhellt. Marias Wohnung misst sechsunddreißig Quadratmeter, sie hat einen Gasherd, die Toilette liegt am Gang. Zum Spülen zieht man an einer Metallkette. Maria muss sich ihren Abort mit den zwei anderen Mietern aus ihrem Geschoß teilen. Ich habe ihr oft angeboten, etwas Moderneres für sie zu suchen.

»Wo unser Körper lebt, spielt keine Rolle, wo unsere Seele wohnt, ist interessant«, hat sie mir geantwortet. Ihr fehle nichts. Sie sei zufrieden.

Maria öffnet nicht. Ich trete von einem Bein auf das andere. Denke daran, die Rettung zu rufen. Den Notarzt. Die Tür geht auf. Maria trägt ihren violetten Schlafanzug aus Nikistoff. Sie sieht mich an. Verzieht einen Mundwinkel und nickt. Sie winkt mich herein.

»Gehen wir frühstücken, in unser Café?«, schreibe ich auf einen der gelben Notizzettel, die ich von zu Hause mitgebracht habe.

»Es ist fünf vor sechs!«, schreibt Maria zurück.

»Du hast recht. Ich hole uns Nussschnecken und Mohnkipferln vom Bäcker, koche uns einen schönen Kakao und wir essen bei dir.«

Ich deute zur Tür.

»Mach das«, schreibt Maria.

Ich verbringe den Tag mit meiner Freundin. Weiche nicht von ihrer Seite. Die Themen Tod oder Sterben lasse ich nicht aufkommen. Ich weiß, dass sie keine Geburtstagsgeschenke mag.

»Unser Besitz ändert nichts an unserer Person« ist ein Satz, den mir Maria nicht nur einmal geschrieben hat. Zusammen spazieren wir in die Innenstadt. Suchen einen hölzernen Bilderrahmen mit handgeschnitzten Verzierungen in einem Antiquitätengeschäft für sie aus, weil ich darauf bestehe und sie sich mit diesem Geschenk anfreunden kann. Zu Mittag picknicken wir im Park. Beobachten alte Leute, die Tauben und Spatzen mit Semmelbröseln und Brotstücken füttern, was hier verboten ist. Maria lacht, wenn sie die vorbeigehenden Spaziergänger prüfend mustern, sich mit zusammengezogenen Schultern und geducktem Oberkörper nach einem Polizisten in Zivil umblicken.

Um zehn Uhr abends schreibt sie mir, dass sie sehr müde sei. Sie wisse genau, weshalb ich das mache, aber es habe keinen Zweck. Sie müsse jetzt ruhen. Ich betrachte ihr Gesicht. Ihre Wangen leicht gerötet. Die Augen klar. Ich nicke.

»Gute Nacht«, sage ich laut und deutlich. Sie lächelt mich an.

In der Früh ruft mich Herr Korbei an. Er arbeitet für das Wiener Hilfswerk und sieht zweimal pro Woche nach Maria.

»Ich habe Frau Urban heute morgen in ihrem Bett gefunden. Sie hat nicht mehr geatmet.«

»Sie lügen!«, schreie ich ins Telefon. Mein Körper ist zu schwer für meine Knie. Ich sinke zusammen. Meine Hände umkrampfen den Hörer. Der Freiton in der Leitung schmerzt in meinen Ohren.

Fünfzehn Minuten später meldet sich Herr Korbei noch einmal. Ob ich mich beruhigt hätte? Das Begräbnis finde Mittwochnachmittag um vierzehn Uhr am Zentralfriedhof statt.

»So schnell?«, frage ich. Meine Hände zittern.

»Frau Urban hat das lange organisiert. Das Grab, der Stein und die Zeremonie sind bezahlt. Ihr Testament habe ich auf dem Nachtkästchen gefunden. Ihre gesammelten Zeichnungen, die Gemälde, der Mandelbaum und die Eichenholztruhe gehen an Sie.«

Ich bedanke mich. Meine Stimme ist nicht zu hören.

»Sie kommen doch?«, fragt Herr Korbei, »wir beide sind die einzigen Gäste, die geladen sind, und so leid es mir tut, aber ich muss Mittwoch um diese Zeit arbeiten. Ich habe einen Termin, den ich nicht verschieben kann.«

Ich lege den Hörer auf. Laufe in mein Schlafzimmer. Öffne die Kastentüren. Nehme ein Kostüm nach dem anderen heraus. Werfe die Röcke und Blazer auf mein Bett. Ich habe sieben schwarze Kombinationen. Keine gefällt mir. Ich stelle mich auf die Zehenspitzen. Suche im obersten Schrankfach nach dem dunkelblauen Seidentuch. Kann es nicht finden. Ich hebe meine Schals an, meine Tücher. Ich presse die Lippen aufeinander. Die Zähne. Schmecke Blut. Ich ziehe die Stoffe aus dem Kasten. Werfe sie auf den Boden. Das Fach ist leer. Ich blicke auf den Haufen. Meine Zunge schmerzt. Die bunten Farben verletzen meine Augen.

4

ICH kann nicht schlafen. Ich liege in meinem Bett. Wälze mich von einer Seite zur anderen. Wenn ich die Augen schließe, sehe ich die nackte Glühbirne, die an einem blauen Kabel von der Wohnzimmerdecke hängt. Abgeblätterter Verputz an der Austrittsstelle. Drähte.

Ich sage mir, dein Konto ist leer. Du bist im letzten Monat sogar ein wenig ins Minus gerutscht und es wäre klüger, mit dem Kauf eines Lampenschirms bis in den Juli zu warten. Vor meinen Augen erscheint ein Werbeprospekt eines Beleuchtungsfachgeschäfts.

Es hat keinen Sinn, im Bett zu bleiben. Ich schlüpfe in meine Hausschuhe. In der Küche bereite ich mir in der Mikrowelle heiße Milch mit Honig zu. Ich schalte kein Licht ein. Karla hat diese Mischung im Dunklen getrunken, wenn sie sich beruhigen wollte. Manchmal haben ihre Gliedmaßen angefangen zu zittern, ihre Augenlider zu flattern, wenn wir am Abend auf meiner alten Couch vor dem Fernseher gelegen sind. Ich weiß nicht, ob diese Reaktion von den Thrillern oder Krimiserien ausgelöst worden ist, die sie sich nur mir zuliebe angesehen hat. Wir haben nie darüber gesprochen.

Ich blicke aus dem Fenster. Frage mich, ob sie jetzt ebenfalls in ihrer Küche sitzt und heiße Milch mit Honig trinkt. Die Vorstellung beschwert meine Lider. Ich nehme drei kleine Schlucke aus dem Glas. Gehe ins Schlafzimmer. Lege mich ins Bett. Die Decke weicher und wärmer als zuvor. Ich nicke ein und schlafe bis zum Morgengrauen.

Es läutet an meiner Tür, als das erste Rot der Sonnenstrahlen über dem Horizont leuchtet. Ich habe vergessen, die Gardinen vorzuziehen. Blicke in den glühenden Himmel. Runzle die Stirn.

Ich setze mich im Bett auf. Die grünen Ziffern des Radioweckers zeigen fünf Uhr einundfünfzig an. Ich schlüpfe in meine Hausschuhe, gehe ins Badezimmer und ziehe den Bademantel über meinen Schlafanzug. Als ich den Gürtel binde, läutet es noch einmal.

»Bin gleich da«, rufe ich Richtung Tür. Bekomme Herzklopfen. Ich habe keine Vorstellung, wer mich um diese Zeit besuchen wollen könnte. Ich drehe den Schlüssel im Schloss. Seit ich meine Sammlung besitze, sperre ich in der Nacht die Wohnungstür ab und lasse ihn stecken. Im Nachbarhaus wurde im vorigen Jahr zweimal eingebrochen. Es ist eine noble Wohngegend. Trotzdem hat die Polizei die Fahndung nach den Tätern nach acht Monaten eingestellt. Auch das Diebesgut konnte nicht aufgespürt werden. Wenn ich mich für einen Mitbewohner entschieden und meinen Kontostand aufgebessert habe, werde ich mir eine Alarmanlage zulegen.

Maja Kramer steht vor mir. Ihre roten Haare, die ich dünn und glatt in Erinnerung habe, zerzaust. Die Tränensäcke unter ihren Augen geschwollen. Sie hält die Arme vor ihrer Brust verschränkt. Ich freue mich, sie zu sehen. Bitte sie herein. Sie lässt ihre Arme sinken.

»Es tut mir leid, dass ich so zeitig störe …«

Ich winke ab. Ich habe die Uhrzeit sofort vergessen, als ich Maja vor meiner Tür gesehen habe. Ich deute in Richtung des freien Raumes.

»Ich habe das Zimmer vorgestern geputzt. Du kannst jederzeit einziehen. Ich glaube nicht, dass ich noch auf andere Bewerber warten werde.«

Maja lächelt klein.

»Ich bin froh, dass du da bist. Du hast vergessen, mir deine Telefonnummer zu geben, und ich habe nicht danach gefragt. Im Telefonbuch habe ich dich auch nicht gefunden«, fahre ich fort.

Sie schweigt.

»Weißt du, ich habe gleich gedacht, dass wir uns verstehen werden. Ich habe gesehen, wie du meine Keramikkatze angeschaut hast. Ich glaube, du wirst dich hier wohlfühlen. Beim Lernen störe ich dich sicher nicht. Ich arbeite von acht bis sechzehn Uhr und im Allgemeinen bin ich ein ruhiger Mensch. Seit ich meine Sammlung habe, bin ich sogar ordentlich.«

Ich grinse sie an. Öffne die Tür zu dem freien Zimmer. Draußen ist die Sonne höher gewandert. Schräg beleuchten ihre Strahlen den Fußboden, den ich mit einem eigens dafür gedachten Parkettputzmittel aufgewaschen habe. Maja blickt über die Holzbretter, die im Morgenlicht glänzen. Ihre Miene unverändert.

»Du hast mir gar nicht gesagt, was du studierst. Ich finde das spannend. Nach der Schule habe ich gleich bei der Post angefangen. Wenn die Höhe der Miete ein Problem für dich sein sollte, kann ich dir auch noch ein bisschen entgegenkommen. Ich weiß ja, dass Studenten wenig Geld haben.«

Maja hebt ihre Hand.

»Ich studiere nicht«, sagt sie.

Ich schiebe meinen Kopf vor.

»Wie bitte?«

»Ich habe gesagt, dass ich nicht studiere«, wiederholt sie. Ihre Stimme wird laut. Ich sehe sie an. Öffne den Mund.

»Und ich wäre verdammt froh, wenn du mit deinem Geplapper aufhören könntest«, sagt sie, bevor ich etwas erwidern kann, » ich bin nicht gekommen, weil ich bei dir einziehen möchte. Deine Sammlung gefällt mir nicht! Im Gegenteil. Sie ist eigenartig. Genau wie du.«

Ich schließe meinen Mund. Meine Kehle ist trocken. Ich schlucke.

»Und warum bist du dann hier?«, frage ich leise.

»Weil ich verdammt noch mal mein blaues Seidentuch bei dir vergessen habe«, schluchzt sie. Ich kann den Grund für ihren Stimmungswandel nicht erkennen. Starre auf die Tränen. Rinnsale auf ihren Wangen. Sie machen mich bewegungsunfähig. Ich hole Luft. Räuspere mich.

»Das habe ich gefunden.«

Ich will mich umdrehen. Sie sieht mich an. Ihre Augen rot geädert. Das Tränenrinnsal ein Strom.

»Verstehst du, ich werde die Einzige sein, die heute bei ihr ist. Die Einzige!«, schreit sie.

Ich ziehe meine Schultern zusammen.

»Von wem sprichst du?«, frage ich vorsichtig.

Sie fasst mit der Hand an ihre Stirn.

»Von meiner besten Freundin. Sie ist am Wochenende gestorben. Sie war ein so besonderer Mensch und niemand außer mir wird an ihrem Begräbnis teilnehmen.«

Majas Stimme ist jetzt kaum zu hören. Ein heiseres Flüstern. Sie lächelt mich an. Es ist das traurigste Lächeln, das ich je gesehen habe. Sie wischt sich über die Augen. Ihre Nase läuft. Sie fragt nach einem Taschentuch.

Aus dem Badezimmer hole ich ein Päckchen. Reiche es Maja, die noch an derselben Stelle steht. Sie erinnert mich an ein Kind, das man bei einem Ausflug im Wald vergessen hat. Vielleicht an mich selbst. Sie tupft sich die Augen. Schnäuzt sich. Ich sehe sie an. Rote Haarsträhnen kleben auf ihrer Stirn.

»Wenn du möchtest, begleite ich dich zum Begräbnis deiner Freundin.«

5

WÄHREND der Zeremonie blicke ich nicht auf den Sarg. Ich betrachte Manuels Hände. Für mich sehen sie aus wie durchschnittliche Männerhände. Ich kann nichts an ihnen ablesen. Maria hätte den Kopf geschüttelt und etwas auf einen Notizzettel gekritzelt, ihn mir herübergeschoben. Ich hätte ihre Worte gelesen und begriffen.

Der Priester spricht von einem Treffen mit Maria kurz vor ihrem Tod. Er erzählt, dass sie eine starke Frau war, die ihm gesagt habe, sie werde voller Zuversicht vor das Antlitz Gottes treten. Ich weiß nichts von dem Treffen mit diesem Priester. Habe nicht gedacht, dass Maria gläubig war. Was sonst habe ich nicht gewusst? Die Frage brennt in meiner Brust.

In dem Saal sind hundert Sessel in zehn Reihen aufgestellt. Ich habe Manuel gebeten, dass wir uns in die dritte setzen. Ich weiß, dass ich Marias beste Freundin war. Trotzdem fühle ich mich nicht fähig, dort Platz zu nehmen, wo für die Verwandten reserviert sein sollte.

Die Stimme des Priesters hallt durch den Raum. Der Boden aus Marmor. In seinem Muster aus dunklen und hellen Flecken erkenne ich den Umriss einer versteinerten Muschelschale, daneben einen Ammoniten. Ich habe gelesen, dass das typische Kennzeichen von Marmor das Fehlen von Fossilien ist. Vielleicht sind die Lebensspuren Produkte meiner Fantasie.

Als Manuel in der Früh zum Telefon gegangen ist, um in seiner Arbeit anzurufen, wollte ich ihn zurückhalten. Ich habe meine Hand gehoben und er hat, den Hörer am Ohr, gesagt: »Guten Morgen, hier spricht Manuel Schmidt. In meiner Familie hat es einen unerwarteten Todesfall gegeben. Ich muss mich für heute entschuldigen.«

Als er das Wort Familie ausgesprochen hat, habe ich meine Hand sinken lassen und an Marias nicht mehr vorhandene Verwandtschaft gedacht. In seinem schwarzen Anzug habe ich mir Manuel als einen unbekannten Großneffen vorgestellt, der zu ihrem Begräbnis eigens aus Neuseeland angereist ist.

Das Ave Maria verklingt. Ich kann mir nicht vorstellen, dass Maria sich dieses Lied für ihre Totenmesse gewünscht hat. Die Träger heben den Sarg. Sechs kräftige Männer für eine so zarte Frau. Das hätte Maria gefallen. Ich sehe ihr verschmitztes Grinsen. Wir schreiten hinter dem Sarg. Unsere Schritte schwer. Am Himmel Wolkenfresken. Ich betrachte Manuel aus den Augenwinkeln. Er hält seinen Kopf gesenkt. Sieht betroffen aus. Was für ein seltsamer Mensch, denke ich.

Beim Steinmetz habe ich Marias Grabstein betrachtet. Er ist aus schwarzem Marmor. Die Umrisse zweier Unterarme, deren Innenseiten aneinander liegen und deren Hände sich wie ein Blumenkelch nach oben öffnen, sind hineingemeißelt. Ich kenne das Bild. Maria hat es vor vielen Monaten in unserem Café gemalt. Als ich sie nach dem Besitzer der Hände gefragt habe, hat sie mir nicht geantwortet. Ich habe das eigenartig gefunden. Noch einmal darauf angesprochen habe ich sie nicht.

Marias Name steht nicht auf dem Grabstein. Kein Datum und keine Jahreszahl. Da Maria ein aufgelassenes Grab erworben hat, sind auch die Personen, die unter ihr zur ewigen Ruhe gebettet sind, nicht bekannt. Ich habe zwei Äste meines Mandelbäumchens mitgebracht. Nachdem der Priester die letzten Worte gesprochen hat, reiche ich Manuel einen der Zweige. Hintereinander werfen wir sie auf den Sargdeckel. Die Totengräber beginnen sofort mit ihrer Arbeit. Ein dumpfes Geräusch, als die Erde auf das Holz trifft. Schnell wende ich mich ab.

Manuel und ich verabschieden uns von dem Priester. Ich bedanke mich für seine Ansprache, von der ich kaum etwas vernommen habe.

»Malst du?«, frage ich Manuel, nachdem der Kirchenmann gegangen ist. Er sieht mich an. Schüttelt den Kopf. Seine braunen Augen beruhigen mich. Ich zucke mit den Schultern.

»Macht nichts. Komm, ich lade dich auf einen Leichenschmaus in Marias und mein Lieblingscafé ein.«

»Ich weiß nicht«, sagt Manuel, »das kommt mir seltsam vor.«

»Das kommt dir seltsam vor?«, lache ich halb belustigt, halb verständnislos und schüttle meinen Kopf.

Im Café sitzen vierzehn Menschen. Einige Gesichter habe ich schon öfter gesehen, andere noch nie. Ich suche einen Platz am Fenster. Manuel bleibt vor dem Tisch stehen. Blickt auf seine Hände. Zupft an der Nagelhaut seines Ringfingers.

»Jetzt setz dich halt!«, sage ich. »Ich muss mich doch bei dir bedanken dürfen und dich für meinen Auftritt heute Morgen um Verzeihung bitten.«

Er sieht auf. An seinem Blick kann ich erkennen, dass ich ihn verletzt habe.

»Es tut mir wirklich leid«, versuche ich die Entschuldigung noch einmal.

Er antwortet, dass es in Ordnung sei, und nimmt Platz. Ich schiebe ihm die Menükarte hinüber.

»Bestell dir, was du willst! Der Preis spielt keine Rolle.«

Manuel betrachtet die Speisekarte. Ich erhebe mich.

»Alle mal herhören!«, rufe ich.

Die Leute an den Tischen sehen auf. Manuel starrt mich an.

»Mein Name ist Maja Kramer und ich bin die beste Freundin von Maria Urban, sie ist am Wochenende gestorben. Wir beide waren oft zu Gast in diesem Café. Wer von euch hat sie gekannt?«

Ich blicke in die Runde. Manche drehen ihre Köpfe weg, sehen auf ihren Teller, in ihre Kaffee- oder Teetasse. Ein älterer Herr mit Halbglatze hebt langsam seine Hand.

»Dann darf ich Sie jetzt auf ein Mittagessen einladen. Maria war der fröhlichste Mensch, den ich je getroffen habe. Sie hat verdient, dass wir ihr zu Ehren einen Leichenschmaus veranstalten.«

Ich winke den älteren Herrn an unseren Tisch. Nach und nach gesellen sich acht der vierzehn Kaffeehausbesucher zu uns. Es spielt keine Rolle, ob sie Maria tatsächlich gekannt haben. Wir rücken zusätzliche Sessel heran, schieben einen zweiten Tisch an den unseren.

Wir beschließen die Speisekarte durchzuprobieren. Bestellen Frankfurter Würstel mit Saft, Schinken-Käse-Toast, Ham and Eggs, Thunfischtramezzini, Schnittlauchbrot, Gebäck mit Eiaufstrich und Liptauer, Gulasch-, Leberknödel- und Nudelsuppe, Sachertorte, Apfelstrudel und Topfen-Marillen-Schnitten. Die Gerichte werden in der Mitte der Tische aufgetragen. Jeder darf von jeder Speise kosten.

Wir unterhalten uns, lachen, einige Gäste erzählen Anekdoten aus Marias Leben. Ich bin überrascht zu erfahren, dass der ältere Herr ein stiller Verehrer meiner Freundin war. Seine Trauer tut mir gut.

Maria hat mir einmal geschrieben, dass ein Leichenschmaus im Gegensatz zu einer Hochzeit ein wunderbares Fest sei. Während bei Zweiterem jeweils die eine Hälfte der Angehörigen mit der neuen Verbindung unzufrieden oder nicht ganz glücklich sei, seien sich bei Ersterem alle über die Vorzüge und Liebenswürdigkeit der Hauptperson einig.

6

MEIN Kühlschrank ist leer. Ich blicke in meine Speisekammer. Finde eine Dose Kidneybohnen und eine mit eingelegten Pfirsichhälften. Gestern habe ich mich bei dem Leichenschmaus überessen. Ich habe beschlossen, nicht einkaufen zu gehen und mir das Geld für mein Abendbrot zur Anschaffung meines Lampenschirms zu sparen.

Mein Magen knurrt. Ich öffne die Dose mit den Pfirsichhälften. Nachdem ich das gezuckerte Obst gegessen habe, bekomme ich Lust auf Salziges. Die Bohnen schmecken eingetrocknet. Ich esse die Hälfte, um meinen Bauch zu füllen, und werfe die andere in den Müll.

Ich weiß nicht, ob ich die Wohnungsanzeige um eine weitere Woche verlängern lassen soll. Sie ist seit eineinhalb Monaten in zwei Tageszeitungen geschaltet. Billig ist das nicht und außer Maja hat sich nach wie vor niemand darauf gemeldet. Ich werde mit meinem Chef sprechen. Ihn fragen, ob es ein Problem wäre, von meiner Fünfunddreißig-Stunden-Woche auf eine Vollzeitbeschäftigung zu wechseln. Vielleicht wären sogar Überstunden möglich.

Maja hat gesagt, dass sie mich in den nächsten Tagen zum Einkaufen begleiten wird. Sie wisse einen Ort, an dem ich einen günstigen Lampenschirm erstehen könne. Sie habe noch immer ein schlechtes Gewissen wegen ihres Auftritts in meiner Wohnung, und die Tatsache, dass ich sie zu Marias Begräbnis begleitet habe, sei durch nichts aufzuwiegen. Sie hat sich meine Telefonnummern notiert. Festnetz und Handy.

Ich frage mich, warum sie sich als Studentin auf Wohnungssuche ausgegeben hat. Jetzt, da ich weiß, dass sie als Steuerberaterin in einer Kanzlei arbeitet, wird mir klar, dass sie älter aussieht als eine durchschnittliche Studentin. Natürlich gibt es Menschen, die berufsbegleitend studieren oder in ihrer Pension. Allerdings sind diese selten auf der Suche nach einem WG-Zimmer. Dass Maja mit ihrer Wohnsituation zufrieden ist, ist noch eigenartiger.

Mir fällt ein, wo ich Maja schon einmal gesehen habe. Es war im Krankenhaus. Als ich wegen meiner Rauchgasvergiftung zur Behandlung war. Ich bin mir nicht sicher, ob sie sich bei mir melden wird.

Maja ruft mich zeitig am Samstagvormittag an.

»Ich hoffe, du bist ausgeschlafen. Wir gehen auf den Flohmarkt hinter dem Naschmarkt.«

»Auf einen Flohmarkt?«

Ich runzle die Stirn. Ich habe den Anspruch, dass meine Sammlung etwas Besonderes wird.

»Stell dich nicht so an«, sagt Maja. »Du bist knapp bei Kasse und auf einem Flohmarkt kann man mit ein bisschen Glück die wunderbarsten Dinge erstehen.«

Ich willige ein, hauptsächlich, weil ich mich freue, dass sie mich wie versprochen angerufen hat.

»Wir treffen uns in einer Stunde bei der U-Bahn-Station Kettenbrückengasse«, sagt sie.

Ich fahre mit dem Auto zum Naschmarkt. Ich vermeide öffentliche Verkehrsmittel, seit ich mir durch einen verunreinigten Haltegriff in einer Straßenbahn eine Pilzinfektion meiner rechten Handinnenfläche zugezogen habe. Ich habe ein halbes Jahr lang dreimal täglich gecremt, bis das Gewächs verschwunden war. Mein Hausarzt hat mir gesagt, dass die Infektion im Durchschnitt nach eineinhalb bis zwei Wochen abgeklungen sein sollte. Einmal lag ich außerhalb der Norm.

Maja lehnt an einem Pfosten vor dem Abgang zum U-Bahn-Schacht. Sie trägt ein geblümtes Sommerkleid in Violett und Gelb, das blaue Seidentuch hat sie um ihre Schultern geschlungen.

»Du kommst spät«, sagt sie , »in Wien mit dem Auto unterwegs zu sein, ist das Dümmste, was man machen kann.«

Ich antworte nicht. Ich fühle mich ihrer forschen Art nicht gewachsen, bewundere sie dafür. Schweigend gehe ich neben ihr her. Sie führt mich zu den Verkaufsständen. Bahnt sich einen Weg durch Lederjacken, Gürtel, Bluejeans, Fußballfanartikel, Comichefte, Keramikgeschirr, Münzsammlungen, Bücher, Musik-CDs und Kinderspielzeug. Vor einem Tischchen bleibt sie stehen. Lampenschirme in verschiedenen Größen und Formen, aus unterschiedlichen Materialien, in Weiß, Gelb, Orange, gemustert oder einfarbig stapeln sich darauf, davor und daneben. Eine alte Dame, die trotz der hohen Temperaturen eine bunte Wollmütze trägt, erhebt sich von ihrem Sessel. Sie sieht Maja an und breitet ihre Hände aus.

»Felicitas, Schätzchen. Ich habe dich seit einer Ewigkeit nicht mehr gesehen. Du wirst deiner Mutter mit jedem Tag ähnlicher.«

Maja verzieht ihren Mund.

»Du weißt, dass ich das gar nicht gerne höre«, sagt sie und drückt die alte Frau. Sie deutet auf mich.

»Manuel ist auf der Suche nach einem Lampenschirm für sein Wohnzimmer. Es sollte ein exklusiveres Modell für den Herrn sein. Du hast doch etwas für ihn, oder?«

Die alte Dame vollführt mit ihrer Hand eine halbkreisförmige Bewegung über ihren Waren.

»Was das Herz begehrt«, sagt sie und lächelt mich an.

Ich entscheide mich für einen Schirm aus mundgeblasenem Glas, der eine Birnenform hat. Ich bezahle fünfzehn Euro für das Stück und kann es kaum glauben. Ich frage nach seinem Herkunftsort. Die alte Dame erklärt mir, dass der Schirm in Italien gefertigt wurde und wickelt ihn in Zeitungspapier. Sie wünscht uns einen schönen Tag.

»Jetzt habe ich Lust auf etwas Würziges«, verkündet Maja. Den Lampenschirm unter dem Arm, begleite ich sie Richtung Naschmarkt. Ich betrachte sie von der Seite. Ihr Mund ist zu einem leichten Grinsen verzogen. Ich hole Luft.

»Wieso hat die Verkäuferin dich Felicitas genannt?«

Das Grinsen verschwindet aus Majas Gesicht. Sie sieht mich an. Ihre Augen schmal.

»So heiße ich.«

»Und weshalb nennst du dich Maja?«

»Mein Vater hat den Namen für mich ausgesucht. Felicitas bedeutet die Glückliche, im Sinne von die Erfolgreiche.«

Sie verdreht die Augen.

»Wäre ich ein Bub geworden, hätte ich Felix geheißen. Einfallsreich, nicht? An meinem dreizehnten Geburtstag habe ich beschlossen, mich umzubenennen. Außer meinen Verwandten sagen fast alle, die mich kennen, Maja zu mir und ich stelle mich auch jedem so vor.«

»Verstehe«, sage ich. Ich habe nichts verstanden. Auf Majas Gesicht liegt ein Schatten. Wir bleiben vor einem türkischen Stand stehen. Es duftet nach gegrilltem Lammfleisch, frischem Fladenbrot und Fett. Maja scheint den Verkäufer zu kennen, lacht mit ihm. Er reicht uns Kostproben. Mit Mandelkernen und Knoblauchstücken gefüllte Oliven, je eine getrocknete Tomate, eingelegte Zwiebel. Maja bestellt ein Sandwich. Jetzt spielt es keine Rolle mehr, denke ich und stelle die zweite Frage, die mich beschäftigt: »Und weshalb hast du dich als Studentin auf der Suche nach einem WG-Zimmer ausgegeben?«

Der Schatten auf Majas Gesicht verschwindet.

»Das ist mein Hobby«, erklärt sie vergnügt und nimmt einen großen Bissen von ihrem Dönerkebab.

7

WENN ich jemanden zum Shoppen begleite, habe ich ein komisches Gefühl. Es ist eine Mischung aus Vertrautheit und Hass. Meine Arbeitskollegin Regine, mit der ich einmal in einem Outletcenter an der ungarischen Grenze nach einem Kostüm für einen Empfang in der Kanzlei gesucht habe, hat danach erklärt, dass sie mich nicht mehr zum Einkaufen mitnehmen würde. Sie habe mich noch nie so launisch erlebt.

Als ich in die Straßenbahnlinie einundsiebzig steige, wandert die Sonne über den Horizont. So früh am Morgen hat sie schon Kraft. Ihr orangerotes Licht beleuchtet den Boden des Wagens. Außer mir sind zwei Fahrgäste in der Kabine. Ich setze mich an einen Fensterplatz. Halte mein Gesicht in die Wärme und schließe die Augen.

Vor dem Hauptportal des Zentralfriedhofs steige ich aus. Er öffnet seine Tore um sieben Uhr. Ich blicke auf mein Handgelenk. Noch fünfzehn Minuten. Ich lehne mich an einen steinernen Pfosten. Beobachte eine Nebelkrähe, die eine Walnuss aus einigen Metern Höhe auf die Straße fallen lässt. Die Schale der Nuss bricht auf. Eine Rabenkrähe lässt sich von der Friedhofsmauer gleiten. Greift den Kern mit ihren Krallen. Verschwindet mit dem Diebesgut. Mit der nächsten Walnuss fliegt die Nebelkrähe nicht so hoch. Sie muss sie fünfmal auf den Asphalt fallen lassen, bis ihre Schale zerspringt.

Der Zentralfriedhof ist der größte Friedhof Europas, vielleicht sogar der Welt. Es kommt darauf an, ob man ihn nach seiner Fläche oder nach den auf ihm begrabenen Toten beurteilt. Auf einer Tafel in der Nähe des Haupteingangs lese ich, dass er über zwei Komma fünf Millionen Quadratmeter misst. Drei Millionen Menschen hätten hier ihre letzte Ruhestätte gefunden. Das Gelände ist Lebensraum für viele Tiere. Auf dem Dach der Borromäus-Kirche brüten Turmfalken. Mit ein wenig Geduld und zur rechten Uhrzeit könne man Waldkäuze beobachten, die im Unterholz nach Mäusen und Feldhamstern jagen, die gerne von den Blumenkränzen naschen.

Eine alte Frau hat mir bei meinem letzten Besuch erzählt, sie habe ein Reh gesehen, das Efeu von dem Grabstein ihres Mannes gefressen habe, und dass Dachse in den frisch geschaufelten Erdlöchern nach Regenwürmern suchen würden. Ich bin froh, dass Maria Gesellschaft hat.

Ich setze mich auf den Rand der Marmorplatte ihres Grabes. Maria hat sich keinen Blumenschmuck gewünscht. »Ich will nicht, dass man mich besucht, weil die Geranien, Chrysanthemen oder Stiefmütterchen am Vertrocknen sind«, hat sie in ihr Testament geschrieben. Ich streiche mit der flachen Hand über den Stein. Er ist kühl. Liegt seit hundert Jahren oder mehr an dieser Stelle. Ich betrachte meine Finger. Der Marmor über meiner Freundin ist tonnenschwer.

Ich ziehe mein Mobiltelefon aus der Handtasche. Am Display ist das Symbol eines Briefchens zu sehen, eine Kurzmitteilung. Ich öffne die Nachricht.

»Danke für deine Begleitung letzte Woche. Heute habe ich den Lampenschirm montiert. Ich bin sehr zufrieden«, schreibt Manuel. Ich rufe ihn an. Seine Stimme klingt überrascht, als er abhebt.

»Hast du Lust, mir bei einem Sonntagsbrunch Gesellschaft zu leisten?«, frage ich ihn. Er will wissen, wo ich bin. Ich antworte, dass ich am Zentralfriedhof sitze.

»Ich hole dich ab«, sagt er. Als ich auflege, bin ich mir nicht sicher, ob es eine gute Idee war, ihn anzurufen.

Ich denke an den alten Mann, der vergangene Woche als Erster an unserem Tisch für den Leichenschmaus Platz genommen hat. Ich bin mir nicht sicher, ob er es war, aber ich glaube, dass Maria ihn doch einmal erwähnt hat.

»Gestern hat sich der Herr, der immer an dem Tisch neben dem Schirmständer sitzt, bei mir vorgestellt. Er hat mir erzählt, er arbeite als Discjockey. Ich denke, er wollte mich beeindrucken«, hat sie geschrieben und dabei gegrinst. Um ihre Augen hatten sich lauter kleine Fältchen gebildet.

»Ich habe ihn gefragt, ob er bei Raves auflegen würde. Er hat die Stirn gerunzelt und geantwortet, er würde einmal pro Monat in einem Seniorenheim in Simmering spielen. Es sei ein bekannter Treffpunkt für Verwitwete und Singles über fünfundsechzig.«

»Also doch ein Rave«, habe ich ihm geschrieben, »deine Gäste sind alle auf Drogen.«

»Ich glaube, er hat das nicht lustig gefunden«, hat sie gelacht.

Eine Wolke schiebt sich über die Sonne. Ich blicke zum Himmel hinauf. Habe Angst, es könnte zu regnen beginnen. Ich habe das Gefühl, kein schlechtes Wetter ertragen zu können. Als die Wolke vorbeigezogen ist, steht Manuel da. Ich habe ihn nicht kommen gesehen. Ich weiß nicht, wie lange er schon hier ist. Er lehnt an dem Stamm der alten Linde, sieht zu mir herüber. Sein Blick erinnert mich an den eines Dackels. Ich begrüße ihn.

»Ich wollte dich nicht stören«, meint er leise.

Ich sage ihm, dass wir von mir aus aufbrechen können. Er bleibt stehen.

»Wohin möchtest du gehen?«

Ich seufze.

»Wie wäre es, wenn du einmal etwas vorschlägst.«

Er sieht mich an. Seine Augen groß.

»Schon gut, vergiss es!«, sage ich. »Fahren wir ins Hummel.«

Im Kaffeehaus suche ich einen Platz am Fenster aus. Bestelle mir Kakao und eine Buttersemmel mit Marillenmarmelade. Manuel entscheidet sich für einen Espresso und ein Spiegelei mit Speck. Der Kellner bringt unsere Bestellung. Wir essen schweigend. Rühren mit den Löffeln in unseren Tassen. Das Geräusch, das

das Metall erzeugt, wenn es an die Keramik schlägt, verursacht Gänsehaut auf meinen Unterarmen.

Am Nachbartisch nimmt eine Frau in einem violetten Kostüm Platz. Ein kleines Mädchen mit Haarschleifen und einem Kleidchen in derselben Farbe setzt sich ihr gegenüber. Es legt seine Hände artig nebeneinander auf den Tisch. Manuel mustert die Frau und das Kind. Betrachtet mein Haar.

»Warum stört es dich, wenn man sagt, dass du deiner Mutter immer ähnlicher wirst?«, will er wissen.

Ich finde, Manuel hat keine Ahnung von zwischenmenschlicher Kommunikation. Einmal ist er so zurückhaltend, dass ich das Gefühl habe, er wäre verschwunden, dann platzt er mit Fragen heraus, die für den Grad unserer Bekanntschaft unpassend sind.

Ich denke an meine Mutter, die mit bunten Lockenwicklern im Haar unter einer Trockenhaube beim Frisör sitzt. Die überstehende Grashalme an den Rändern unseres Rasens in Gmunden mit der Nagelschere kürzt. An die achtundzwanzig Bleche Vanillekipferln, Zimtsterne, Schokoladenbrezeln und Lebkuchen, die sie jedes Jahr im Advent bäckt.

»Meine Mutter kennt jeden Hubschraubertyp, der in Österreich zugelassen ist«, sage ich, »sobald man von der Ferne das Geräusch der Rotoren hören kann, weiß sie schon, ob es sich um eine Agusta Bell 212, einen Jet Ranger oder eine Alouette handelt. Wenn ich die Typen verwechsle, lacht sie. Den Eurocopter 135 kann man an seinem Fenestron erkennen, oder merk dir, die Ecurelle hat die Form einer Kaulquappe, erklärt sie dann.«

Ich rühre in meinem Kakao. Trinke einen Schluck. Verziehe den Mund, weil ich zu viel Zucker hineingerührt habe. Manuel betrachtet mich weiterhin aufmerksam. Ich seufze.

»Mein Vater wollte keinen Tag auf einem Flugplatz verbringen. Als ich ein Kind war, sind wir nie in einem Museum für Luftfahrttechnik gewesen. Nicht einmal die kleine Sammlung in Bad Ischl haben wir uns angesehen. Wir haben unsere Wochenenden in Einkaufshallen oder auf der Mariahilfer Straße in Wien verbracht. Meine Mutter hat mich meinem Vater zuliebe von Geschäft zu Geschäft gezogen. Wenn ich am Abend ein neues Kleid besessen habe oder mein Vater eine neue Uhr, war er zufrieden.«

Manuel sieht mich noch immer an, als würde er auf eine Erklärung warten. Ich winke den Kellner an unseren Tisch. Bezahle meine Rechnung.

»Mein Vater ist seit sechs Jahren tot und meine Mutter hat die Ausstellung in Bad Ischl bis heute nicht besucht.«

8

SEIT zwei Wochen pfeife ich, wenn ich mich morgens auf den Weg in die Arbeit mache. Bettina sagt, dass sie nicht mehr mit mir sprechen möchte. Sie ist beleidigt, weil ich nicht zugeben will, dass meine gute Laune und die freiwillige Erhöhung meiner Wochenarbeitszeit mit einer neuen Frau in meinem Leben zu tun haben.

»Es ist anders, als du denkst«, erkläre ich ihr.

»Das ist die abgedroschenste aller Ausreden. Wenn du schon versuchst, mich hinters Licht zu führen, lass dir wenigstens etwas Kreativeres einfallen!«, erwidert sie und wendet sich ab.

Meine Sammlung ist auf achtzehntausendfünfhundertundfünf Stück angewachsen. Seit Maja mich auf den Flohmarkt bei der Kettenbrückengasse mitgenommen hat, war ich jeden Samstag Vormittag dort. Die Lampenschirmverkäuferin lacht, wenn sie mich sieht. Fragt nach »meiner Freundin« und verzieht das Gesicht, wenn ich erkläre, dass Maja nur eine Bekannte sei.

Ich weiß nicht, warum so viele Menschen diesen Verkupplungsdrang spüren. Maja ist der Meinung, dass sie bei einem Erfolg das Gefühl haben, wenigstens das Glück der anderen beeinflussen zu können.

Außer den Werbeprospekten sammle ich jetzt auch Flyer und Lokalzeitungen. Ich durchstöbere sie nach Ankündigungen für Flohmärkte oder Privatverkäufe, weil ich eingesehen habe, dass ich mein Ziel nicht erreichen werde, wenn ich nur in Designerläden und Boutiquen einkaufe.

Zwei Wochen lang betrachte ich meine Keramikkatze jeden Abend. Seit ich ihren Schwanz geklebt habe, kommen die schwarzen Streifen auf ihrem roten Fell wieder besser zur Geltung. Ich möchte sie

Maja zum Dank für ihre Ratschläge schenken. Ich nehme sie zum vierten Mal aus dem K–L-Regal, wickle sie in Zeitungspapier und lege sie in eine Kartonschachtel. Im I bis P-Ordner habe ich ihren Status geändert. Unter besondere Vorkommnisse ist nun neben dem Tag des Unfalls vermerkt, dass ihr gebrochener Schwanz mit Alleskleber behandelt wurde sowie das Datum der Reparatur.

Ich betrachte die Schachtel in meinen Händen. Öffne den Deckel, wickle die Katze aus dem Papier und stelle sie in meine Sammlung zurück. Als ich ihren schwarz-roten Körper wieder auf dem Brett sehe, bin ich erleichtert.

Ich habe mir zwei neue Regale gekauft. Sie stehen in dem Zimmer, das ich vermieten wollte. Ursprünglich waren die Umlaute den entsprechenden Vokalen zugeordnet. Jetzt besitze ich ein Regal für Ä und eines für Gegenstände, die mit den Anfangsbuchstaben Ö und Ü beginnen. Diese Variante ist korrekter.

In meinem G–H-Regal steht seit kurzer Zeit das Modell eines Hubschraubers. Die Geschichte von Majas Mutter hat mir gefallen. Eine Woche später habe ich die Miniatur des Fluggeräts auf einem Flohmarkt für Kinderspielzeug erstanden. Die Verpackung und Beschreibung waren nicht mehr vorhanden. Maja hat mich aufgeklärt, dass es sich um einen Sikorsky S 61, einen Sea King, handeln würde.

Ich habe mich im Internet informiert. Es ist ein Hubschrauber, der in den späten fünfziger Jahren gebaut wurde, der von der US-Navy, der deutschen Marine und der Royal Air Force noch zur Seewacht und für Übungen eingesetzt wird. Weil er für einen schiffsgestützten Einsatz gedacht ist, können seine fünf Rotorblätter gefaltet werden, um in einem Schiffshangar weniger Platz zu beanspruchen.

Bettina ruft an. Sie sagt, dass sie vorbeikommen möchte, um meine Sammlung zu begutachten und die versprochene Tasse Tee mit mir zu trinken. Ich kann es nicht glauben. Sie erklärt, dass sie in einer halben Stunde bei mir sein wird. Ich laufe in die Küche. Hole Putzkübel und -lappen. Beginne meine Schätze zu reinigen. Als es an der Tür läutet, habe ich noch nicht einmal den ersten Buchstaben geschafft.

»In diesen fünfzehn Regalen stehen achtzehntausendfünfhundertundfünf Gegenstände? Das wären ja über tausendzweihundert pro Regal?«, fragt Bettina, als sie meine Sammlung entlang wandert. Ich schüttle den Kopf.

»Nein, hier siehst du nur die besonderen Stücke. Die Gebrauchsgegenstände im Haushalt zählen genauso dazu. Stecknadeln, Pins, Büroklammern, Nägel, Aufkleber und Kopierpapier sind zum Beispiel besonders nützlich. Da kommt auf einen Schlag eine Menge zusammen.«

»Manuel, du bist verrückt«, sagt Bettina, bevor sie sich verabschiedet. Es klingt nicht negativ.

Ich treffe Maja zum Sonntagsbrunch in ihrem Café.

»Weißt du, dass Maria als Modell gearbeitet hat, bevor sie taubstumm geworden ist?«, fragt sie mich und beugt sich vor, »zwischen ihren Zeichnungen habe ich Bilder und Zeitungsausschnitte aus dieser Zeit gefunden. Sie war einmal Zweite bei einer Miss-Austria-Wahl.«

Sie hält mir ein Schwarz-Weiß-Foto hin. Eine Frau mit Schmollmund, großen Augen, falschen Wimpern und einer drallen Figur ist darauf zu sehen. Maja betrachtet das Foto. Sie streicht mit den Händen über die Abbildung von Marias Gesicht.

»Sie war wunderschön. Nicht so abgemagert wie die heutigen Hungerhaken, findest du nicht?«

Ich nicke. Maja verdreht die Augen.

»Klar, dass du nichts dazu zu sagen hast!«

Sie schiebt das Foto in das vorderste Fach ihrer Geldbörse. Lehnt sich zurück. Verschränkt die Arme vor ihrer Brust. Sieht aus dem Fenster.

»Erzähl mir von deinen Eltern. Letztes Mal hast du mich ausgequetscht«, sagt sie. Ich betrachte ihre Körperhaltung. Ein trotziges Kind.

»Da gibt es nicht viel zu sagen. Meine Mutter ist seit fünf Jahren tot und meinen Vater habe ich kaum gekannt.«

»Was meinst du mit kaum gekannt?«

»Meine Mutter und ich waren seine Zweitfamilie.«

Maja sieht mich an.

»Ich verstehe gar nichts. Kannst du mir das genauer erläutern?«

Ich seufze. Ich habe lange nicht mehr an das Verhältnis meiner Eltern zueinander gedacht.

»Meine Mutter hat nach der Schule in einem Wirtshaus am Ossiacher See als Kellnerin zu arbeiten begonnen. Mein Vater war dort Stammgast. Er war elf Jahre älter als sie, verheiratet und hatte vier Töchter. Er hat meiner Mutter anvertraut, dass er sich nicht erfüllt fühle in seiner Ehe. Dass eine Frau nicht genug sei für einen Mann wie ihn. Da könne man eben nichts machen. Meine Mutter hat sich trotzdem in ihn verliebt. Sie haben eine Affäre miteinander begonnen. Nach zwei Jahren hat er ihr gesagt, dass er sich einen Sohn wünsche, einen Nachfolger, er solle Benjamin heißen, Simon oder Leonhard. Meine Mutter dachte, wenn sie ihm diesen Sohn schenke, würde mein Vater sich für uns entscheiden.

Als ich geboren worden bin, ist er uns nicht im Krankenhaus besuchen gekommen. Meine Mutter ließ am Standesamt einen vorläufigen Vornamen für mich beurkunden, weil sich mein Vater nicht dazu äußern wollte. Als die Entscheidungsfrist von einem Monat abgelaufen war, teilte man meiner Mutter mit, dass ein Pflegschaftsgericht am nächsten Tag meinen Namen bestimmen würde, wenn sie dazu nicht in der Lage sei. Meine Mutter gab die Hoffnung nicht auf, dass mein Vater noch rechtzeitig auftauchen, sich zumindest bei ihr melden würde. Einen Tag später teilte mir das Pflegschaftsgericht den Namen meines Großvaters mütterlicherseits zu. Eine Woche darauf hat mein Vater meiner

Mutter einen Scheck geschickt und einen Brief. Sie brauche sich keine Sorgen zu machen. Finanziell stehe er gut da. Vorausgesetzt natürlich, sie würde schweigen.

Nach zwölf Monaten des Wartens ist meine Mutter mit mir nach Wien gezogen, weil sie die vertraute Umgebung nicht mehr ertragen konnte. Mein Vater ist uns einmal pro Jahr besuchen gekommen, wenn seine Frau mit den Töchtern bei deren Großeltern zu Gast war.«

9

REGINES Lider sind geschwollen. Die Äderchen der Augäpfel deutlich zu erkennen. Sie blinzelt. Blickt auf ihren Teller. Sie hat sich in eine Ecke unserer Kantine zurückgezogen. Als ich ihr gegenüber Platz nehme, sieht sie nur kurz auf. Schweigt. Schiebt die Spaghetti Arrabiata mit ihrer Gabel von einer Seite des Tellers zur anderen. Eine Nudel rutscht über den Rand auf die Tischplatte. Regine betrachtet das Stückchen Teig. Seufzt, als wäre etwas Schreckliches passiert. Nimmt es mit einem Pinzettengriff, wie ein verdorbenes Lebensmittel.

»Ist alles in Ordnung bei dir?«, frage ich, obwohl mir die Antwort längst klar ist.

Regine schluckt. Zerknüllt eine Serviette. Fährt sich über die Stirn. Sie schüttelt den Kopf. Sieht mich an. Tränen in ihren Augenwinkeln. Sammeln sich. Laufen ihre Wangen hinunter. Sie dreht ihr Gesicht weg. Ich berühre ihre Schulter.

»Erzähl es mir! Dann wird es leichter.«

»Meine Tante«, sagt sie, »sie haben sie gestern tot in ihrem Bett gefunden. Sie hatte Brustkrebs. Wir haben gedacht, die Krankheit sei überstanden.«

Ihre Stimme erstickt. Ich lasse ihre Schulter los. Lehne mich in meinem Sessel zurück. Mein Blick wandert ins Leere.

»Ich verstehe dich«, sage ich nach Minuten des Schweigens, »vor eineinhalb Monaten ist meine beste Freundin gestorben.«

Regine blickt mich an.

»Mein Freund hat gesagt, wenn ein Mensch aus deinem Leben scheidet, wird ein neuer seinen Platz einnehmen. Es sollte mich trösten, aber ich glaube, ich will das gar nicht.«

Sie lächelt klein. Ich sehe Manuels Gesicht vor mir.

»Niemand kann mir Maria ersetzen«, flüstere ich.

Regine nickt. Wir schweigen. Ich frage mich, was meine verstorbene Freundin von dieser Aussage gehalten hätte.

»Freundschaft entsteht aus dem Zusammentreffen zweier verbundener Seelen, die diese Verbindung wachsen lassen möchten«, hat Maria einmal gesagt. Oft würden die Menschen aufgrund von Eigensinnigkeit daran vorbeischlittern.

Ich denke an Manuels Mutter. Ich habe ihn nicht gefragt, woran sie gestorben ist. So alt kann sie noch nicht gewesen sein.

»Durch Marias Tod habe ich jemanden kennengelernt«, sage ich.

Regine hebt die Augenbrauen. Sieht mit einem Mal munterer aus als zuvor. Ich schüttle den Kopf.

»Nicht so, wie du denkst. Er heißt Manuel. Ein seltsamer Kerl, aber er hat ein gutes Herz. Er hat mich auf Marias Begräbnis begleitet, obwohl wir uns kaum kannten.«

»Aha«, sagt Regine bedeutungsvoll, »ein gutes Herz.«

»Seit ich ihn kenne, hat er noch nie versucht mich anzumachen oder wäre aufdringlich geworden.«

»Ihr seid Freunde?«

Ich lege meinen Kopf in den Nacken. Betrachte die Decke über mir. Ihre altmodische Vertäfelung.

»Ich weiß nicht, ob man das so nennen kann.«

Nach der Arbeit fahre ich mit Regine Richtung Klosterneuburg. Wir wollen an der Donau entlang spazieren, vielleicht zur Burg Greifenstein hinaufwandern.

»Meine Tante war eine Naturliebhaberin«, sagt Regine, »als Kind war ich oft mit ihr in dieser Gegend.«

Ich hebe einen Kiesel auf. Drehe ihn in den Händen. Seine Oberfläche ist glatt und weiß. Er sieht aus wie ein kleines Hühnerei. Regine blickt zu den Hügeln hinauf.

»Ganz in der Nähe steht das Geburtshaus von Konrad Lorenz.«

»Der Verhaltensforscher, der sich lieber mit Graugänsen als mit anderen Menschen unterhalten hat?«

»Hast du das gelesen, oder ist das deine Interpretation?«, fragt Regine amüsiert.

Ich zucke mit den Schultern. Die Vorstellung, es könnte so gewesen sein, gefällt mir. Regine blickt auf das Wasser hinaus.

»Meine Tante hat eine Igelauffangstation betrieben. Sie hat die kleinen Insektenfresser, die zu schwach für ein selbständiges Überleben waren, über den Winter gebracht. Wenn ich als Mädchen zu dieser Zeit bei ihr übernachtet habe, habe ich mir beim Einschlafen zwei Bettdecken über den Kopf gezogen. Igel fauchen, wenn sie sich bedroht fühlen und ich war mir nie sicher, ob es nicht doch die Gespenster waren, die im Haus meiner Tante ihr Unwesen trieben.«

Regine kichert. Ich betrachte die Weiden, deren graugrüne Blätter im Licht der Sonne silbrig schimmern. Die Wuchsform der Pappeln, die sich zielstrebig in den Himmel strecken.

»Maria hatte einen grünen Daumen«, sage ich, »wir haben beide zur selben Zeit aus einem Mandelkern ein Bäumchen gezogen. Ihres ist jetzt beinahe doppelt so hoch wie das meine, obwohl sie keinen Balkon hatte.«

Am Ufer suche ich nach einem flachen Stein. Finde einen grauen, der die richtige Form und Größe hat. Ich stelle mich seitlich, gehe in die Knie, hole aus und lasse ihn über die Wasseroberfläche springen. Siebenmal prallt er an ihr ab, bevor er in das Nass taucht. Regine applaudiert. Ich wiederhole meinen Versuch ein paar Mal. Kann meinen Rekord nicht brechen. Regine zieht ihre Schuhe aus, die Strümpfe. Sie rollt ihre Hosenbeine auf und watet in das Wasser. Ich sehe ihr zu.

»Komm herein«, fordert sie mich auf, »es ist herrlich kühl.«

Ich schlüpfe aus meinen Sandalen. Laufe in den Fluss. Sie wendet sich ab. Beschwert sich, dass ich sie nass spritzen würde.

»Zum Glück bist du nicht aus Zucker!«, lache ich. Ich bleibe stehen. Schlamm zwischen meinen Zehen. Ich bewege sie auf dem ungewohnten Grund. Der Strom des Wassers umspült meine Beine. Er ist nicht stark. Schwemmt eine Schwere fort.

»Weißt du, was ich nie verstehen werde?«, frage ich Regine. Sie dreht sich zu mir. Zieht die Augenbrauen hoch. Ich bücke mich. Lasse die Finger meiner rechten Hand durch das undurchsichtige Grün des Donauwassers gleiten. Es riecht nach Algen. Die Silhouette eines kleinen Fisches gleitet vorbei. Die eines größeren folgt. Im Stillwasserbereich des Schilfes zwei Wasserläufer. Ihre Insektenkörper spiegeln sich in der Oberfläche. Schaukeln über winzige Wellen, die meine Handbewegung verursacht hat.

»Dass es Menschen gibt, die ihre Freizeit lieber auf einer Einkaufsstraße verbringen als in der Natur.«

Regine schweigt. Ich betrachte das Ufer. Die grasbewachsene Böschung, auf der Gänseblümchen blühen und Löwenzahn. Die Straße, die darüber verläuft. Kinderstimmen in der Ferne. Ein silberner Sportwagen fährt mit überhöhtem Tempo vorbei. Ich weiß, was Maria erwidert hätte.

»Kindchen«, hätte sie geschrieben, »was dem einen alles bedeutet, ist dem anderen bedeutungslos.«

10

GEGENSTÄNDE aus meiner Sammlung zu verkaufen, schneidet mir ins Herz. Trotzdem habe ich eingesehen, dass es ein notwendiges Übel ist. Ich brauche einen Computer. Mein altes Gerät ist bei dem Wohnungsbrand verkohlt. Ohne Internet habe ich keine Möglichkeit, Sonderangebote in den Online-Verkaufsbörsen zu erstehen. Letzte Woche konnte ich eine Arbeitskollegin belauschen. Sie hat sich in der Mittagspause mit einem Freund darüber unterhalten, dass ein Bekannter seine gesamte Schlafzimmereinrichtung in solch einer Verkaufsbörse um siebenundzwanzig Euro ersteigert hat.

Ich wandere meine Regale entlang. Lasse meine Finger über das Holz gleiten. Soll ich mich von dem VW-Käfer-Modell trennen, von der Schweizer Kuckucksuhr, von dem Globus, auf dem die Vorstellungen mittelalterlicher Kartografen abgebildet sind? Ich wandere zurück. Bleibe stehen. Lasse meine Hand sinken. Vielleicht kann ich mir das Geld von jemandem leihen. Netbooks gibt es heute schon um wenige Hundert Euro zu kaufen.

Ich werde Bettina anrufen. Gehe zum Telefon. Nehme den Hörer. Hänge ihn zurück. Ich betrachte die Tasten des Geräts. Denke an meine Keramikkatze. Stelle mir die Form ihres Körpers vor, die Farben der Lackierung, die Bruchstelle an der Schwanzwurzel, die nicht mehr zu sehen ist. Das Bild verleiht mir Mut.

Ich hole tief Luft. Tippe die Ziffern von Bettinas Telefonnummer in die Tastatur. Ich höre den Freiton. Warte. Niemand hebt ab. Ich nehme mein Mobiltelefon zur Hand. Dort habe ich Bettinas Handynummer gespeichert. Versuche erneut, sie zu erreichen. Es läutet zweimal. Die Mobilbox schaltet sich ein. Nachrichten nach dem Signalton, sagt eine dieser Sprecherinnenstimmen, die ich nicht unterscheiden kann. Ich bitte Bettina, mich zurückzurufen.

Den Nachmittag verbringe ich vor dem Fernseher. Ich zappe von Programm zu Programm. Die Werbeblöcke dauern maximal sieben Minuten. Ich kann nicht verstehen, dass sich die Leute über ihre Länge beschweren. Ich schalte zum nächsten Sender. In meinem aktuellen Lieblingsspot wird ein Schauspieler nach dem Kauf von Kaffeeprodukten auf der Straße von einem herabfallenden Klavierflügel erschlagen. Petrus, der in Form eines anderen Filmstars in Erscheinung tritt, empfängt ihn an der Himmelspforte. Der Verstorbene beklagt, dass seine Zeit noch nicht gekommen sei. Petrus betrachtet das Label der Einkaufstasche in seiner Hand.

»Vielleicht können wir ein Arrangement treffen?«, schlägt er vor. In der nächsten Kameraeinstellung sieht man den Schauspieler vor dem Kaffeeladen stehen. Er blickt auf seine leeren Hände. Runzelt die Stirn. Schüttelt den Kopf und betritt das Geschäft. Hinter ihm schlägt der Flügel auf die Straße. Zersplittert auf dem Asphalt. Mir gefällt die Idee, dass man sein Leben gegen ein paar Kaffeekapseln tauschen kann.

Ich sehe den Spot viermal. Beim fünften schalte ich den Fernseher aus.

Ich betrachte die neuen Werbeprospekte der Woche. Hole die Kataloge von den Versandhäusern, die ich vor zehn Tagen bestellt habe, aus meiner Kommode. Mein Chef hat mich auf diese Idee gebracht. Er hat sich über seine Frau beklagt, die ständig Kleidung bei diversen Versandhäusern ordern würde, die ihr nicht passe und die sie dann zurückschicke.

»Bei uns daheim stehen mehr Verpackungsmaterial und Pakete als hier in der Filiale«, hat er geschimpft.

Ich blättere durch die Seiten. Betrachte die bunten Bilder. Die Menschen, deren Gesichter fröhlich sind und ohne Falten. Vollkommene Symmetrie. Das Maß der Schönheit, habe ich gelesen. Auf den Fotos strahlt die Sonne. Kein Regen oder Wind, der die

Frisuren in Unordnung bringen könnte. Eine schöne Welt. Keine durchschnittliche.

Draußen wird es dämmrig. Ich blicke aus dem Fenster. Beobachte die Tauben, die sich unter dem Dachsims des gegenüberliegenden Hauses niedergelassen haben. Eine trägt weißes Gefieder. Es leuchtet durch den Schleier des hereinbrechenden Abends. Der Vogel steckt sein Köpfchen zwischen die Flügel. Ein leises Gurren tönt in meine Wohnung herüber. Ich blicke auf das Display meines Handys. Bettina hat nicht zurückgerufen. Meine Beine sind schwer, meine Arme und der Kopf. Ich lehne mich in meinem Couchsessel nach hinten. Schließe meine Augenlider, die bleiern sind.

In meinem Traum finde ich tausend Euro auf der Straße. Ich trage sie ordnungsgemäß zum Fundamt. Die Polizisten sagen, dass ich das Geld behalten darf, obwohl die Wartefrist von einem Jahr noch nicht verstrichen ist. Der Besitzer hätte sich auf dem Revier gemeldet. Er würde das Geld nicht benötigen. Ich kann mein Glück nicht fassen. In einem Computerfachgeschäft kaufe ich mir einen Laptop. Mit dem Restgeld erstehe ich eine handbemalte Keramikvase in einem Kunstatelier und ein Handy mit integriertem MP3-Player, Internet- und Fernsehfunktion in einem Laden für Mobilfunkgeräte. Zu Hause wartet ein Schulkollege auf mich. Er lehnt in meinem Couchsessel, als ich das Wohnzimmer betrete. Ich frage ihn, warum er hier ist.

»Manuel«, sagt er, »ich möchte mir deine Sammlung ansehen.«

Ich habe ihn noch nie zuvor meinen Namen aussprechen gehört.

Ich erwache durch das Geräusch eines Mixers. Zumindest glaube ich, dass es das ist. Meine Nachbarin trägt alle drei Tage einen Korb voll Orangen, Kiwis, Bananen und Mangos in ihre Wohnung, im Frühjahr waren Erdbeeren dabei. Zehn Minuten später ertönt dieses Geräusch. Ich nehme an, dass sie mit ihrem Küchengerät Fruchtsäfte zubereitet. Sie hat mir erzählt, dass Vitamincocktails lebensverlängernd wirken. Ihr geschiedener Mann habe sich immer darüber beschwert, dass sie dieses Wissen ignorieren würde.

Ich erhebe mich aus meinem Couchsessel. Meine Kniegelenke knacken. Die Wirbelsäule steif. Ich drehe meinen Kopf von der rechten zur linken Seite. Lege ihn in den Nacken. Ich bräuchte einen Komfortsessel, am besten mit Massagefunktion. Letzten Freitag habe ich einen in der Auslage eines Möbelgeschäfts gesehen.

Heute ist Sonntag. Wenn ich einen Computer hätte, könnte ich im Internet einkaufen. Ich wähle Bettinas Festnetznummer. Der Anrufbeantworter meldet sich. Ich hinterlasse eine Nachricht. Ich rufe auf ihrem Handy an. Niemand hebt ab.

Am Nachmittag läutet mein Mobiltelefon. Ich laufe zur Kommode. Es ist Bettina. Mein Herz klopft.

»Manuel, was ist denn so wichtig?«, will sie wissen.

Mein Hals kratzt. Ich räuspere mich. Denke an meinen Schulkollegen, der in meinem Wohnzimmer sitzt.

»Könntest du mir dreihundertfünfzig Euro borgen?«

Bettina lacht auf.

»Deswegen rufst du mich am Sonntagvormittag siebenmal an und dreimal am Nachmittag? Tut mir leid.«

Ich wandere, die Arme hinter dem Rücken verschränkt, in meinem Wohnzimmer auf und ab. Blicke zu meinem Couchsessel, der leer ist. Wer könnte mir dreihundertfünfzig Euro leihen? Jutta Weigelstorfer vielleicht. Ich habe ihre Katzen öfters zum Tierarzt gebracht und immerhin hat sie meine Mimi.

Ich blättere im Telefonbuch. Ich habe Juttas Nummer nicht in meinem Handy gespeichert. Ich finde den Eintrag. Unterstreiche die Ziffernfolge mit einem grünen Textmarker. Dreimal rufe ich bei Jutta an. Beim vierten hebt sie ab.

»Wer spricht?«

»Manuel Schmidt. Guten Tag.«

»Wer?«, fragt sie. Ihre Stimme klingt nicht freundlich.

»Der Schmidt Manuel. Ich habe bis vor einem dreiviertel Jahr im Stockwerk unter Ihnen gewohnt.«

»Ich kenne keinen Manuel«, sagt Jutta Weigelstorfer und legt den Hörer auf.

11

DER junge Mann studiert Kulturtechnik und Wasserwirtschaft an der Universität für Bodenkultur. Er erzählt von alternativen Energiesystemen, vom Klimawandel, dadurch drohenden Flüchtlingswellen und Ressourcenkriegen. Er ist gebürtiger US-Amerikaner. Mit seiner Schwester und deren Freund ist er als Austauschstudent nach Österreich gekommen. Die beiden sind vor drei Wochen in die Heimat zurückgekehrt. Sie haben ihre Weitläufigkeit und die damit verbundene Freiheit vermisst.

Der Student möchte seinen Aufenthalt verlängern. Möglicherweise in Wien seine Diplomarbeit verfassen. Dafür sucht er schnellstmöglich einen Mitbewohner, der das große Zimmer, das seine Schwester und ihr Freund bezogen hatten, mieten will.

»Weißt du, dass ein Chinese durchschnittlich fünf Tonnen Kohlendioxid pro Jahr freisetzt?«, fragt er mich.

Er spricht beinahe akzentfreies Deutsch. Seine Urgroßmutter war schließlich Tirolerin. Er glaubt an Gott, das Vaterland und seine Handfeuerwaffe von Glock, für die er – natürlich ganz den hiesigen Gegebenheiten folgend, er ist ja kein Gesetzloser – einen Waffenschein besitzt.

»Das ist ein österreichisches Erzeugnis«, sagt er, nicht ohne Stolz. Immerhin sei dieses Land seine zweite Heimat.

Der Amerikaner kann nicht verstehen, dass die Menschen hier so wenig Patriotismus leben. Nicht einmal am sechsundzwanzigsten Oktober hätte er viele rot-weiß-rote Fahnen auf den Straßen gesehen. Der vierte Juli sei der Festtag in seiner Heimat. Das gesamte Land wäre in Feierstimmung. In den Städten, in den Dörfern – seien sie noch so klein – gebe es Paraden und jedes Kind hielte zumindest einmal an diesem Tag eine »Stars and Stripes«-Flagge hoch, um dazu die Nationalhymne zu trällern.

Ich kann nicht verstehen, dass ich mit demselben Menschen spreche, der sich noch vor wenigen Minuten um das Schmelzen der Polkappen, das Schrumpfen der Eisbärenpopulation und den vorprogrammierten Untergang der Malediven gesorgt hat.

»Es ist sogar mir bekannt, dass die USA neben China zu den größten Klimasündern gehören«, sage ich.

Er sieht mich an. Seine Augen dunkel. Er steht von seinem Stuhl auf. Blickt auf mich herunter.

»Möchtest du etwas trinken?«, will er wissen. Seine Stimme ruhig. Ich betrachte sein Gesicht, auf dem keine Regung zu erkennen ist. Hüstle in das Schweigen. Ich möchte dankend ablehnen, als das Handy in meiner Tasche läutet. Ich atme aus. Bin froh, einen Grund zum Aufstehen zu haben. Ich eile zum Garderobenständer. Öffne den Reißverschluss meiner Tasche. Krame in den Fächern. Der Klingelton verstummt.

»Immer bin ich zu langsam«, sage ich an den Studenten gewandt. Es klingt wie eine Entschuldigung. Er mustert mich. Ich halte mein Mobiltelefon in seine Richtung. Erkläre, dass ich kurz zurückrufen möchte. Er erwidert nichts.

Ich betrachte das Display meines Handys. Manuel hat sich gemeldet. Wir haben einander eine Weile weder gehört noch gesehen.

»Von einem komischen Kauz zum nächsten«, denke ich und drücke die Rückruftaste. In der Wohnung des Amerikaners ist es kalt. Ungemütlich, finde ich. Manuel hebt ab. Als ich seine Stimme höre, fühle ich mich wohler. Ich erkundige mich nach dem Grund seines Anrufs. Sekunden vergehen, bevor er antwortet.

»Könntest du mir Geld leihen?«

Ich ziehe Luft durch meinen Mund. Betrachte den Amerikaner aus den Augenwinkeln, der seine Arme vor der Brust verschränkt hat.

»Treffen wir uns in einer halben Stunde im Hummel«, sage ich, »das möchte ich persönlich mit dir besprechen.«

Als ich das Café Hummel betrete, sitzt Manuel schon an unserem Platz. Er scheint mich nicht zu bemerken. Sieht zur Straßenbahnhaltestelle hinaus. Seine Stirn in Falten gelegt. Im Hintergrund leuchtet das »M« des gegenüberliegenden McDonald's-Restaurants über seinem Kopf. Ich gehe zu seinem Tisch.

»Gut, dass du angerufen hast«, begrüße ich ihn. Ich meine es ehrlich. Die Stimmung in der Wohnung des Amerikaners war mehr als angespannt. Manuel sieht auf. Er lächelt kurz. Ich will wissen, wofür er das Geld benötigt. Er nennt mir den Grund. Blickt mir dabei nicht in die Augen.

»Und wieso bittest du ausgerechnet mich darum?«

Manuel drückt seine Lippen aufeinander.

»Ich habe letzte Woche eine Freundin und eine Bekannte gefragt«, er schüttelt den Kopf, »sonst kenne ich niemanden.«

Ich ziehe die Brauen zusammen. Will wissen, wie er das meint.

»Nicht gut genug, um Geld auszuleihen«, erklärt er mir.

Ich frage nach seiner Verwandtschaft. Er behauptet, dass von den Mitgliedern seiner Familie keines mehr am Leben wäre. Ich erkundige mich nach seinen vier Halbschwestern. Er sieht mich an, als ob ich ihn gebeten hätte, ein streng gehütetes Geheimnis zu offenbaren.

»Sie wissen nichts von mir. Ich habe dir die Geschichte doch erzählt.«

Ich winke dem Kellner. Zucke mit den Schultern.

»Ihr seid heute erwachsen.«

Manuel schweigt. Er blickt in seine Kaffeetasse. Rührt mit seinem Löffel darin. Der Kellner kommt. Ich bestelle ein Stück Sachertorte mit Schlagobers und eine Melange.

»Ich habe schon öfters versucht, mit einer von ihnen zu telefonieren, aber wenn jemand den Hörer abgenommen hat, habe ich es nicht fertiggebracht zu sprechen«, murmelt Manuel.

Der Kellner bringt meine Torte, die nach Kakaopulver duftet. Ich nehme den ersten Bissen. Der Teig ist saftig. Die Schokoladenglasur schmilzt auf meiner Zunge. Ich kann mir nicht vorstellen, dass ein einfacher Anruf Manuel solche Überwindung kostet. Manuel betrachtet seine Hände.

»Meine älteste Schwester heißt Elisabeth und ist Volksschullehrerin. Sie hat vor elf Jahren einen Hamburger geheiratet. Die beiden leben dort mit ihren vier Kindern. Alexandra und Heike sind Zwillinge. Sie haben in Graz Medizin studiert und gemeinsam eine Kinderarztpraxis in der Nähe von Salzburg eröffnet. Sie wohnen auch zusammen. Karin ist die Jüngste. Sie ist drei Jahre älter als ich. Über sie habe ich am wenigsten herausgefunden. Man hat mir gesagt, sie arbeite als Reiseleiterin und sei viel unterwegs.«

Ich lehne mich zurück.

»Du hast recherchiert, aber dich nie getraut Kontakt aufzunehmen?«

Manuel nickt. Ich überlege einen Augenblick.

»Wenn du es schaffst, eine deiner Schwestern anzurufen, um dich vorzustellen, borge ich dir das Geld.«

Ich sehe Manuel an. Erwarte, dass er ablehnt.

»Wirklich?«, fragt er. Seine Augen die eines Kindes. Bei seinem Anblick muss ich lachen. Bestätige mein Angebot. Frage, ob er die Nummern seiner Schwestern in seinem Handy gespeichert hat.

»Du möchtest doch nicht, dass ich sofort anrufe?«

Ich nicke. Entgegne, worauf er warten wolle. Manuel atmet durch.

»Dann gehen wir in den Park!«

Ich habe ihn noch nie so bestimmt sprechen hören.

Im Park spielen vier Jugendliche in weiten Hosen und bunten Schirmkappen Basketball. Sie haben einen Autoreifen mit Kletterseilen und Besenstangen im Geäst eines Ahornbaums befestigt, benutzen ihn zum Körbewerfen. Beim Sprechen gestikulieren sie mit ihren Händen, als wären sie Darsteller in einem Rappervideo auf MTV.

Manuel steuert auf eine Bank zu, die im Schatten einer Linde steht und auf der niemand sitzt. Ich folge ihm. Nehme an seiner Seite Platz. Er erklärt mir, dass er an die Kraft von Bäumen glaube. Der Stamm der Linde in seinem Rücken würde ihm Mut verleihen. Trotzdem zittern seine Hände, als er das Handy aus seiner Hosentasche zieht. Beruhigen sich nicht, als er in seinem Telefonbuch blättert. Ich möchte wissen, bei wem er es zuerst versuchen wird.

»Bei einem der Zwillinge. Karins Nummer habe ich nicht und nach Deutschland zu telefonieren kann ich mir nicht leisten.«

Manuel besitzt nur die Festnetznummern seiner Schwestern. Ich blicke auf meine Uhr. Der Amerikaner ist Frühaufsteher. Er hat mich um acht in seine Wohnung gebeten. Jetzt ist es halb elf. Es besteht eine reelle Chance, dass die Zwillingsschwestern ihren Sonntagvormittag zu Hause verbringen. Manuel lässt sein Mobiltelefon, das er zum Ohr geführt hat, sinken. Er sieht mich an.

»Ich kann das nicht.«

Ich verschränke meine Arme vor der Brust. Will wissen, was ihn zurückhält.

»Ich habe Angst, ihnen weh zu tun.«

Ich blicke mich nach der Linde um und schlucke eine bissige Bemerkung hinunter.

»Manuel, ich verstehe, dass es eine unangenehme Situation ist, aber es ist auch eine Chance. Vielleicht hast du bald wieder eine Familie.«

»Das sagst gerade du«, murmelt Manuel und betrachtet das Telefon in seinen Händen. Er zieht Luft in seine Lungen, hält sie für Sekunden und lässt sie langsam entweichen. Ich bitte ihn, den Lautsprecher einzuschalten, weil ich das Gespräch mitverfolgen möchte. Er wirft mir einen finsteren Blick zu. Drückt den Knopf. Ich höre den Freiton. Nach dem fünften Läuten hebt jemand ab.

»Heike Giebel am Apparat.«

Manuels Atem geht stoßweise.

»Wer spricht da?«, fragt die Frauenstimme.

Ich mache eine aufmunternde Kopfbewegung. Er bewegt seine Lippen. Kein Ton kommt aus seinem Mund. Ich lege ihm die Hand auf die Schulter. Nicke ihm zu.

»Manuel Schmidt«, sagt er langsam, »ich weiß nicht, wie ich das erklären soll … . Ich hoffe, du bist nicht zu schockiert, aber ich bin dein Halbbruder.«

Schweigen am anderen Ende der Leitung. Ein kurzes Auflachen.

»Tatsächlich, dein Name sagt mir etwas. Ich glaube, mein Vater hat dich und deine Mutter einmal erwähnt. Lieber Manuel, danke für deinen Anruf. Aber ganz ehrlich, nur weil mein Vater bei dem Anblick des Dekolletés deiner Mutter seinen Testosteronspiegel nicht unter Kontrolle hatte, sehe ich keine Notwendigkeit, dass ich oder eine meiner Schwestern mit dir in Verbindung treten sollten. Abgesehen davon, ohne dich zu sehr enttäuschen zu wollen, deine Mutter war bei Weitem nicht die einzige Liaison meines Vaters.«

12

ICH kann Sonntage nicht leiden. Das ist so, seit ich meine Sammlung begonnen habe. An diesen zweiundfünfzig, manchmal dreiundfünfzig Tagen im Jahr gehe ich durch die Straßen und bin abgeschnitten von der Welt. Die Auslagen der Geschäfte sind dunkel, ihre Verkaufsräume leer, die Mehrzahl der Leuchtreklamen ausgeschaltet. Wenige Menschen schlendern durch die Fußgängerzonen. Die Innenstadt wird einzig bevölkert von Tauben und Krähen. Ich fühle mich einsam, wenn ich zwischen die nach Essensresten pickenden Vögel trete und die Tiere nicht auffliegen.

Heute ist es anders. Ich stelle die Kartonschachtel auf meinem Schreibtisch, den ich von meinem Schlafraum in das Wohnzimmer übersiedelt habe. Hier habe ich bei meinen Recherchen den größten Teil meiner Sammlung im Blickfeld. Ich lege eine CD aus meiner Beatles-Sammlung in den CD-Player. Die Musik der vier Liverpooler soll diesen Augenblick des Fortschritts untermalen.

Langsam löse ich die Klebestreifen von der Kartonschachtel. Ich möchte sie nicht beschädigen. Auch eine Schachtel zählt. Das Netbook ist in Styropor gepackt. Ich hebe es heraus. Streiche mit der Hand über seine glatte Oberfläche. Der Computer war im Angebot. Sechzig Gigabyte Festplatte. Mein altes Gerät besaß nur die Hälfte des Speicherplatzes und war teurer.

Den Vertrag für mein mobiles Internet habe ich letzte Woche abgeschlossen. Ursprünglich hatte ich warten wollen, bis mir jemand die dreihundertfünfzig Euro zusagt, aber dann habe ich das neue Werbeplakat des Mobilfunkbetreibers am Parkplatz der Shopping City Süd entdeckt.

Das Pärchen auf dem Bild strahlt. Die beiden Arm in Arm. Die makellosen Zähne der Frau haben mich an die von Karla erinnert.

Mein Modem hat einen USB-Anschluss. In der Betriebsanleitung lese ich, dass es selbstinstallierend sei. Ich schiebe den Anschluss in die Schnittstelle. Nichts passiert. Nach fünf Minuten blättere ich noch einmal in der Anleitung. Kann keine Anweisungen zur manuellen Installation finden. Ich ziehe das Modem heraus. Stecke es ein zweites Mal an. Dasselbe Resultat. Ein Kloß in meinem Hals. Auf der Rückseite meines Vertrags finde ich die Nummer einer Hotline.

Ich wähle die Ziffern. Ein Tonband spricht zu mir. Eine Computerstimme erteilt Anweisungen. Wenn Sie Fragen zu ihrer Abrechnung haben, drücken Sie die Eins. Für Fragen bezüglich Ihres Servicevertrags drücken Sie die Zwei. Für technischen Support wählen Sie die Drei. Für … Ich drücke die Drei. Werde mit einer anderen Tonbandstimme verbunden, die mir erklärt, dass noch sechs Anrufer vor mir gereiht sind. Zwischendurch ertönt ein klassisches Musikstück. Wahrscheinlich ist es von Mozart. Ich habe gelesen, dass Mozartmelodien die Nerven beruhigen sollen. Der Kloß in meinem Hals wächst.

Ich blicke auf meine Armbanduhr. Zwanzig Minuten sind vergangen. Ich muss zur Toilette. Ich trete von einem Bein auf das andere. Das Handy mit auf das Klo zu nehmen finde ich unhöflich, selbst einer Tonbandstimme gegenüber. Noch zwei Anrufer vor Ihnen. Ich darf auf keinen Fall auflegen. Ich gehe im Kreis. Das Musikstück beginnt von Neuem. Mein Handy piepst. Das Akkuzeichen blinkt. Ich laufe zu meiner Kommode. Ziehe die oberste Schublade auf. Krame darin. Das Piepsen kommt in immer kürzeren Abständen. Ich habe das Ladegerät gefunden. Ein Anrufer vor Ihnen. Mein Mobiltelefon schaltet sich ab. Ich möchte das Handy gegen die Wand werfen.

Als ich von der Toilette zurück bin, läutet mein Festnetztelefon. Maja ist am Apparat.

»Hast du Lust, mich zu einer Wohnungsbesichtigung zu begleiten?«

Ich blicke zu meinem Computer, dem Modem, meinem Servicevertrag.

»Möchtest du?«, insistiert Maja.

Ich sage zu. Wir treffen uns in der Boldrinigasse. Maja trägt ihr geblümtes Sommerkleid und das blaue Seidentuch um ihre Schultern. Sie runzelt die Stirn, als sie mich sieht. Blickt auf die Zeitanzeige ihres Handys.

»Ich warte seit fünfzehn Minuten. Wenn man ein Zimmer bekommen will, muss man pünktlich sein.«

»Das möchtest du doch sowieso nicht«, murmle ich und entschuldige mich für meine Verspätung. Maja verdreht die Augen. Sie läutet. Ich höre ein Summen. Maja drückt sich gegen die Eingangstür. Als ich den Altbau betrete, wird mir klar, dass ich gleich lügen muss. Im Stiegenhaus ist es kalt. Ich ziehe die Schultern zusammen. Gehe fünf Stufen hinter Maja.

»Wo bleibst du?«, zischt sie, als sich die Wohnungstür im vierten Stock öffnet. Im Türrahmen steht ein Typ. Er ist muskulös. Muss über einen Meter neunzig groß sein. Ich blicke zu ihm hoch. Möchte Maja sagen, dass ihr Wohnungsbesichtigungshobby nichts für mich ist und ich nach Hause gehe. Sie zieht mich am Ärmel zu sich. Lächelt den großgewachsenen Typen an.

»Ich bin Maja und das ist Manuel. Mein Bruder.«

Ich starre sie an. Der Typ nickt. Er stellt sich vor, bittet uns herein.

Im Flur eine Frau mit hüftlangen Haaren. Sie hält uns die Hand hin. Strahlt.

Sie hat einen kräftigen Händedruck.

»Ich zeige euch sofort das Zimmer. Wer von euch möchte einziehen?«

Maja deutet auf mich.

»Ich bin nur zur schwesterlichen Unterstützung da«, sagt sie. Mir wird übel.

»Ich wollte immer einen kleinen Bruder haben«, meint die junge Frau. Sie lächelt mich an. Ich sollte mich freuen. Sie sieht wunderschön aus mit ihrer hellen Haut und dem dunklen Haar, das bei jeder Bewegung auf ihrem Rücken tanzt. Ich kann ihr nicht in die Augen blicken.

Die junge Frau führt uns in ein möbliertes Zimmer.

»Der Schreibtisch bleibt. Alles andere wird abgeholt.«

Maja nickt. Sie geht zum Fenster und sieht hinaus.

»Schön habt ihr es hier. Sogar mit Hängematte!«

Sie deutet in den Hof hinunter. Die junge Frau tritt zu ihr.

»Wir haben wirklich Glück mit dieser Wohnung. Nur Herr Konal aus dem dritten Stock macht uns ab und zu Schwierigkeiten.«

Der Nachname kommt mir bekannt vor. Maja erkundigt sich nach den Problemen mit dem Nachbarn. Ich bin in der Mitte des Raums stehen geblieben. Betrachte sie. Sieht sie tatsächlich älter aus als ich? Oder liegt es daran, dass sie präsenter ist?

Der muskulöse Typ, der im Türrahmen gewartet hat, geht zu den beiden Frauen.

»Herr Konal hat Verfolgungswahn. Er ist überzeugt, dass hinter jeder Ecke Diebe und Einbrecher lauern. Alle im Haus haben ihm schon mindestens einmal die Sonntagszeitung gestohlen, die er laut seiner Gattin gar nicht abonniert hat.«

Die junge Frau lacht auf.

»Seine Angetraute ist aber auch nicht ganz normal. Sie besucht jeden Samstag Begräbnisse von wildfremden Leuten, weil sie so gerne weint.«

Maja grinst.

»Im Haus unserer ältesten Schwester wohnt eine Dame, die fremde Gräber mit selbst bemalten Pappbechern schmückt. Wenn sich die Leute beschweren, behauptet sie, sie könne mit den Toten kommunizieren und die wollten das so.«

Die drei lachen. Ich sehe einen alten Mann mit einem Gesicht voller Falten vor mir.

»Ich glaube, den kenne ich. Ich habe im Krankenhaus ein Zimmer mit ihm geteilt«, sage ich. Als ich den Satz ausgesprochen habe, wird mir klar, dass meine Stimme unverhältnismäßig laut war. Die drei drehen sich zu mir. Sehen mich an.

Maja möchte wissen, von wem ich spreche.

»Von Herrn Konal«, sage ich leise. Blicke auf meine blau-weiß geringelten Socken, die mir plötzlich albern erscheinen.

»Ich glaube, dass in Wien einige Menschen den Nachnamen Konal tragen«, sagt der muskulöse Typ. Die drei wenden sich ab.

»Wie viele Geschwister seid ihr?«, will die junge Frau wissen.

»Sechs. Manuel, ich und dann gibt es noch vier Halbschwestern. Unser Vater hatte eine Affäre mit unserer Mutter. Sie hat in seinem Stammlokal gekellnert.«

Maja grinst, als wäre es eine Selbstverständlichkeit, diese Information an Fremde weiterzugeben. Diese falsche Information. Ich starre sie an. Sie sieht nicht zu mir. Ich öffne den Mund, um etwas zu erwidern. Schließe ihn, weil mir nichts Passendes einfällt.

Eine Katze läuft ins Zimmer. Ihr Fell ist orange und weiß getigert. Sie springt auf das Fensterbrett. Rollt sich zusammen. Beginnt zu schnurren. Die junge Frau streichelt ihren Rücken. Krault sie zwischen den Ohren.

»Das ist unsere Daisy«, sagt sie zu Maja, »ich hoffe, dein Bruder hat keine Katzenhaarallergie.«

13

ALS wir vor die Tür treten, bricht ein Gewitter los. Die Regentropfen schwer. Zerplatzen auf dem Asphalt. Ihr Wasser vereinigt sich zu Rinnsalen, welche die Straßen in Bäche verwandeln. Ich bleibe unter dem Mauersims stehen. Strecke einen Arm, die Handfläche in den Himmel geöffnet, vor mich. Wasser sammelt sich in meiner Hand. Ich blicke zu Manuel, der in den Regen getreten ist. Sein Gesicht dunkel.

Ich stelle mich dicht neben ihn. Spüre die Tropfen auf meinem Nacken. Ziehe Marias Tuch enger um meine Schultern. Ich stoße Manuel mit meinem Ellenbogen leicht in die Seite.

»Für den Anfang warst du gar nicht schlecht.«

Er hebt die Augenbrauen. Sein Gesicht heller.

»Wirklich?«

»Nein, das Zimmer kannst du vergessen.«

Ich blicke in die Wolken. Kneife die Augen zusammen. Ein Blitz zuckt.

»Fahren wir ins Hummel! So wie es aussieht, wird das Gewitter noch länger dauern.«

Ich sehe, wie Manuel sein Gewicht verlagert. Seine Arme vor der Brust verschränkt.

Ich schlage vor, den Dreiunddreißiger zu nehmen. Ohne auf Manuels Antwort zu warten, überquere ich die Straße, marschiere Richtung Haltestelle. Er bleibt stehen. Ruft: »Ich fahre nicht mit der Straßenbahn!«

Ich reagiere nicht. Nach ein paar Metern höre ich seine Schritte hinter mir.

Im Hummel setzen wir uns an unseren Fensterplatz. Ich bestelle heiße Schokolade mit Rum, Manuel einen Pfefferminztee mit einer Zitronenscheibe. Von meinen Haaren tropft das Regenwasser. Auf meinen Armen und Beinen Gänsehaut. Manuel hängt seinen durchnässten Sweater über die Sessellehne. Der Kellner mustert uns. Rückt seine Fliege zurecht. Hüstelt hinter vorgehaltener Hand. Nach fünf Minuten bringt er unsere Bestellung und zwei karierte Wolldecken.

Die Wolle kratzt auf meiner Haut. Manuel schweigt. Er hat sich seine Decke zweimal um den Oberkörper geschlungen. Löffelt seinen Tee. Ich räuspere mich.

»Gestern habe ich im Fernsehen eine Reportage über einen Londoner Künstler gesehen, der Miniskulpturen herstellt. Sie sind so klein, dass er mit einem Mikroskop arbeiten muss, um sie zu formen. Die fertigen Figuren klebt er in ein Nadelöhr. Manche von ihnen sind nicht größer als eine Blutzelle.«

Ich rühre in meiner Schokolade. Manuel nimmt einen Schluck von seinem Pfefferminztee.

»Er baut bekannte Figuren nach. Mickey Mouse oder Prominente wie Prinz Charles. Sie sind so winzig, dass der Künstler die Pigmente der Farben zerstoßen muss. Als Pinsel benutzt er eine Wimper. Weil seine Hände nicht zittern dürfen, hat er gelernt, seinen Puls auf dreißig Schläge pro Minute zu reduzieren. Er arbeitet zwischen seinen Herzschlägen.«

Manuel sieht mich nicht an.

»Und wie er dazu gekommen ist, hat mir gefallen …«

Manuel schweigt. Ich betrachte ihn.

»Willst du es nicht wissen?«

Er sieht aus dem Fenster.

»Doch. Sag es mir!«

»Als Kind litt er unter Dyslexie und hatte Lernschwierigkeiten. Vor der ständigen Kritik seines Lehrers hat er sich in diese Fantasiewelt geflüchtet. Er hat damit begonnen, Häuser für Ameisen zu bauen, weil er fand, die Tiere bräuchten ein Zuhause. Später hat er sogar Schuhe und Hüte für sie entworfen.«

»Welches Kind kennt keine Ameisenhaufen?«, murmelt Manuel.

Ich lehne mich zurück. Räuspere mich.

»Du bist beleidigt, weil ich bei der Wohnungsbesichtigung deine Schwestern als unsere ausgegeben habe.«

Manuel legt seine Löffel zur Seite. Er sieht mich an.

»Warum hast du das getan?«

Seine Stimme ist lauter als sonst.

»Warum hast du deinen Mund nicht aufgebracht?«, gebe ich zurück.

Manuel presst die Lippen aufeinander. Ich seufze.

»Es tut mir leid. Es ist mir herausgerutscht. Ich fand eure Geschichte so passend, weil die junge Frau erwähnt hat, dass sie gerne Geschwister gehabt hätte …«

»Einen Bruder.«

»Wie?«

»Einen jüngeren Bruder«, wiederholt Manuel.

Ich nicke.

»Außerdem sagt mir der Gedanke einer unkonventionellen Familie zu.«

Manuel sieht auf. Ihm sage dieser Gedanke gar nicht zu, meint er. Wir schweigen.

Nippen an unseren Getränken. Nach ein paar Minuten erkundige ich mich, ob er noch einmal versucht hat, seine Schwestern telefonisch zu erreichen.

Manuel antwortet nicht. Er blickt in seine Tasse. Draußen hat es aufgehört zu regnen. Die Wolkendecke ist an manchen Stellen aufgerissen. Lichtflecken am Himmel. Die Sonnenstrahlen beleuchten Manuels Gesicht schräg von der Seite. Er schüttelt den Kopf.

»Eigentlich bin ich nicht sauer, weil du sie verwendet hast. Es hat mich gestört, dass ihr drei euch auf Anhieb gut verstanden habt und ich es wieder einmal geschafft habe, mich unsichtbar zu machen«, erklärt er.

Ich mustere ihn. Seine braunen Augen. Das mittelbraune Haar. Der Stoff des T-Shirts, das unter der Wolldecke hervorlugt, verwaschen.

»Betrachte es einmal so: Ohne dich als meinen Bruder und deine vier Schwestern hätten wir uns wahrscheinlich gar nicht so gut verstanden.«

Manuel wiegt den Kopf.

»Hast du nicht gesehen, wie sie dich angestrahlt hat? Ich habe mir immer einen jüngeren Bruder gewünscht«, äffe ich die Stimme der jungen Frau nach und schlage die Hände neben meiner Wange zusammen. Manuel schmunzelt.

»Begleiten werde ich dich trotzdem nicht mehr.«

Ich hebe eine Hand in einer abwehrenden Geste. Kündige an, dass er mir nicht so leicht davonkommen werde und dass er unmöglich schon nach dem ersten Mal aufgeben könne.

»Und was hast du von diesen Wohnungsbesichtigungen? Was ist dein Ziel?«

Ich zucke mit den Schultern.

»Das Zimmer zu bekommen. Ist eine schöne Bestätigung. Neue Menschen kennenlernen. Interessante Geschichten hören. Braucht man für alles im Leben ein Ziel?«

Er will wissen, wofür ich ihn dabeihaben möchte. Meint, dass ich bis jetzt auch ganz gut ohne ihn zurechtgekommen sei.

Ich lasse den Blick über die Reihen der Kaffeehaustische schweifen. Eine ältere Frau, die Maria von der Seite ähnelt, hat ihren Kopf über eine Tageszeitung gebeugt. Mit dem Zeigefinger fährt sie die Zeilen entlang, ihre Augen folgen. Mit der anderen Hand rückt sie ihre Brille zu recht. Weiter hinten sitzen ein Bub und ein Mädchen ihren Eltern gegenüber. Das Mädchen trägt geflochtene Zöpfe, der Bub eine Baseballkappe, unter der rote Haarsträhnen hervorlugen. Die beiden sehen aus, als würden sie noch nicht zur Schule gehen. Der Junge zieht ein Heft unter dem Tisch hervor, blättert darin, schreibt. Ich kann das Alter von Kindern nicht schätzen.

»Mir gefällt die Bruder-Schwester-Geschichte«, sage ich zu Manuel.

Der Kellner kommt an unseren Tisch. Er bittet uns, kassieren zu dürfen, ein Kollege werde für ihn übernehmen. Ich bemerke, dass seine Fliege wieder schief sitzt. Ich biete Manuel an, ihn einzuladen. Er schüttelt den Kopf.

»Als deine große Schwester!«, beharre ich und grinse.

Manuel verdreht die Augen, aber er lässt mich bezahlen. Als der Kellner gegangen ist, sieht er mich an.

»Wieso gefällt dir die Bruder-Schwester-Geschichte?«

Ich überlege einen Augenblick.

»Weil ich nicht anders mit Männern zusammen sein kann. Früher oder später erinnern sie mich alle an meinen Vater.«

14

ICH gebe nicht auf. Ich bin nicht euphorisch und nicht davon überzeugt, dass es dieses Mal besser klappen wird. Ich spiele mit. Maja zuliebe. Vielleicht auch wegen mir selbst.

»Du brauchst eine Verkleidung«, hat Maja gesagt, als sie am Sonntag Vormittag vor meiner Wohnungstür gestanden ist, »dann fällt es dir leichter.«

Sie ist zu mir getreten und hat den Kragen meines Hemds zurechtgezupft. In Filmen machen das Schwiegermütter vor Hochzeiten oder Ehefrauen, deren Mann sich gleich privat mit dem Chef treffen soll, weil sie auf seine Beförderung hoffen. Diese Vorstellungen haben mir gefallen.

Maja hat mich angesehen und die Stirn gerunzelt.

»Wieso grinst du so komisch?«

Ich habe meine Mundwinkel nach unten gezogen. Mich geräuspert.

Ich sollte mich wie ein Clown anziehen, dann wäre meine Rolle klar, habe ich gedacht und gefragt: »Wie meinst du das, verkleiden?«

Maja hat die Augen verdreht.

»Jetzt hab doch mal ein bisschen Fantasie! Zieh dir etwas an, das du sonst nie trägst!«

»Solche Kleidungsstücke besitze ich nicht.«

»Und wozu hast du deine Sammlung? Ich habe gedacht, alle Gegenstände zählen dazu. Da musst du doch haufenweise Kleidung besitzen.«

Sie hat sich an mir vorbei in mein Schlafzimmer gedrängt, bevor ich etwas erwidern konnte. Ich wurde rot. Dass eine Frau mein Schlafzimmer betreten hat, ist lange her. Das Bett war nicht gemacht. Maja hat keinen Blick darauf geworfen. Sie hat die beiden Türen meines Kleiderschranks mit einem Ruck geöffnet. Seinen Inhalt begutachtet.

»Jeder hat solche Teile. Man kauft sie sich, weil man sich vorstellt, wie ungewohnt man darin aussehen wird und wie man damit auffällt, und dann stellt man nach dem ersten Mal Tragen fest, dass man sich auf Dauer doch nicht drübertraut.«

Ich habe Maja beobachtet. Sie hat Shirts aus meinem Kasten genommen, Pullover und Unterwäsche. Sie auf mein ungemachtes Bett gestapelt. Ich habe auf den zerknüllten Polsterbezug geschielt, auf die zurückgeschlagene Decke, das verzogene Leintuch. Ihr schien das nicht peinlich zu sein. Sie hat mit beiden Händen ein türkisfarbenes Poloshirt hochgehalten, es zweimal gewendet, es von vorne und hinten betrachtet.

»Das ist genau richtig. Hast du eine löchrige Jeans?«

Ich habe den Kopf geschüttelt. Maja hat eine meiner Jeans von einem Kleiderbügel gezogen.

»Aber eine Schere hast du?«

»Du willst doch nicht meine Hose zerschneiden!«

»Sicher. Du hast genug davon.«

»Sicher nicht!«, habe ich gesagt. Ich habe ihr die Hose aus den Händen genommen, sie glatt gestrichen und sie über dem Kleiderbügel zurück in meinen Kasten gehängt.

Eineinhalb Stunden später stehe ich mit Maja vor der Tür eines Einfamilienhäuschens im vierzehnten Wiener Gemeindebezirk. Ein großzügiger Garten umgibt das Haus. Kirsch- und Apfelbäume wachsen darin, Himbeer- und Brombeerhecken ranken sich an den Seiten. Dazwischen Johannisbeersträucher und wilder Wein. In der Mitte des Rasens ein Vogelbecken, das die Form eines Karpfens hat. Ich sehe an mir hinunter.

»An das Loch in meiner Hose kann ich mich nicht gewöhnen.«

Maja betrachtet mich von oben bis unten.

»Du siehst gut aus. Wie ein richtiger Student.«

»Und was studiere ich?«

»Ich dachte, wir hätten uns auf Mathematik geeinigt? Das kommt in dieser Gegend bestimmt gut an.«

»Ich habe aber keine Ahnung von Mathematik! Ich war nicht einmal in der Schule besonders gut darin.«

»Das hättest du dir früher überlegen sollen«, zischt Maja und wendet ihren Kopf lächelnd Richtung Gartentor, »da kommt die Hausherrin.«

Eine füllige Frau um die sechzig mit blond gefärbter Dauerwelle und fliederfarbenem Kostüm schreitet auf uns zu. Sie öffnet das Tor.

»Kommen Sie, kommen Sie nur weiter!«

Sie lächelte uns an. Auf ihrem linken Vorderzahn klebt Lippenstift in der Farbe ihres Kostüms. Ich bemühe mich, nicht hinzusehen.

»Den Garten dürften Sie natürlich mitbenutzen«, sagt die Frau, während wir zum Haus gehen und macht eine ausladende Handbewegung über die Rasenfläche im englischen Stil. Vor dem Eingang bleibt sie stehen.

»Bitte, wären Sie so freundlich!«

Sie deutet auf einen Fußabstreifer, der mit einem Foto von Lady Diana bedruckt ist. Ich finde es seltsam, mit meinen Schuhsohlen über das Gesicht der toten Prinzessin zu wischen und habe mit einem Mal das Gefühl, beobachtet zu werden.

Der Boden im Eingangsbereich des Hauses ist gefliest. Ein Wandverbau aus dunklem Holz dient als Garderobe. Linker Hand führen Treppen in den ersten Stock. Vom Vorraum aus sind im Erdgeschoß drei Türen zu sehen. Die mittlere steht offen. Licht fällt von dort herein.

»Das ist aber keine WG?«, fragt Maja mit einem Lächeln. Ich habe sie noch nie so viel lächeln gesehen in so kurzer Zeit.

»Nein«, die Hausbesitzerin kichert, »wir haben ein Zimmer mit Klo und Bad zu vermieten und wir wünschen uns einen Studenten dafür. Oder eine Studentin«, fügt sie hinzu und lächelt Maja an.

Ich weiß nicht, was dieses Lächeln und Kichern soll. Sicherheitshalber grinse ich. Die Hausherrin betrachtet mich mit gerunzelter Stirn und wendet sich wiederum lächelnd an Maja.

»Das Zimmer ist im ersten Stock. Darf ich Sie nach oben bitten?«

»Aber gerne, vielen Dank«, sagt Maja. Sie geht ein wenig in die Knie. Es sieht aus, als würde sie knicksen. Ich überlege, wie eine Verbeugung meinerseits ankommen würde, aber die beiden Frauen steigen bereits die Treppe hinauf. Ich folge ihnen. Die Stufen knarren bei jedem Schritt.

»Wer ist da, Lina?«, höre ich eine Stimme aus dem Erdgeschoß. Ich wende mich um. Sehe niemanden. Die Hausherrin gibt keine Antwort. Sie führt uns einen Gang entlang. Öffnet die Tür an seinem Ende.

Das Zimmer ist schmal. Es hat eine Balkontür, die von außen bis zur halben Höhe vergittert ist und die nicht zu einem Balkon führt. Fenster gibt es keine. Eine Schlafcouch steht in dem Raum, ein metallener Schreibtisch und ein Kasten aus hellem Holz und Milchglas im japanischen Stil. Wir gehen hinein. Die Hausbesitzerin schließt die Tür hinter uns. Maja sieht sich um.

»Hatten Sie schon einmal einen Untermieter?«

Die Hausbesitzerin schüttelt lächelnd den Kopf.

»Bis jetzt war das unser Gästezimmer.«

Ich bemerke Spuren von Klebestreifen an den Wänden. Maja setzt sich auf die Schlafcouch. Sie wippt dreimal auf und ab.

»Schön weich!«

Die Hausbesitzerin nickt.

»Kommen Sie, ich zeige Ihnen das Bad. Das ist ein Traum für jedes Mädchen.«

Ich räuspere mich. Die Hausbesitzerin wirft mir einen Blick zu.

»Sie sind doch nicht krank? Ich habe einen empfindlichen Magen.«

Ich betrachte ihren Bauch, um den sich das fliederfarbene Kostüm spannt. Verneine.

»Ich hoffe«, sagt sie und öffnet die Tür.

Ich erschrecke. Im Türrahmen steht eine Frau. Sie hat eine drahtige Figur, grau meliertes Haar, trägt dunkle Jeans und einen schwarzen Fleecepullover. Ihre Arme sind vor der Brust verschränkt, ihre Beine leicht gegrätscht. Sie sieht die Hausbesitzerin an.

»Das hast du dir so gedacht. Du Schlange!«

Ich weiche zwei Schritte zurück. Maja ist aufgestanden. Von unten hört man wieder die Stimme. Ich bin der Meinung, dass sie zu einem älteren Mann gehört.

»Lina, wer ist da?«

Die Hausbesitzerin reckt den Hals. Die Frau im Türrahmen hält ihren Blick auf sie gerichtet. Sie tritt ins Zimmer und schlägt die Tür hinter sich zu. Sie macht zwei Schritte auf die Hausbesitzerin zu. Ich kann sie knurren hören.

»Ich habe lebenslanges Wohnrecht.«

»Bleib mir vom Leib!«, ruft die Hausbesitzerin und deutet auf mich, »sonst kriegst du es mit dem Jungen zu tun.«

Ich zucke zusammen. Die Frau mit dem grau melierten Haar mustert mich für Sekundenbruchteile.

»Mit der Witzfigur?«

Sie springt mit erhobenen Händen auf die Hausbesitzerin zu. Die duckt sich, ihre Arme über den Kopf gehalten. Die Angreiferin packt ihre Dauerwelle und zieht sie daran hoch. Die Hausbesitzerin schreit. Tritt nach ihrer Kontrahentin. Ich bin wie versteinert. Maja drängt sich zwischen die Frauen. Löst die Finger der Angreiferin aus den Haaren der Hausbesitzerin. Schiebt die Damen auseinander. Hält sie mit gestreckten Armen von sich. Blickt zu der einen, dann zu der anderen. Die beiden Frauen starren sie an.

»Wir gehen jetzt«, sagt Maja zu ihnen, »vielen Dank für den Rundgang.«

15

MANUEL sagt kein Wort. Von dem Gartentor des Einfamilienhauses bis zu der Bushaltestelle, die zehn Minuten entfernt liegt, blickt er beim Gehen auf den Boden. Der Weg führt bergab. Kieselsteinchen vom letzten Winter liegen auf dem Bürgersteig. Ich pfeife eine Melodie, die mir seit dem Morgen nicht aus dem Kopf geht und deren Titel mir nicht einfallen will. Als wir vor dem Wartehäuschen stehen, sehe ich Manuel an.

»Das war doch lustig!«

Er hebt den Kopf nicht. Kickt einen Tannenzapfen auf die Straße. Der rollt ein Stückchen. Kommt zum Stillstand. Ich höre das Motorgeräusch eines Autos. Ein weinroter Mercedes überfährt das Gewächs. Ich betrachte die gebrochenen Schuppen.

»Mit dir kann man keinen Spaß haben.«

Der Bus erscheint am Ende der Straße. Als er in die Haltestelle einfährt, sieht Manuel mich an.

»Ich kann öffentliche Verkehrsmittel nicht leiden. Ich rufe mir ein Taxi.«

Ich schaue ihn an. Er sieht mir nicht in die Augen. Die Türen des Autobusses stehen offen. Der Fahrer trommelt mit den Fingern auf das Lenkrad. Er wendet uns den Kopf zu, beugt sich nach hinten Richtung Mitteltür.

»Steigen Sie ein oder lassen Sie es bleiben!«

Die Leute im Bus beobachten uns durch die Fenster. Manuel bewegt sich nicht. Ich nicke dem Busfahrer zu. Die Fahrgäste mustern mich, als ich einsteige und den Gang entlang nach hinten gehe. Ich setze mich in die letzte Reihe. Als ich mich umdrehe, steht Manuel nicht mehr an der Haltestelle.

Am Dienstag lädt mich Regine nach der Arbeit zu sich auf eine Kaffeejause ein. Ich bin noch nie bei ihr zu Hause gewesen. Sie wohnt im achtzehnten Bezirk in einem Appartement mit vier Zimmern. Das Haus hat eine Hanglage. Von Regines Wohnzimmer aus kann man einen guten Teil der Stadt überblicken. Das Appartement hat große Räume mit Fenstern, die bis knapp an den Boden reichen. Möblierung und Stoffe sind in hellen Farben gehalten. Wenn die Sonne scheint, wird es von Licht durchflutet. Im Wohnzimmer riecht es nach Zitrusduftöl. Ich streiche mit meinen Fingern über die lachsfarbene Tagesdecke. Sie ist samtweich. Ihr Freund ist nicht zu Hause.

»Schön hast du es hier«, sage ich.

Regine deutet zum Tisch, der mit Porzellangeschirr und beigen Servietten mit Blümchendruck gedeckt ist. Sie bittet mich, Platz zu nehmen. Bringt eine Kanne Kaffee und einen Gugelhupf auf einem Silbertablett. Sie deutet auf den Kuchen.

»Den hat meine Tante gemacht. Sie bäckt den besten in ganz Wien!«

Der Kuchen ist saftig, schmeckt schokoladig und süß. Ich esse drei Stück. Regine betrachtet mich mit großen Augen.

»Ich wünschte, ich könnte so zugreifen wie du, aber bei mir setzt sich alles sofort an.«

Sie deutet auf ihre Hüften.

»Das Erste, was man bei einer Diät verliert, ist die gute Laune«, grinse ich.

Regine seufzt. Sie schenkt sich eine zweite Tasse Kaffee ein. Nimmt ihren Löffel und rührt um.

»Warum sieht man dich eigentlich nie mit einem Mann?«

Ich runzle die Stirn.

»Warum wohnst du alleine in einem hundertzwanzig Quadratmeter großen Appartement?«, erwidere ich.

Regine schweigt.

»Jetzt mal ehrlich«, sagt sie nach ein paar Minuten, »mir kannst du es doch sagen. Oder hast du was mit diesem Manuel?«

Ich verschlucke mich an meinem Kaffee. Stelle die Tasse ab. Die Porzellanteile klirren, als sie aufeinandertreffen.

»Bist du verrückt! Ich hab dir doch gesagt, dass er ein Eigenbrötler ist.«

Regine zuckt die Schultern.

»Du stehst doch auf skurrile Personen.«

Wir beobachten, wie der Wind mit den Gardinen vor dem gekippten Fenster spielt. Ich seufze.

»Es liegt an meinem Vater.«

»Es liegt immer am Vater«, sagt Regine.

Ich denke an Gerry. Er hat mich auf der Hochzeitsfeier meiner Großcousine angesprochen. Es war nach dem Brautstraußwerfen. Alle Single-Frauen standen beieinander. Er ist hinter mich getreten und hat in mein Ohr geflüstert: »Weißt du, warum du mir gleich aufgefallen bist?«

Ich habe mich zur Seite gedreht und auf seine Hände geschielt. Sie waren feingliedrig mit langen Fingern, ein heller Haarflaum wuchs darauf.

»Künstlerhände«, habe ich gedacht und ihn über meine Schulter hinweg angelächelt. Ich fragte nach dem Grund. Er deutete in mein Gesicht.

»Du hast einen Pickel genau auf deiner Nasenspitze.«

Er grinste. Es war kein bösartiges Grinsen. Ich habe ihm meinen Sekt mit Hollunderblütensaft zwischen die Beine gekippt.

Gerry hatte in einer Pension, zwei Querstraßen von dem Gasthaus entfernt, in dem die Hochzeitsfeier stattfand, ein Zimmer gemietet. Er kam in Jeans von dort zurück und bat mich um einen Tanz.

»Aber keinen Walzer«, fügte er hinzu, »dabei steige ich mir meistens selbst auf die Zehen.«

Ich musste lachen und stellte fest, dass es mir nicht egal war, ob er mein Breitmaulfroschgesicht sah.

Eineinhalb Monate lang trafen wir uns zweimal die Woche zum Essengehen. Gerry liebte die japanische Küche, ich bevorzugte die griechische. Montags gingen wir zum Japaner, Donnerstags zum Griechen. Einmal versuchten wir einen Italiener. Keiner von uns beiden war danach so recht zufrieden.

Bei der zwölften Verabredung lud ich Gerry in meine Wohnung ein. Nachdem wir miteinander geschlafen hatten, blickte er an die Zimmerdecke. Er beobachtete die weiße Fläche, als wäre darauf etwas zu sehen.

»Mach die Augen zu und stell dir vor, wir liegen in unserem eigenen Haus mit Garten!«

Ich setzte mich auf.

»Wieso?«

»Hättest du nicht gern ein Haus mit Garten statt einer kleinen Wohnung?«

Ich stand auf.

»Ich gehe duschen.«

Gerry sah mir nach.

»Kann ich mitkommen?«

»Nein!«

Die Woche darauf trafen wir uns in seiner Wohnung. Gegen einundzwanzig Uhr bekam ich Appetit auf griechisches Essen.

»Das ist kein Problem«, lachte Gerry, ging zur Garderobe und nahm seinen Mantel vom Haken, »fahren wir!«

Sein grauer VW-Käfer parkte eine Seitenstraße entfernt. Er hielt mir die Wagentür auf.

»Tut mir leid, dass ich dir kein richtiges Auto bieten kann«, sagte er, als ich einsteigen wollte, »aber ich spare auf einen Mercedes.«

Ich schlug die Autotür zu und machte Schluss.

Regine ist aufgestanden. Sie holt eine Porzellantasse mit Untersetzer aus der Vitrine. Faltet eine Blümchenserviette zu einem Dreieck. Ich runzle die Stirn.

»Hast du noch jemanden eingeladen?«

Regine hält die Tasse gegen das Licht. Wischt mit einem Blatt Küchenrolle über den Henkel.

»Mein Bruder ist in der Stadt.«

Ich ziehe hörbar Luft in meine Lunge. Jeder Mitarbeiter unserer Kanzlei weiß, wie verzweifelt Regines Bruder eine Freundin sucht und wie sehr Regine sich in dieser Hinsicht engagiert.

»Das ist nicht dein Ernst!«

Regine stellt die Tasse ab. »Er hält ein Hängebauchschwein in seiner Wohnung.«

Ich deute an meine Stirn. Es läutet an der Tür. Ich stehe auf.

»Bleib doch noch! Wenigstens zehn Minuten«, bettelt Regine und läuft in den Vorraum.

»Danke, ich gehe«, sage ich, folge ihr und dränge mich an dem hochgewachsenen Kerl mit einer Nase, die mich an einen Schweinerüssel erinnert, vorbei in den Flur.

16

DER Taxilenker hat einen Dreitagebart und grau melierte Schläfen. Sein Kinn ist breit. Die Augen so dunkel, dass ich die Pupillen nicht von der Iris unterscheiden kann. Ich nehme hinter ihm Platz. Betrachte mich im Rückspiegel. Vergleiche unsere Gesichter. Ich weiß, dass ich durchschnittlich aussehe. Unmännlich ist mir nie in den Sinn gekommen. Ich denke an das Handgemenge in dem Einfamilienhäuschen. An meine Erstarrung. An Maja, die dazwischen gegangen ist.

»Wohin wollen Sie?«, fragt der Fahrer. Seine Stimme klingt tief.

»In ein anderes Taxi«, denke ich und nenne ihm meine Adresse. Er nickt. Die Reifen machen sich über mich lustig, quietschen, als der Lenker auf das Gaspedal steigt. Ich blicke aus dem Fenster. Sehe sein Gesicht im Seitenspiegel. Ich schließe meine Augen. Im Wagen riecht es nach Männerparfum. Mein Magen ist eine stachelige Kugel.

Ich öffne die Augen, als das Taxi über eine Schwelle fährt. Sehe die Filiale einer Supermarktkette, auf deren Parkplatz mehrere Autos stehen. Ich beuge mich zwischen die Vordersitze.

»Ist heute nicht Sonntag?«, frage ich den Fahrer.

Er bestätigt es. Ich blicke zum Geschäft. Die Schiebetür öffnet sich. Eine Frau mit einem Einkaufskorb in der einen und einem kleinen Mädchen an der anderen Hand kommt heraus. Sie redet auf das Kind ein, das seine Füße betrachtet. Beim Gehen wippen seine Zöpfe, von denen einer mit einer roten und einer mit einer rosa Masche zusammengehalten wird. Das Mädchen sieht auf, gestikuliert. Die Mutter schüttelt den Kopf.

Ein Mann stellt sich vor die Reihe der Einkaufswagen, kramt in seiner Tasche, schiebt ein Geldstück oder eine Marke in den

Schlitz eines Wagens. Als er die Kette löst, spitzt er den Mund, um eine Melodie zu pfeifen, die ich nicht hören kann. Ich umklammere die Kopfstützen der Vordersitze mit meinen Händen.

»Bleiben Sie stehen!«

Der Fahrer schielt über seine Schulter.

»Wie bitte?«

»Ich steige hier aus.«

Im Rückspiegel sehe ich, dass er die Stirn runzelt. Er lenkt den Wagen an den rechten Fahrbahnrand. Drückt einen Knopf auf dem Taxameter. Fünfzehn Euro dreißig steht auf dem Display. Ich nehme die exakte Summe aus meiner Geldbörse. Bezahle, ohne ihm ins Gesicht zu blicken. Er nimmt die Scheine und Münzen an sich. Murmelt.

Ich steige aus dem Wagen. Schlage die Autotür mit aller Kraft hinter mir zu. Beim Abfahren schüttelt der Taxilenker die Faust. Als der Wagen verschwunden ist, habe ich freie Sicht auf den Supermarkt.

Ein grüner Volkswagen biegt in die Zufahrt, ein blauer Audi, zwei Minuten später ein silberner Peugeot. Ihre Lackierungen reflektieren die Sonnenstrahlen. Auf der Suche nach Parklücken kreisen die Fahrzeuge auf dem Platz. Ordnen sich. Kommen zum Stillstand. Menschen steigen aus. Sprechen miteinander oder schweigen. Betreten den Supermarkt, verlassen ihn. Kofferräume werden geöffnet, mit vollen Plastiksäcken und Kartonschachteln beladen und mit Schwung geschlossen. Ich lege eine Hand auf meinen Bauch. Die Magenstacheln sind verschwunden.

»Bis auf Weiteres jeden Sonntag bis sechzehn Uhr geöffnet«, steht auf einem Schild neben dem Eingang. Die Schiebetür weicht vor mir zurück. Ich hole Luft. Betrete das Geschäft. Im Eingangsbereich riecht es nach frischem Brot, nach Honigkrustenschinken und Zuckermelone. Ich schließe die Augen. Ziehe die Düfte in meine Lunge. Im nächsten Gang steigt Käsegeruch in meine Nase, im übernächsten riecht es nach Zitrusseife und Lavendelöl. Ich bleibe in der Körperpflegeabteilung stehen. Inspiziere die Regale. Lese die Bezeichnungen der Inhaltsstoffe auf den Verpackungen. Ich öffne Probierfläschchen und Dosen. Rieche daran. Entscheide mich für ein Aftershave in einer hellblauen Flasche. Als ich es aus dem Regal nehme, lese ich den Aufdruck: »Für sensible Haut«.

»Natürlich!«, denke ich und stelle es zurück. Ich finde einen elektrischen Rasierer, auf dessen Plastikhülle »For men only« steht. Aus dem Zeitschriftenständer im Kassenbereich suche ich mir ein Motorradjournal. Mein Blick fällt auf ein Päckchen Pastillen im Nachbarregal. Der Hersteller wirbt damit, dass man stark genug sein muss, um ihre Schärfe zu ertragen. Ich nehme drei Packungen.

Ich lege meine Artikel auf das Förderband. Die Kassiererin zieht sie über den Scanner.

»Haben Sie eine Clubkarte?«, will sie wissen.

»Nein.«

Ich dehne das Wort. Frage nach den Vorteilen einer Mitgliedschaft. Die Kassiererin schielt auf die Schokoladenriegel im gegenüberliegenden Regal. Sie reicht mir ein Heftchen.

»Mit jedem Einkauf in einer unserer Filialen sammeln Sie Treuepunkte. Mit der richtigen Anzahl Punkte können Sie aus einer Reihe von vergünstigten Artikeln wählen. Steht alles da drinnen.«

Ich betrachte das Heftchen. Frage, was ich tun muss, um Mitglied zu werden. Die Kassiererin zieht einen Kugelschreiber mit dem Logo der Supermarktkette aus der Brusttasche ihres Kittels.

»Füllen Sie einfach den Fragebogen auf der Rückseite aus, geben Sie ihn bei mir ab und die Clubkarte wird Ihnen in wenigen Tagen zugesandt.«

Ich befolge ihre Anweisungen. Sie steckt den Fragebogen in ein Briefkuvert. Händigt mir ein rechteckiges Stück Papier aus, auf dem das Firmenlogo abgebildet ist. Erklärt mir, dass es sich um die vorübergehende Clubkarte handelt.

Ich betrachte das Kärtchen. Stecke es in meine Geldbörse. In meinem Magen breitet sich Wärme aus. Ich greife nach einem Schokoladenriegel, auf dessen Verpackung die Worte »extra large« zu lesen sind. Lege ihn auf das Förderband.

»Der ist für Sie.«

Die Kassiererin blickt mich an.

»Das kann ich nicht annehmen.«

Ich bestehe darauf. Sie zieht den Schokoladenriegel über den Scanner. Winkt einen Mann mit einem Backenbart aus dem Filialleiterbüro herbei. Teilt ihm mit, dass sie beschenkt wurde. Er wirft einen flüchtigen Blick auf den Riegel. Fährt sich mit Daumen und Zeigefinger über den Bart. Nickt.

Die Dame, die hinter mir in der Reihe steht, schlichtet zwei Ananashälften, vier Erdbeerkörbchen und drei Mangos auf das Förderband. Clubmitglieder erhalten diese Woche zehn Prozent Rabatt auf Obst und Gemüse. Ich beobachte die Bewegungen der Dame gespannt. Tatsächlich zieht sie eine Clubkarte aus ihrer Tasche. Licht fällt auf das rote Plastik. Bringt es zum Leuchten. Ich lächle der Dame zu. Sie mustert mich. Runzelt die Stirn. Offensichtlich teilt sie mein Gefühl, der Besitz der Clubkarte würde uns verbinden, nicht.

Die nächste Woche verbringe ich damit, Vorteilspässe, Clubkarten und Treueheftchen zu sammeln. Ich bin erstaunt, wie viele verschiedene es gibt. Nach drei Tagen besitze ich vierzehn Stück, neunundzwanzig am Ende der Woche. Um den Überblick zu behalten, lege ich auf meinem Rechner eine Datei an, in der ich die zugehörigen Geschäfte und erworbenen Punkte eintrage. Die Pässe, Karten und Heftchen ordne ich in meine neue Umhängetasche mit den extra vielen Innenfächern, die ich zu diesem Zweck erworben habe. Dreimal ruft mich Maja in dieser Woche auf meinem Handy an. Ich hebe nicht ab. Mir fehlt die Zeit, mit ihr zu sprechen.

17

DER Tod meines Vaters verlief klassisch. Als er ahnte, dass er in den nächsten Stunden sterben würde, hat er meine Mutter und mich an sein Krankenbett gerufen. Ich kam von einer Party. Es war der Sommer nach meiner Matura. Ich hatte die Prüfungen auf Anhieb bestanden und feierte von diesem Tag an. Der Krebs meines Vaters hielt mich nicht auf. Er war seit dreieinhalb Jahren krank. Zerfressen von seiner Unzufriedenheit.

Benebelt von vier Gläsern Mojito betrat ich das Schlafzimmer meiner Eltern. Ich war voll Zorn, weil ich den Anruf meiner Mutter für einen Fehlalarm hielt. Es hatte in diesem Monat zwei davon gegeben. Ich zog die Decke weg, unter der der Mann, der Zeit seines Lebens siebzig Stunden pro Woche gearbeitet hatte, seit einem halben Jahr bewegungslos lag. Ich blickte auf ein Gerippe. Die Haut spannte sich über die Knochen, ließ ihr Weiß hindurchscheinen, die Form des Schädels war deutlich zu erkennen, die Augen traten hervor. Seit ich meinen Vater das letzte Mal gesehen hatte, musste er zehn Kilo Gewicht verloren haben. Ich ließ die Decke sinken. Blickte zu meiner Mutter, die das Zimmer betreten hatte. Sie schlug die Hände vor das Gesicht. In diesem Augenblick war ich bereit, ihm alles zu versprechen.

Im darauffolgenden Herbst schrieb ich mich nicht an der Universität Wien für ein Medizinstudium ein. Ich fing in der Steuerberatungskanzlei an, für die mein Vater vor seiner Erkrankung zwei Jahre nebenberuflich gearbeitet hatte.

Regine spricht nicht mit mir. Sie sieht an mir vorbei, wenn wir uns in der Kanzlei begegnen. Von Hannelore weiß ich, dass sie auf meine Entschuldigung wartet. Ich werde sie ihr nicht geben. Hannelore hat erzählt, dass Regines Bruder außer seinem Hängebauchschwein noch Blutegel als Haustiere hält. Alle zwei Monate lässt er sie an seinen Oberarmen saugen, um sie zu füttern.

Mein Blick streift das Datum auf meinem Stehkalender. Montag, der dreiundzwanzigste August. Ich sollte am Strand liegen, in Zeitschriften blättern und einen Cocktail aus einem Glas mit Schirmchen und einer kandierten Kirsche trinken. Maria hat sich jeden August einen Strohhut gekauft.

»Du musst doch schon unendlich viele besitzen«, habe ich den Kopf geschüttelt, wenn sie mir um diese Jahreszeit ihr neuestes Modell vorgeführt hat.

»Zweiundsechzig«, hat sie geschrieben und, »nicht so frech sein, junge Dame!«

Dann hat sie mir eine Moralpredigt gehalten. Die Industrie würde den Menschen suggerieren, dass sie immer mehr Produkte erwerben müssten, um glücklich zu werden. Ein Kreislauf aus Wünschen und unerfüllten Versprechungen. Der Handel floriere, während der Instinkt des Menschen, der ihm einzig den Weg zum Glück weisen könne, welke.

»Sogar mich haben sie gekriegt«, hat sie geschimpft und auf die Strohhüte gedeutet. Als ich sie ansah, zwinkerte sie mir zu.

Wir haben uns vorgenommen, gemeinsam nach Sizilien zu fliegen. Marias Onkel war vor einem halben Jahrhundert dorthin ausgewandert. Als Mädchen hatte sie jede Ostern eine Postkarte von ihm bekommen. Einmal war der Ätna darauf zu sehen, von dessen Rücken ein schmaler Lavastrom floss, ein anderes Mal Feigenbäume mit grünen und blauen Früchten neben rosa und weiß blühenden Oleandersträuchern, ein Blick auf die Edelkastanienwälder, die in den tieferen Lagen die Berghänge bewuchsen, helle Muscheln und ausgebleichte Krebspanzer im dunklen Sand oder das Städtchen Taormina, das auf Felsengipfeln thront. Maria war der Meinung, Sizilien sei die schönste Insel des Mittelmeers. Ihr Onkel war lange tot, als wir uns kennenlernten.

»Wir müssten natürlich bei seinem Grab vorbeischauen, um in der Erde eine Bierbreze zu vergraben«, hat Maria geschrieben. Die hätte er seit dem Tag seiner Auswanderung vermisst. Wir haben unseren Urlaub jeden Sommer auf das nächste Jahr verschoben.

Mein Magen knurrt. Ich lege die Akten zur Seite. Gehe in die Kantine. Als Regine zum Essen kommt, setzt sie sich an einen anderen Tisch. Ich greife nach meinem Handy. Wähle Manuels Nummer. Letzte Woche habe ich dreimal versucht, ihn zu erreichen. Er hebt nicht ab. Nach der Arbeit werde ich bei ihm vorbeisehen. Es ist ungewöhnlich, dass er nicht zurückruft.

Am späten Nachmittag spaziere ich zu Fuß zu Manuels Wohnung. Die Fassaden der Häuser sind grauer als sonst. Der Himmel wolkenverhangen. Ich mache auf halbem Weg kehrt, gehe nach Hause. Die Eichenholztruhe steht in meinem Schlafzimmer. Seit Marias Tod ist sie verschlossen geblieben. Als ich sie öffne, verbreitet sich der Geruch von frischen Feigen, Oleanderblüten und Maronen im Zimmer. Ich betrachte die Strohhüte. Obenauf liegt ein Hut mit einer moosgrünen Schleife. Es war der letzte, den ich an Maria gesehen habe. Ich setze ihn auf. Betrachte mich im Vorzimmerspiegel. Die breite Krempe lässt meinen Kopf winzig erscheinen.

Im Stiegenhaus treffe ich Olga, meine neue Nachbarin. Sie ist gebürtige Russin.

Ich habe sie noch nie ungeschminkt gesehen oder zweimal in demselben Kleidungsstück.

»In Russland legt man sehr viel Wert auf das Äußere«, hat sie mir erklärt. Sie ist seit eineinhalb Jahren in Österreich und spricht beinahe akzentfreies Deutsch. Die Grammatik stimmt bei jedem Satz.

»Wo haben Sie diesen wunderbaren Hut gekauft?«, will sie von mir wissen.

Ich streiche über die breite Krempe.

»In Sizilien«, antworte ich.

Als ich vor dem Haus stehe, in dem Manuel wohnt, ist es dämmrig. Nur unter meinem Strohhut scheint noch die Sonne. Von der Straße aus sehe ich, dass in Manuels Wohnung Licht brennt. Die Eingangstür steht offen. Ich fahre mit dem Lift in den letzten Stock. Als ich bei Manuel klingle, öffnet er nicht. Ich klopfe an die Wohnungstür. Ich läute. Das Licht am Gang geht aus. Ich drücke den Schalter. Ziehe mein Mobiltelefon aus der Tasche, als es wieder hell ist. Wähle Manuels Handynummer. Ich höre das Läuten seines Telefons durch die geschlossene Tür. Er hebt nicht ab. Ich sehe Maria in ihrem Sarg liegen. Mein Herz zieht sich zusammen. Ich hämmere gegen die Tür.

»Manuel? Bist du da? Manuel!«

»Ich komme schon!«

Er öffnet die Tür. Seine Augen schmale Schlitze. Die Lider geschwollen.

Sein rot kariertes Hemd, das ihm vor zwei Wochen noch gepasst hat, ist ihm zu weit. Wirft Falten um seinen mageren Körper.

»Du bist es«, sagt er, »ich bin da gerade bei einer wichtigen Sache.«

Er verschwindet im Wohnzimmer. Ich hänge meinen Strohhut an einen Garderobenhaken.

»Warum hast du nicht aufgemacht?«, rufe ich ihm nach.

Manuel antwortet nicht. Ich betrete das Wohnzimmer. Er sitzt vor seinem Computer. Die Maus hat er in seiner rechten Hand. Drückt ihre linke Taste. Sein Handy liegt daneben. Der Mauspfeil fährt über den Bildschirm. Die Sammlungsregale voll neuer Gegenstände. Der Fußboden mit Werbeprospekten bedeckt. Der Fernseher eingeschaltet. Im Shoppingkanal preist eine dralle Blondine mit tiefem Ausschnitt einen Messerblock an. Ich mustere Manuels Rücken.

»Was machst du da?«

Er dreht sich zu mir. Legt einen Finger auf seine Lippen.

»Ich muss mich konzentrieren.«

Ich will wissen wobei. Trete hinter ihn. Schaue über seine Schulter auf den Bildschirm. Die Seite eines Internetauktionshauses ist geöffnet. Ich lese: »Willkommen Manuel« und »Sie beobachten 296 Artikel« neben seinem Namen.

»Das Sonnenbrillenangebot läuft in einer Minute aus, die Luftmatratze und der Kronleuchter auch und das Fußmassagegerät, der Klapptoaster, die Heckenschere und der Benzinkanister in zwei«, sagt er und klickt auf »Seite aktualisieren«.

Auf dem Bildschirm erscheint der Satz »Sie wurden bei folgendem Angebot überboten:«. Daneben sind eine mehrstellige Nummer und das Foto einer Luftmatratze in Palmenform zu sehen.

»Verdammt!«

Manuel schlägt mit der flachen Hand auf den Tisch. Ich zucke zurück. Nehme ihm die Maus aus der Hand.

»Nicht!«, schreit er. Greift auf seinem Sessel sitzend danach. Ich halte die Maus mit gestrecktem Arm in die Höhe. Er streckt sich. Ein Hund, der nach seinem Spielzeug hechelt. Ich rümpfe die Nase.

»Sieh dich doch mal an! Du bist ein Gerippe. Hast du irgendetwas gegessen in den letzten Tagen?«

»Die Versteigerungen! Ich kann so nicht mitbieten«, jammert er. Sein Blick verzweifelt. Ich rüttle ihn.

»Jetzt komm zu dir! Schau dich doch um!«

Er betrachtet sein Wohnzimmer, als hätte er es noch nie gesehen. Die Zeitschriften und Broschüren, die alles bedecken. Ich nehme seine Hand. Dämpfe meine Stimme.

»Komm, gehen wir etwas essen«, sage ich sanft.

Er schüttelt den Kopf.

»Zu teuer.«

Ich betrachte die vollen Regale. Ziehe die Brauen hoch und schlucke den aufsteigenden Ärger hinunter.

»Ich lade dich ein.«

Manuel deutet auf den Bildschirm seines Computers.

»Ich biete bei zweiunddreißig Artikeln mit. Ich kann jetzt nicht gehen.«

Ich betrachte den Fußboden. Will wissen, wo Manuel die Massen von Werbeprospekten her hat. Er antwortet nicht. Greift nach der Maus.

»Gib sie mir zurück!«

Auch sein Blick gleicht dem eines Hundes. Ich seufze. Lege die Maus in seine Hand. Ich schaue auf meine Uhr.

»Ich mache dir einen Vorschlag. Ich gehe einkaufen und wenn ich zurückkomme, koche ich uns etwas Gutes. Du magst Hühnerfleisch?«

Manuel hat mir den Rücken zugewandt und tippt, die Maus in der einen Hand, mit der anderen in die Tastatur seines Computers. Er nickt, ohne sich umzudrehen.

»Nimm kein Filet! Mit Hühnerschenkeln kannst du viel Geld sparen.«

18

ICH hätte mir denken können, dass Maja nicht auf mich hört. Sie hat Hühnerbrustfleisch vom Biobauern gekauft. Genau wie das Gemüse, auf dessen Verpackung das Wort »unbehandelt« gedruckt ist. Dazu hat sie Gewürze erstanden, deren Namen ich noch nie gehört habe. Cumin oder zu Deutsch Kreuzkümmel, Curcuma, das auch Gelbwurzel genannt wird, und getrockneten Koriander, von dem Maja die deutsche Bezeichnung nicht kennt.

Sie hat mir verboten, im Internet danach zu suchen, weil ich doch nur bei einer neuen Versteigerung hängen bleiben würde. Der Reis, der auf den Berghängen des Himalajas angebaut wurde, ist in einen Stoffsack verpackt. Maja behauptet, das sei besser für das Aroma als eine Kartonschachtel oder gar Plastik. Natürlich kostet er doppelt so viel.

»Schmeckst du den Unterschied?«, fragt sie mich, als ich die Küche betrete. Sie hält mir einen Löffel Reis vor die Nase. Ich öffne artig den Mund. Schiebe die Körner mit der Zunge von links nach rechts. Hoffentlich ersteigere ich die Nackenstütze. Bei diesem Verkäufer habe ich zwei Minuten zuvor ein Kugelschreiberset erstanden. Wenn man am selben Tag mehr als einen Artikel bei ihm erwirbt, gibt er Versandrabatt.

Maja betrachtet mich mit hochgezogenen Brauen. Offensichtlich wartet sie auf die Beantwortung einer Frage. Ich bitte sie, sie zu wiederholen und verschlucke mich dabei. Ich hüstle hinter vorgehaltener Hand. Maja stemmt ihre rechte Hand in ihre Hüfte.

»Du bist hoffnungslos! Aber ich werde dich noch überzeugen.«

Sie wendet sich dem Herd zu. Jetzt fällt mir auf, dass alle Platten mit Kochgeschirr besetzt sind. Eine sämige gelbe Sauce blubbert in einem Edelstahlkännchen, in einer Pfanne dünsten geschnittene Karotten, Zucchini, Brokkoli, Erbsenschoten und

Kartoffeln. Maja legt den Deckel auf den Topf, aus dem sie den Löffel Reis gehoben hat und aus dem Dampf aufsteigt, rührt mit einer Kochkelle in einem anderen, in dem das Hühnerfleisch mit Knoblauchstückchen und Zwiebelringen in brauner Butter brät. Sie öffnet einen Beutel Chilipulver, schüttet einen Esslöffel voll zu den Hühnerstückchen. Gießt ein halbes Glas Wasser, einen Becher Sojasauce und ein Achtel Weißwein dazu. Es zischt, als die Flüssigkeiten auf den heißen Boden des Topfes treffen. Dampf steigt auf. Seine Schärfe lässt meine Augen tränen.

»Mir ist zu warm hier«, sage ich und greife nach der Türschnalle. Maja hält mich am Ärmel fest.

»Du bleibst schön da! Du kannst aufdecken. Das Essen ist in einer Minute fertig.«

Ich blicke auf meine Armbanduhr. In einer Minute endet die Nackenstützenauktion.

»Auf die Toilette wirst du mich ja gehen lassen?«

Maja verdreht die Augen.

»Aber wasch dir die Hände!«

Ich schließe die Küchentür hinter mir. Eile zum Computer. Klicke auf »Seite aktualisieren«. Neben dem Bild der Nackenstütze erscheinen die Worte: »noch fünfzehn Sekunden« und »zurzeit sind Sie der Höchstbieter.« Darunter ist in roten Buchstaben zu lesen: »Sie können immer noch überboten werden. Vergrößern Sie Ihre Chance auf Artikel Nummer 2039976710, indem Sie jetzt einen höheren Betrag eingeben.«

Fünfzehn Euro sind tatsächlich leicht zu übertrumpfen. Ich tippe siebzehn in die Tastatur. Aktualisiere die Seite. Halte den Atem an. »Herzlichen Glückwunsch! Sie haben soeben den Artikel Nummer 2039976710 ersteigert.«

Ich lasse die Luft aus meiner Lunge entweichen. Ich öffne mein E-Mail-Programm. Schreibe dem Verkäufer eine Benachrichtigung, in der ich ihn an den versprochenen Versandrabatt erinnere. Ein Schatten fällt auf den Bildschirm. Maja steht hinter mir. Sie verzieht den Mund.

»Du bist nicht meine Mutter«, sage ich schnell. Maja sieht mich an. Ich bin stolz darauf, dass mir dieser Satz eingefallen ist, auf den sie nichts erwidern kann.

»Dann benimm dich nicht wie ein pubertierender Vierzehnjähriger!«

Maja hebt ein Briefkuvert vom Boden auf. Sie liest die Anschrift. Wendet den Umschlag. Sie hält ihn mir vor die Nase.

»Was ist das?«

»Ein Brief.«

»Das sehe ich. Er ist aber nicht an dich adressiert!«

Ich senke den Blick. Erkläre, dass er meiner Nachbarin gehört. Maja schiebt ihren Kopf vor. Will wissen, wieso sich das Schriftstück in meiner Wohnung befindet.

Ich betrachte meine Füße. Ich habe meine blau-weiß geringelten Socken zu oft getragen. Sie sehen verwaschen aus. Vielleicht kann ich mir im Internet günstig einen Zehnerpack ersteigern.

»Manuel?«

Ich sehe auf. Maja klopft mit dem Zeigefinger auf das Kuvert.

»Ich will wissen, wieso du den Brief bei dir hast? Das Stempeldatum auf der Marke ist von letzter Woche.«

»Sie haben vergessen, mir die neuen Werbeprospekte zuzustellen. Das war schon das zweite Mal! Meine Nachbarin bekommt sie immer. Das Briefkuvert ist dazwischengerutscht. Ich wollte es ihr nicht wegnehmen.«

Maja sieht den Umschlag in ihrer Hand an. Dann mich. Sie öffnet den Mund. Es läutet an der Tür. Maja dreht sich um. Sie presst die Lippen aufeinander, als müsste sie einen Satz zurückhalten. Es läutet.

»Willst du nicht öffnen?«, fragt sie streng.

Ich schüttle meinen Kopf.

»Vielleicht sind das die Trickbetrüger.«

»Welche Trickbetrüger?«

»Hast du letztes Wochenende keine Nachrichten gehört? Sie kundschaften Wohnungen unter einem Vorwand nach wertvollen Gegenständen aus. Wenn man nicht zu Hause ist, kommen sie wieder und räumen alles leer. Die Beute verschieben sie sofort ins Ausland. Man hat kaum eine Chance, etwas zurückzubekommen.«

Maja greift sich an die Stirn. Sie geht in den Vorraum. Ihre Schritte schwer. Ich höre, wie sie die Tür öffnet. Eine Männerstimme. Majas Stimme. Kurzes Lachen. Sie kommt zurück.

»Das war dein Nachbar«, erklärt Maja, bevor ich danach fragen kann, »er hat heute Abend Gäste und entschuldigt sich schon vorab für eventuellen Lärm.«

»Und du bist sicher, dass es tatsächlich mein Nachbar war?«

»Du bist paranoid!«

»Dann geh ich also recht in der Annahme, dass du mir kein Geld für eine Alarmanlage borgen wirst? Ich könnte es dir in vier Wochen zurückgeben. Nächstes Monat werden die Überstunden ausbezahlt.«

Maja starrt mich an. Sie sinkt in sich zusammen. Setzt sich auf meinen Schreibtischsessel. Sieht aus dem Fenster. Sie beobachtet die Häuserdächer, die Tauben, die auf dem gegenüberliegenden Dach hocken, eine Frau, die sich aus ihrem Fenster beugt und einem unsichtbaren Menschen winkt. Sie dreht sich herum und stützt die Hände auf ihre Oberschenkel.

»Manuel. Siehst du nicht, was hier passiert?«

Sie mustert meine Sammlung. Endlich bemerkt sie, wie viel Zeit ich in den letzten Wochen für das Erreichen meines Ziels investiert habe. Sie deutet auf meine Regale.

»Du besitzt nichts. Deine Sammlung besitzt dich!«

19

IN Costa Rica isst man gebratenen Reis mit schwarzen Bohnen. Die Speise trägt den Namen »Gallo Pinto«, was ins Deutsche übersetzt »bunter Hahn« bedeutet. Sie wird von den Einheimischen zum Frühstück, mittags und abends gegessen. Als Rucksacktouristin, die das Land und seine Bewohner kennenlernen möchte, kehrt man in den »Sodas«, den traditionellen und günstigen Imbissstuben, ein, wo Gallo Pinto das Hauptgericht ist. Es wird dort zu den verschiedenen Tageszeiten mit Fleisch, Fisch, Ei oder Käse gereicht. An die fehlende Abwechslung, das reichliche Fett und das kaum vorhandene Beilagengemüse musste ich mich als gesundheitsbewusste Mitteleuropäerin erst gewöhnen.

Manolita, die im Küstenort Quepos als Köchin in solch einem Soda arbeitet, ist eine der wenigen, die es schafft, das Nationalgericht bei jedem Besuch ihres kleinen Lokals ein wenig anders schmecken zu lassen. Wenn man sie nach dem Geheimnis fragt, lacht sie und lässt dabei eine Reihe gerader perlenfarbener Zähne in ihrem dunklen Gesicht aufblitzen. Ich habe Manolita ein Flugticket nach Österreich geschenkt, weil sie sich weder ein Land ohne Küste noch Schnee vorstellen konnte.

Als sie mich im Winter in Wien besucht hat, hatte sie einen Sack Reis und einen mit schwarzen Bohnen dabei. Sie hatte Angst, dass sie die heimischen Grundnahrungsmittel bei uns nicht bekommen würde und sie, in einem Büstenhalter der Größe Doppel-D an ihrem Körper versteckt, durch den Zoll geschmuggelt. Während ihres Aufenthalts in Österreich haben wir jeden Tag miteinander gekocht.

Manuel schiebt mit seiner Gabel eine Erbsenschote an den Tellerrand. Legt einen Brokkolistängel daneben. Er sticht in ein Hühnerfiletstück. Hält es vor seine Augen. Betrachtet es von allen Seiten. Riecht daran, bevor er es in den Mund steckt. Er kaut so lange darauf herum, als wäre es aus Gummi. Mit dem nächsten Stückchen wiederholt er die Prozedur. Ich kann nicht verstehen, dass er sich für meine indische Mischung nicht begeistern kann. Mir rinnt bei dem Geruch der Gewürze das Wasser im Mund zusammen.

»Wann warst du das letzte Mal draußen?«, frage ich mit vollem Mund.

Manuel mustert mich. Er verzieht sein Gesicht. Ich entschuldige mich hinter vorgehaltener Hand. Ich schlucke den Bissen. Demonstrativ legt Manuel Messer und Gabel parallel neben den Tellerrand. Tupft sich mit seiner Serviette den Mund ab. Platziert sie auf seinem Schoß.

»Ich fahre fünf Tage die Woche in unsere Filiale.«

Ich seufze.

»Ich spreche nicht von deinem Arbeitsweg, den du in deinem Auto zurücklegst. Ich rede von ein bisschen Natur.«

Manuel zuckt mit den Schultern, die sich knochig unter seinem Hemd abzeichnen. Ich lege mein Besteck zur Seite. Mustere seinen abgemagerten Körper.

»Du solltest raus hier! Bei dir dreht sich alles im Kreis. Wann warst du das letzte Mal auf Urlaub?«

»Keine Ahnung.«

»Siehst du. Fahr doch mal für ein paar Tage weg! Flieg in den Süden! In den Norden! Irgendwohin! Hauptsache Veränderung.«

Manuel betrachtet seinen Teller. Er hat das übrige Essen auf der rechten Hälfte zusammengeschoben.

»Weißt du, was ich immer gerne sehen wollte?«

Er nimmt das Messer. Taucht seine Spitze in die currygelbe Sauce und zeichnet auf die leere Tellerhälfte. Das Gebilde erinnert mich an einen Dreimaster auf rauer See. Ich schüttle den Kopf.

»Einen Arbeitselefanten. Diese Tiere kann man nicht übersehen.«

Ich muss lachen, als ich Manuels ernstes Gesicht betrachte. Er schiebt seinen Teller von sich, steht auf und blickt aus dem Fenster auf die Straße hinunter.

»Ich würde mein Auto sofort eintauschen.«

»Dann musst du nach Asien«, sage ich. Ich betrachte Manuels halb vollen Teller und seufze. Manuel geht zu dem K–L Regal und nimmt eine winzige Plastikkobra heraus. Sie hat einen hellblau und weiß gemusterten Körper. Die gespaltene Zunge ist rosafarben.

»Schlangenbeschwörer finde ich spannend«, murmelt Manuel.

Ich habe gelesen, dass man den Kobras und Vipern für dieses Schauspiel die Giftdrüsen entfernt. Die Tiere müssen verhungern, weil ihre Verdauung ohne das Speichelsekret nicht mehr funktioniert. Soweit ich weiß, werden Arbeitselefanten nicht immer gut behandelt. Ich sage nichts davon. Ich bin froh, dass Manuel sich für etwas außerhalb seiner vier Wände zu interessieren scheint. Etwas, das nichts mit seiner Sammlung zu tun hat. Manuel betrachtet seinen mittelalterlichen Globus.

»Ich war noch nie im Ausland.«

Ich verschlucke mich an einem Zwiebelring.

»Dann musst du umso dringender weg! Oder willst du, dass dein Horizont nicht weiter als bis zu unserer Staatsgrenze reicht?«

Manuel schweigt. Er dreht den Globus. Betrachtet den indischen Subkontinent. Mit dem Zeigefinger fährt er seine Küste entlang.

»Eine so weite Reise kann ich mir nicht leisten.«

Der Globus hat eine plastische Oberfläche. Ich betrachte das Relief des Himalajas, der anderen Gebirgszüge, die in brauner Farbe gearbeitet sind. Blicke zu den unzähligen Gegenständen aus Manuels Sammlung.

»Zwischen können und wollen besteht ein Unterschied. Aber wenn du mir hoch und heilig versprichst, dass du das Geld für einen Urlaub verwendest, borge ich dir noch mal welches.«

Am nächsten Tag melde ich beim Chef eine verlängerte Mittagspause an. Als ich die Kanzlei verlassen will, vermutet Regine für alle Anwesenden hörbar, dass ich sie mit meinem neuen Lover verbringen will. Ich gehe, ohne mich umzudrehen. Noch im Stiegenhaus höre ich das Flüstern der Kollegen.

Im direkten Licht der Sonne ist es warm. Nur an den Schattenplätzen spürt man den beginnenden Herbst. Ich pflücke ein Gänseblümchen, das einsam auf einem Rasenfleck wächst. Wickle seinen Stiel um meinen Ringfinger, sodass die Blüte nach oben zeigt. Ich halte meine Hand mit geschlossenen Fingern von mir. Betrachte zufrieden meinen Blumenschmuck.

Mit der U-Bahn fahre ich zur Kettenbrückengasse. Im Schaufenster des Reisebüros steht noch immer das Modell des Airbus A380. Ich habe meine Mutter seit zwei Jahren nicht gesehen. Seit Maria tot ist, vermisse ich sie manchmal. Ich betrete das Geschäft. Die Frau hinter dem Schreibtisch begrüßt mich mit einem breiten Lächeln. Sie ist um die fünfzig und hat silbergraues glattes Haar. Mir gefällt, dass sie es nicht gefärbt hat. Menschen mit ergrautem Haar sehe ich immer seltener.

Der Frau gegenüber sitzt ein junges Pärchen. Die beiden halten sich an den Händen. Blättern in einem Reiseprospekt für Flitterwochen in den Tropen. Betrachten die Fotos von perlmuttfarbenen Sandstränden unter blitzblauem Himmel, die von Kokospalmen gesäumt werden. Nicken einander zu. Die Verkäuferin bittet mich, an der Seite Platz zu nehmen. Ich solle einen Augenblick Geduld haben.

Paul und ich sind hier gesessen. Die Frau hinter dem Schreibtisch war nicht dieselbe, aber an den Händen haben wir uns gehalten und der Reiseprospekt, in dem wir geblättert hatten, sah nicht viel anders aus als dieser.

Paul entstammte einer betuchten Familie. Seinem Vater gehörte eine angesehene Rechtsanwaltskanzlei im vierzehnten Wiener

Gemeindebezirk, seine Mutter war Inhaberin einer Nobelboutique in der Innenstadt. Paul sagte, dass er durch die Wohlhabenheit seiner Eltern gelernt habe, dass Geld tatsächlich nicht glücklich mache. Er war als Einzelkind in einer vierstöckigen Villa in Hietzing aufgewachsen, in der es einen Fahrstuhl gab, einen Indoorswimmingpool, drei Kinderzimmer, deren Beleuchtung man durch ein Klatschen in die Hände steuern konnte, und jeden Tag Streit. Die Ehe von Pauls Eltern hielt fünfzehn Jahre lang. Als sie sich an seinem sechzehnten Geburtstag trennten, war Paul erleichtert. Seine Großeltern, Freunde der Familie und Verwandte fanden das Datum ihrer Scheidung geschmacklos. Paul sagte mir, dass er sich kein schöneres Geburtstagsgeschenk hätte wünschen können.

Paul hielt um meine Hand an, als wir ein Jahr zusammen waren. Ich hatte geahnt, dass er es vorhatte, und ihm klargemacht, dass er mir zu diesem Anlass keinen wertvollen Schmuck kaufen dürfe. Wenn er mir doch etwas schenken wolle, wäre eine Reise in meinem Sinn.

Er buchte einen vierzehntägigen Urlaub auf den Malediven. Unser Flitterwochenbungalow ragte über das Riffdach hinaus und stand auf Stelzen. Wenn die Flut einsetzte, mussten wir ein Stückchen durch die flache Lagune auf der windabgewandten Seite der Insel waten, um ihn zu erreichen. Ich genoss das warme Wasser, das meine Beine umspülte, die nassen Sandkörner und Korallenbruchstücke unter meinen Fußsohlen. Paul beschwerte sich beim Resortmanager über diese Unannehmlichkeit. Ich sah über seinen Snobismus hinweg, weil ich verstand, dass er sich vor den Raubfischen fürchtete.

Die jungen Schwarzspitzenriffhaie wuchsen im Schutz der Lagune auf, bis sie nach dem Erreichen der Geschlechtsreife in die offene See hinausschwammen. Paul konnte sich nicht für die Schönheit ihrer stromlinienförmigen Körper begeistern. Vielmehr hatte er jeden Tag Angst, die rastlosen Tiere würden in seine Füße beißen.

Am Abschlussabend unseres Urlaubs bat Paul mich zu einem Romantikdinner. Wie jeden Tag hatte ich die letzten beiden Stunden vor Sonnenuntergang auf der Terrasse unseres Bungalows verbracht. Über ihren Rand hinweg die Doktor-, Papageien-, Kaiser- und Schmetterlingsfische bei ihren Tänzen durch die Korallenlandschaft beobachtet. Nach dem Haifischproblem hatte Paul sich nicht zu einem Tauchkurs überreden lassen, sich auch dagegen ausgesprochen, dass ich alleine daran teilnahm. Es wäre kein guter Auftakt für eine lebenslange Bindung, wenn jeder der Partner bereits in den Flitterwochen seinen eigenen Hobbys nachginge. Das Argument, dass es sich bei unserem Urlaub gar nicht um eine Hochzeitsreise handelte, ließ er nicht gelten.

Man hatte die Westseite der Insel, auf der keine Bungalows standen, für uns gesperrt, ein Tischchen und zwei Stühle am Strand aufgestellt und Fackeln entzündet. Kerzen brannten, der Weg zu unserem romantischen Plätzchen war mit weißen und rosafarbenen Orchideenblüten bestreut und der Resortmanager hatte Paul als Wiedergutmachung entgegen den Vorschriften ein kleines Feuerwerk zugesagt. Obwohl ich mich bemühte, den Aufwand als snobistischen Firlefanz zu verurteilen, fühlte ich mich geschmeichelt, als mich ein Kellner im Frack an den für mich reservierten Platz am Ozeanstrand führte.

Das Rauschen der Wellen, die in regelmäßigen Abständen am Riff brachen, der Geruch nach Meerwasser und der sternenklare Himmel hatten mich trunken gemacht. Wein und frisch gegarter Hummer vernebelten meine Sinne. Ich schaute Paul tief in die Augen, streichelte verliebt seine Hand, als er mir einen Ring an den Finger steckte. Ich zog meine Hand zurück und betrachtete das Schmuckstück, das mit zehn lupenreinen Diamanten verziert war. Paul lächelte, als er meinen Blick sah.

»Irgendetwas brauchst du doch, um deine Freundinnen beeindrucken zu können.«

Wir diskutierten lange miteinander. Während des Rückflugs hatten wir Zeit. Noch eineinhalb Jahre später hielt mir meine

Mutter vor, dass ich die Hochzeit ohne Angabe von Gründen abgesagt hatte.

Das junge Pärchen erhebt sich. Die beiden schütteln der Frau mit dem silbergrauen Haar die Hände. Hand in Hand verlassen sie das Reisebüro. Die Verkäuferin deutet auf die frei gewordenen Sitze.

Ich bitte um Reiseprospekte für Asien. Sie bringt mir zwei Kataloge. Auf beiden ist eine junge Asiatin im Kimono, mit weiß geschminktem Gesicht und traditionellem Haarschmuck abgebildet. Die Verkäuferin beschwert sich über die sinkenden Umsatzzahlen. Die Internetbuchungen würden dem Unternehmen zu schaffen machen.

»Mit diesen Prospekten werde ich einen Süchtigen von seinem Computer weglocken«, erkläre ich ihr. Sie bietet mir eine Tasse Kaffee und ein selbst gemachtes Stück Apfelstrudel an.

Auf dem Nachhauseweg, den ich zu Fuß zurücklege, rufe ich Manuel an. Die Leitung ist besetzt. Beim dritten Versuch hebt er ab.

»Ich habe hier zwei wunderbare Asienprospekte für dich. Sie sind aus einem Reisebüro, das ich wirklich empfehlen kann«, sage ich.

»Danke«, sagt Manuel, »ich habe vor einer Minute meinen Urlaub gebucht.«

20

DER Spätherbst ist zu meiner liebsten Jahreszeit geworden. Sobald die Temperaturen sinken und die Kälte durch die Kleidung an den Körper dringt, ziehen sich die Menschen in ihre Häuser zurück. Wenn der Nebel durch die Gassen kriecht, über die Dächer steigt und den Himmel trübt, braucht man kein schlechtes Gewissen zu haben, die Freizeit in seiner Wohnung zu verbringen.

Als Kind hatte ich ein Lieblingsbuch, das von den Jahreszeiten handelte. Ich glaube mich an einige Sätze über den Herbst zu erinnern: Die Tage werden kürzer. Die Sonne steht tief am Himmel, um jederzeit hinter dem Horizont verschwinden zu können. Die Bäume ruhen, haben die Pflanzensäfte in ihrer Mitte konzentriert. Ihre kahlen Äste bieten keinen Schutz mehr für Eichhörnchen. Die haben sich in ihren mit Zweigen, Blättern und Moos gepolsterten Kobeln zusammengerollt. In ihren unterirdischen Bauen verbrennen Dachse im Schlaf ihre Fettreserven. Die meisten Singvögel haben das Land verlassen.

Wenn man im Spätherbst von der Arbeit nach Hause kommt, ist es zu dunkel, um draußen noch etwas zu unternehmen. An solchen Tagen setze ich mich an meinen Computer. Sogar Maja müsste verstehen, dass mich das Licht des Bildschirms wärmt. Ich schlinge die braun-weiß karierte Wolldecke, die ich bei der Wohnungsräumung in der Neubaugasse erstanden habe, um meine Schultern. Manchmal auch die rote, deren Stoff kratzt und die meine Nachbarin in den Restmüllcontainer werfen wollte, weil sie ein kleines Brandloch hat. Ich habe die Heizung in meiner Wohnung zurückgedreht. Meine Stromrechnung ist zu hoch und ich brauche das Geld für wichtigere Dinge. Ich hoffe, der Winter wird dieses Jahr mild.

Kalt ist es plötzlich geworden. Noch vorige Woche bin ich ohne Winterjacke einkaufen gegangen. Auch die Menschen in meiner Umgebung trugen noch Sommerkleidung.

Beim Treffen mit Maja habe ich mich verspätet. Das zweite Mal ist mir das passiert. Sie hat dem Kellner im Hummel den Briefumschlag für mich gegeben. Fünfhundert Euro waren darin. Maja hat keine Notiz hinzugefügt.

Bei der Bank habe ich dreihundertfünfundneunzig Euro und zwanzig Cent auf mein Konto eingezahlt. Auf dem Hinweg bin ich bei einem Asia-Shop vorbeigekommen. Das Geschäft in der Leopoldgasse war mir nie aufgefallen. Die Besitzerin, die groß und rotlockig war und sich mit einem asiatischen Namen bei mir vorgestellt hat, erklärte mir, dass es sich um eine Neueröffnung handle. Sie hat einen elektrischen Massageball aus einer Kartonschachtel gehoben, ihn durch Knopfdruck zum Vibrieren gebracht und mich angewiesen, mich zu entspannen. Sie hat mich sanft herumgedreht, den Ball links und rechts von meiner Wirbelsäule auf und ab gleiten lassen, damit meine Schulterblätter umkreist und ihn an meinen Nacken gedrückt.

Sie hat mich aufgefordert, meine Augen zu schließen und meine Hand in die ihre genommen. Sie hat meine Finger gespreizt und ist ihre Innenseiten mit einem Massagestab aus Metall entlanggefahren, dessen Vibrationen stärker waren als die des Balls. Zum Schluss hat sie ein Kopfmassagegerät gebracht, das mich an einen Handquirl erinnerte. Von seinem Griff aus verzweigten sich acht biegsame Fortsätze wie Äste eines Baumes. Sie setzte deren kugelige Enden in der Mitte meines Schädeldachs an und ließ sie mit Druck über meinen Kopf bis an meine Stirn, den Nacken und meine Ohren heruntergleiten. Ich bekam eine Gänsehaut.

Zusammen kosteten die Geräte hundertzwanzig Euro. Die Verkäuferin verbeugte sich mit gefalteten Händen vor mir. Sie würde sie mir um fünfzehn Euro und achtzig Cent billiger geben, was beinahe dem Einkaufspreis entspräche, wenn ich alle drei nähme.

Zu Hause setzte ich mich an meinen Computer. Ich fand es beruhigend, dass das kleine Lämpchen, das seinen Ladezustand anzeigt, den Tag über mit grünem Licht brannte. Durch das Internet bin ich in jeder Minute mit der Welt verbunden. Ich öffnete mein E-Mail-Programm. Im Posteingang fand ich eine Nachricht von Maja.

»Ich will nichts mehr von dir hören!«, stand da. Ich betrachtete die Zeile. Las sie laut vor. Der Satz bestand aus Worten, die keinen Sinn machten. Ich löschte das Mail.

Dass ich mich bei meinem Urlaub für eine Busreise entschieden habe, wundert mich. Nach dem Betriebsausflug, auf dem ich Karla kennenlernte, ist es meine zweite. Natürlich sind die Reisebusse nicht mit den Linienbussen zu vergleichen. Trotzdem beginnt meine Handfläche zu jucken, als ich den Fuß auf die erste Treppenstufe setze.

Auf der Homepage des Unternehmens steht, dass die Busse mit bequemen Komfortsesseln ausgestattet sind, die einen Mindestabstand von zweiundachtzig Zentimetern haben und somit Beinfreiheit garantieren. Die Sitze sind mit hochwertigen Materialien bezogen, die vor jeder Fahrt einer gründlichen Reinigung unterzogen werden. Jeder Platz ist mit einem Klapptisch, einer Fußstütze und einer Leselampe bestückt. An Bord befindet sich eine Wassertoilette mit Waschraum, eine DVD-Anlage mit zwei Bildschirmen, eine Miniküche mit Kaffeemaschine, Würstchensieder, Wasserkocher und Kühlschrank. Die Busse haben standardmäßig Klimaanlagen. Gegen einen geringen Aufpreis fährt man mit Sonderausstattung: Internetzugang über WLAN.

Ich musste den Aufpreis für die Sonderausstattung bezahlen, obwohl ich einen Laptop mit mobilem Internet besitze. Der Angestellte der Buchungszentrale hat mir am Telefon erklärt, dass die günstigeren Busse zu dem von mir gewünschten Reisetermin zu seinem Bedauern bereits voll besetzt wären.

Ich dränge mich durch die Sitzreihen. Der Platz für die Beinfreiheit muss beim Mittelgang eingespart worden sein. Im Bus zähle ich vierzehn Passagiere. Ich setze mich an einen Fensterplatz in der vorletzten Reihe, die ein wenig erhöht ist. Meine Laptoptasche schiebe ich unter meinen Sitz, an dessen Unterseite ein blauer Kaugummi klebt.

Ich blicke auf meine Armbanduhr. Abfahrt sollte in drei Minuten sein. Eine junge Dame mit rosa lackierten Fingernägeln und einem schwarzen Businesskostüm stellt sich als unsere Reisebegleiterin vor. Sie teilt uns mit, dass wir noch auf zwei Passagiere warten würden. Draußen strahlt die Sonne. Für einen Herbsttag ist es ungewöhnlich warm.

Eine Viertelstunde später läuft ein Herr in einem gelben Trikot, Fußballschuhen und einer Gelfrisur über den Parkplatz. Beim Einsteigen wendet er sich nach allen Seiten und entschuldigt sich mit kurzen Verbeugungen für seine Verspätung.

Die Reisebegleiterin telefoniert. Der letzte Gast werde in wenigen Minuten zu uns stoßen, erklärt sie uns nach dem Gespräch. Der Herr im gelben Trikot lacht erleichtert und lehnt sich in seinem Sitz in der ersten Reihe zurück. Ich schließe die Augen. Als ich sie öffne, steht eine magere Dame mit krausem karminrot gefärbtem Haar vor mir, das wirr von ihrem Kopf absteht und ihr bis zu den Ohren reicht. Die Sommersprossen auf ihrer Nase scheinen durch das Make-up. Sie trägt ein grünes T-Shirt mit einem tiefen V-Ausschnitt, der das Nichtvorhandensein ihrer Brüste unterstreicht. Im Bus riecht es nach Suppe. Mein Blick fällt auf die Schweißflecken unter den Armen der rothaarigen Frau.

»Darf ich?«, fragt sie und nimmt neben mir Platz. Ich überlege, ob ich sie darauf hinweisen soll, dass es noch leere Reihen gibt, und schweige. Die Reisebegleiterin greift zum Mikrofon. Sie sagt, dass wir nun startklar seien. Bedauerlicherweise sei die Klimaanlage ausgefallen. Ich blicke aus dem Fenster und bemühe mich, in diese Richtung zu atmen.

»Sind Sie im VIP-Club?«, will meine Nachbarin wissen.

Ich hüstle in ein Taschentuch. Ich hoffe, dass sie mich für erkältet hält und ihre Frage nicht wiederholt. Sie stellt sich vor. Hält mir die Hand hin. Ich murmle meinen Namen und greife mit vor die Nase gehaltenem Taschentuch danach.

»Wenn Sie noch nicht im VIP-Club sind, müssen Sie unbedingt beitreten! Für Mitglieder gibt es zehn Prozent Vergünstigung in allen hundertachtzig Geschäften und auf jede Übernachtung im Shoppinghotel.«

»Ich habe das Power-Shopping-Wochenende gebucht. Tagesbonuskarte inklusive. Mit der erhält man im gesamten Outletcenter noch mal zehn Prozent Rabatt auf alle Designer-Stücke.«

Die Frau wiegt ihren Kopf.

»Und im Hotel? Wie sieht es da mit Vergünstigung aus?«

Ich zucke die Schultern und drehe mich zum Fenster. Prinzipiell würde mich der VIP-Club interessieren, aber der Körpergeruch meiner Sitznachbarin zwingt mich, das Gespräch zu beenden. Sie blinzelt mir zu.

»Ich bin schon seit drei Jahren Mitglied. Und soll ich Ihnen sagen warum? Nicht wegen des Einkaufens. Ja, die Geschäfte sind toll, aber was viel besser ist, hier kann man wunderbar Männer kennenlernen.«

Sie beugt sich zu mir.

»Sehen Sie den dort?«

Sie flüstert. Deutet auf den Herrn mit den Fußballschuhen und der Gelfrisur. Ich schiele in seine Richtung, ohne den Kopf in ihre zu wenden.

»Oder den?«

Sie legt ihre Hand auf meine Schulter. Ich halte die Luft an. Sie deutet auf den zweiten Herrn, der eine dunkelblau gerahmte Brille trägt. Sonst sind nur Frauen im Bus.

»Beide nicht umwerfend. Aber für ein Knochengestell wie mich immer noch interessant. Männer, die an Shopping-Touren teilnehmen, mögen mich.«

Sie kichert. Ich spüre einen Knoten in meinem Hals. Mich

zählt sie offenbar nicht zu den potenziellen Liebhabern. Ich bin nicht interessant. Nicht einmal für eine Frau, die nach Suppe riecht.

21

MANUEL ist gestorben. Ich weiß nicht, was ich mir gedacht habe, einen wie ihn zur Vernunft bringen zu wollen. Ich hätte ahnen müssen, dass er nicht besser ist als so viele andere. Soll er sich mit seiner Sammlung verbunkern! Die fünfhundert Euro wird er für Keramikkätzchen und Plastikschlangen ausgeben. Mir ist das gleichgültig.

Ich öffne meinen E-Mail-Account. Im Posteingang zwei neue Nachrichten. Regine hat geschrieben. Im Betreff steht »Entschuldigung«. Das andere Mail ist eine Werbung für preisgesenkte DVDs und die neuesten Erscheinungen auf Blu ray von einem internationalen Bücherversand. Ich verschiebe sie in den Spam-Ordner. Manuel hat mir nicht geantwortet.

»Ich weiß nicht, warum ich mir überhaupt Gedanken wegen seiner Situation mache«, sage ich zu Regine, als wir uns im Hummel auf einen Kaffee treffen.

»Wenn du nicht in ihn verliebt bist«, antwortet Regine, wobei sie meinen Gesichtsausdruck auf verräterische Regungen kontrolliert, »gibt es nur eine Erklärung.«

»Und die wäre?«

»Du willst durch ihn unbewusst deinen Vater bekehren.«

Ich nippe an meiner Melange.

»Mein Vater ist tot. Bitte, verschone mich mit deiner Hobbypsychologie!« Regine verschränkt die Arme vor der Brust.

»Wie du meinst, aber ich habe trotzdem recht.«

Als ich am nächsten Morgen zur Arbeit gehe, ist der Himmel grau. Das Bürogebäude, in dem unsere Kanzlei eingemietet ist, hat dieselbe Farbe. Ich betrachte die Fassade. Ein Mann mit hochgestelltem Mantelkragen geht an mir vorüber. Er hat den Kopf eingezogen und seine Hände in den Taschen vergraben. Ich verstehe seine Haltung. Wende mich ab von meiner Arbeitsstätte. Es ist mir gleichgültig, ob mich einer meiner Kollegen gesehen hat. Meinem Chef sende ich eine Kurzmitteilung.

Auf dem Heimweg komme ich an einer Haltestelle der Straßenbahnlinie D vorbei. Auf der Bank im Wartehäuschen sitzen zwei Burschen mit Dreadlocks. Sie haben ihre Rucksäcke auf dem Boden abgestellt. Einer der beiden hat ein Streichholz zwischen den Zähnen und Flip Flops an den Füßen. Seine Freiheit trotzt der Kälte, während ich eine Gefangene bin.

Die Straßenbahn fährt ein. Die Türen öffnen sich. Ich steige in den Wagen. Die dritte Station ist das Biozentrum. Das Wartehäuschen ist mit regenbogenfarbigem Graffiti besprüht.

Im Eingangsbereich des Universitätsgebäudes steht das Skelett einer Seekuh. Von der Decke hängen die Gebeine eines Narwals. Sein Zahn wurde früher für das Horn eines Fabelwesens gehalten und war darum unglaublich wertvoll. Das weiß ich aus einem Kinderbuch, das im Haus meiner Tante stand. Beim Anblick der beiden Gerippe denke ich an meinen Chef, der bei einer Körpergröße von einem Meter und zweiundneunzig Zentimetern fünfundsiebzig Kilo wiegt. Darauf ist er noch stolz. Ich bin froh, dass ich sein von Hunger geplagtes Gemüt heute nicht ertragen muss.

Auf den Gängen ist es ruhig. Vor dem Hörsaal zwei finde ich einen Studenten.

Ich will wissen, ob eine Vorlesung stattfindet. Er deutet auf einen Stundenplan, der neben der Flügeltür angebracht ist. »Einführungsübungen Teil eins und zwei« steht dort unter »Dienstag« und »neun bis elf Uhr«.

»Heute beginnt der Berghaus mit dem zweiten Teil«, sagt er, »der ist allergisch auf Zuspätkommer. Wenn du oben reingehst, fällt es weniger auf.«

Ich bedanke mich für den Rat und laufe die Stufen hinauf. Ich bin froh, dass ich zur Arbeit keine Schuhe mit Absätzen mehr trage. Meinen Blazer habe ich ausgezogen und um den Arm gewunden. Trotzdem mustern mich die Studierenden der obersten Bankreihe, als ich den Saal betrete. Im Nachbargebäude, der Wirtschaftsuniversität, wäre mein Outfit nicht aufgefallen. Ich muss an die gemeinsame Mensa der beiden Universitäten denken, wo man die Studierenden anhand der Kleidung, Frisuren und Accessoires wie Uhren und Handtaschen mit an hundert Prozent grenzender Wahrscheinlichkeit der einen oder der anderen zuordnen kann.

Zum Glück hat sich Professor Berghaus der Tafel zugewandt, auf die er in großen Buchstaben: »Zoologie – die Lehre vom Reich der Animalia – Systematik, Taxonomie, Morphologie, Zytologie, Anatomie, Histologie, Physiologie, Zoogeographie, Ethologie, Embryologie und Ökologie« geschrieben hat. Als ich die Tür hinter mir schließe, wendet er sich dem Auditorium zu. Seine geweiteten Pupillen kann ich noch von hier oben erkennen.

»An diesem Punkt Ihres Studiums, meine Herrschaften, sollten Sie Ihre Wahl noch einmal gründlich überdenken. Wer hier ist, weil er Tiere so gerne hat, sollte nach Hause gehen. Die Zoologie ist nicht die Wissenschaft vom Meerschweinchen-Liebhaben. Sie ist die Wissenschaft vom Meerschweinchen-Zerschneiden!«

Ein Raunen geht durch den Saal. Eine Studentin, die nicht weit von mir entfernt sitzt, tippt sich an die Stirn. Einige ihrer Kollegen lachen. Ich denke an eine Zoologin, die ich vor zwei Jahren auf einer Semesterabschlussparty kennengelernt habe. Sie hatte ihr erstes Arbeitsjahr hinter sich gebracht. An der Medizinischen Universität, wo sie narkotisierten Kaninchen die Augäpfel entnehmen musste, um ihre Netzhaut zu untersuchen, und sich nach jedem Arbeitstag vorgenommen hatte, am darauffolgenden zu kündigen.

»Sie werden hier nichts über das Verhalten von Elefanten und Buckelwalen lernen. Das ist Disneylandbiologie«, reißt der Professor mich aus meinen Gedanken. Seine Gesichtshaut rötlich.

Die Stimme schrill. Die Studenten murmeln. Ich frage mich, ob er getrunken hat, und verlasse den Saal und das Haus.

Vor dem Universitätsgebäude bleibe ich auf den Stufen sitzen. Der Stein kalt. Er fühlt sich feucht an. Ich fahre mit der Hand darüber, die trocken bleibt. Ich beobachte ein braunrotes Ahornblatt, das einsam von der Spitze eines Astes hängt. Konzentriere mich, um es zum Fallen zu bringen. Ein Windhauch streicht durch die Zweige. Das Blatt bleibt an seinem Baum. Ich rufe meine Tante an. Erkundige mich, wie es meiner Mutter geht. Sie will wissen, ob ich krank bin.

22

AM Silvesterabend bin ich an meinem offenen Wohnzimmerfenster gestanden und habe Zigarren geraucht. Ich rauche keine Zigarren. Nur an Silvester. Ich habe das einmal in einem italienischen Spielfilm gesehen, bei einem Mafioso, der zwei Tage später mit dem Gesicht nach unten im Hafen von Palermo treibend aufgefunden wurde. Es schien mir passend.

Draußen hatte es zwei Grad unter null. Nach eineinhalb Stunden hatte sich die Raumtemperatur angeglichen. Meine Finger waren klamm, das letzte Streichholz fiel mir zweimal aus den Händen, bevor ich es entzünden konnte. Meine Luftröhre hatte sich zusammengezogen, meine Lungenbläschen waren vereist und meine Gedanken im Nebel. Als die Pummerin im Stephansdom schlug und die Feuerwerkskörper den Himmel mit grünem, blauem und weißem Funkenregen schmückten, machte ich den letzten Zug. Mir schwindelte. Ich schloss die Augen und wünschte mir eine Frau.

Meine Sitznachbarin aus dem Reisebus kommt mir entgegen. Sie hat sich bei dem Herrn mit den Fußballschuhen untergehakt. Ich winke ihr zu. Grüße.

»Kennen wir uns?«, fragt sie, ohne stehen zu bleiben. Er zieht sie weiter. Sie wendet den Kopf nach mir. Er zieht. Deutet auf den Eingang eines Sportgeschäfts. Ihr Blick folgt seinem Fingerzeig. Die beiden sehen einander an. Lachen. Sie betreten den Laden, ohne sich noch einmal nach mir umzudrehen. Im Bus habe ich ihr von meiner Sammlung erzählt. Nach einer halben Stunde hatte ich mich an ihren Körpergeruch gewöhnt gehabt. Ich gehe in die entgegengesetzte Richtung. Ich kann nicht glauben, dass sie mich trotz der detailreichen Schilderungen vergessen hat.

Der Marmor zu meinen Füßen mit schwarzen, grauen und silbernen Sprenkeln. Um mich Geschäfte. Auslagen reihen sich aneinander. Reklametafeln. Preisschilder. Werbebotschaften ziehen an mir vorüber. Ausverkauf. Reduzierte Ware. Sale. Nochmals fünfzehn Prozent auf bereits verbilligte Teile. Zwei Markenjeans zum Preis von einer. Wenn Sie drei T-Shirts desselben Herstellers erwerben, erhalten Sie das günstigste gratis. Bei uns sind Ratenzahlungen möglich. Heute kaufen – morgen bezahlen.

Ich betrachte den Flyer, den mir die Reisebegleiterin in der Aula des Shoppinghotels in die Hand gedrückt hat. Den sie jedem Gast in die Hand gedrückt hat, noch bevor er sein Zimmer beziehen konnte. Ein Plan des Outletcenters ist darauf abgebildet. Die Ansicht aus der Vogelperspektive. Die Abbildungen beider Geschoße nebeneinander gedruckt. Der erste Stock ist grün, der zweite orange umrandet. Das Shoppinghotel ist schwarz und gegenüber dem Haupteingangsbereich des ersten Stockwerks des Outletcenters eingezeichnet. Dazwischen ein Parkplatz, auf dem ein rotes Kreuz zu sehen ist. Daneben ein Pfeil. »Sie befinden sich hier«, steht dort in goldenen Buchstaben. Ich fühle mich verloren.

Das Licht der Neonröhren schmerzt in meinen Augen. Ich sehe es flackern. Fliegen sehen so. Und ich. Meine Lunge hat ein Loch. Der Sauerstoff reicht nicht. Ich atme tiefer. Tausende winziger Kristalle ritzen in meinen Brustkorb.

Vor mir taucht eine Ruheinsel auf. Ein rechteckiger Marmorbrunnen mit weiß und orange gefleckten Kois darin. Die Fische schwimmen im Kreis. Drei Couchsessel unter einer Yucca-Palme. Ich werfe den Flyer in einen der zylinderförmigen Mistkübelbehälter. Er trägt die Aufschrift »Papier«.

Ich setze mich auf einen der Sessel. Versinke in der Polsterung. Der gefiederte Palmwedel schwingt über meinem Kopf. Ich weiß nicht, wer ihn in Bewegung versetzt hat. Ich schließe die Augen. In mir ein Karussell. Maja fährt vorbei. Meine Mutter. Bettina. Meine Katze Mimi. Mein Schulkollege. Karla. Rita. Die Suppenfrau und ihr Fußballfreund. Mein Vater. Und immer wieder Maja.

Als ich die Augen öffne, steht ein Junge vor mir. Über seiner Oberlippe wächst heller Flaum. Er trägt eine Umhängetasche schräg über seiner Schulter. Darauf ist das Logo einer Fluggesellschaft abgebildet. Ich habe es noch nie gesehen. Der Junge mustert mich. Er zieht einen Flyer aus seiner Tasche.

»Kaufen Sie das Los! Es ist der Hauptgewinn.«

Er blickt auf mich herab. Hält mir den Gewinnschein entgegen. Ich ziehe das Kinn zur Brust.

»Es ist der Hauptgewinn«, wiederholt der Junge. Er bemüht sich nicht, seine Stimme zu dämpfen. Sieht mir direkt in die Augen. Ich betrachte seine Igelfrisur, die Turnschuhe, von denen dem rechten der Schnürsenkel fehlt. Der verbliebene ist neongelb.

»Wieso weißt du das?«, frage ich langsam.

Der Junge behauptet nachgesehen zu haben. Dabei verzieht er keine Miene.

»Und warum willst du, dass ich ihn bekomme? Wieso gerade ich?«

»Weil ich die Arschlöcher satthabe«, sagt er und fährt sich mit der rechten Hand durch die Haare. Seine Frisur bleibt unverändert. Ich sehe mich um. Menschen gehen an uns vorbei. Sie tragen Plastiksäcke und Taschen. Der Blick des Jungen bleibt auf mich gerichtet.

»Was soll das Los denn kosten?«, frage ich und krame in meiner Brusttasche.

»Einen Euro.«

Ich nicke und reiche ihm die Münze.

Er legt das Los in meine Hand. Ich spüre den Druck seiner Finger. Der Daumennagel hat einen dunklen Rand. Ich blicke auf den Gewinnschein, auf dem ein Palmenstrand mit rosafarbenem Sand zu sehen ist. Als ich aufschaue, ist der Junge fort. Unterhalb der Abbildung ist eine Zahlenfolge gedruckt.

»Bekanntgabe des Hauptgewinns um achtzehn Uhr vor unserer Filiale im zweiten Stock«, steht dort. Daneben das Logo eines Reisebüros und das der Fluggesellschaft. Ich spüre Blicke in meinem Rücken. Drehe mich um.

Der Junge steht fünf Meter entfernt bei einem älteren Pärchen und hält den beiden einen Gewinnschein hin. Der weißhaarige Herr zieht seine Geldbörse aus der Gesäßtasche. Seine Begleiterin, die ein Seidentuch mit einem Blumenmuster um den Hals geschlungen hat, legt ihre Hand darauf. Sie redet auf ihn ein. Schüttelt den Kopf. Der Junge sagt etwas. Die beiden sehen ihn an. Noch einmal schüttelt die Dame ihren Kopf. Sie wendet sich ab. Der weißhaarige Herr blickt den Jungen an. Er zuckt mit den Schultern und folgt seiner Frau. Als die beiden um die Ecke verschwunden sind, sieht der Junge mich an. Er zwinkert mir zu. Ich habe das Gefühl, ertappt worden zu sein. Schnell wende ich mich ab.

23

ICH schlafe nicht. Seit drei Tagen liege ich nachts in meinem Bett, ohne die Augen zu schließen. Wenn ich es versuche, beschleicht mich das Gefühl, dass sich die Menschen um mich verändern werden, sobald ich träume.

Ich habe keine Freunde mehr. Nur noch Bekannte. Ich kenne so viele Leute. Studenten, Kollegen, Sekretärinnen, meinen Chef, seine Geschäftspartner und die Teilhaber, ehemalige Mitschüler, die wechselnden und die ständigen Mitarbeiter des Supermarkts, der bei mir um die Ecke liegt, E-Mail-Kontakte, Klienten, Nachbarn, meinen Postboten und seine Vertretung, die Besitzerin der kleinen Videothek an der Ecke, meine Apothekerin, Menschen, die ich auf Reisen getroffen habe, Urlaubsflirts, Männer, mit denen ich eine Beziehung hatte oder eine Affäre, und noch einmal Studenten.

Die meisten meiner Bekannten teilen meine Gefühle nicht. Sie haben zweihundertdreiundsiebzig Freunde oder zweiundsechzig. Man kann es auf ihren Facebook-Profilen nachlesen. Im Durchschnitt hat jeder Benutzer siebzig. Das habe ich im Radio gehört.

Seit Regine sich bei mir entschuldigt hat, kann ich sie vielleicht wieder zu meinen Freunden zählen. Vielleicht, weil sie mir nicht vergeben hat. Ich erkenne das an der Art, wie sie mich mustert, das linke Auge ein wenig zusammengekniffen und mit dieser feinen Falte, die sich senkrecht über ihre Stirn zieht, wenn sie mir ins Gesicht schaut. Außerdem sagt sie Sätze wie: »Aber du erzählst mir ja nichts über dein Liebesleben«, und, im Beisein anderer Menschen, »Maja ist kein Beziehungstyp«, oder »meine Freundin zieht es vor, Single zu bleiben.«

Ich habe immer gedacht, mein Vater hat sich keine Gedanken darüber gemacht, was ich von seinem Streben nach Reichtum halte, weil es für ihn Gesetz war. Ein paar Wochen vor seinem Tod hat er zu mir gesagt: »Maja, du musst anfangen andere Lebensentwürfe zu akzeptieren!«

Ich habe ihn ausgelacht.

Es ist zwei Uhr früh. Ich habe meinen Wecker in das Wohnzimmer verbannt. Spätestens beim dritten Läuten höre ich ihn auch von dort. Dafür muss ich in der Nacht nicht auf den Wechsel der rot leuchtenden Ziffern der Anzeige starren. Die Zeit hat mir das verstummte Fernsehgeräusch aus der Nebenwohnung verraten. Meine Nachbarin beendet ihren allabendlichen TV-Marathon pünktlich. Die zwei Wochen im Jahr, in denen sie ihre Schwester in Schweden besucht, schrecke ich um diese Zeit ebenso pünktlich aus dem Schlaf.

Ich steige aus dem Bett. Ziehe mein Nachthemd aus und meine Unterwäsche an. Hülle mich in meine Wolljacke, schlüpfe in meine Jeans und die gefütterten Stiefel. Aus der Nachttischschublade krame ich meine Taschenlampe. Ich drücke den Schalter. Sie leuchtet schwach. Im Vorzimmerkästchen finde ich ein Set Batterien der passenden Größe. Mein Handy liegt auf der Kommode. Kein Anruf in Abwesenheit. Ich stecke es in meine Hosentasche.

Auf das Taxi warte ich zwanzig Minuten. Die Laternen von schimmernden Lichtkegeln umgeben. Das Gesicht des Fahrers verschwimmt. Ich setze mich auf die Rückbank. Es ist mir gleichgültig, ob er das als unhöflich empfindet. Zwei Straßen weiter nicht mehr. Mein Vater hat immer gesagt: »Nimm neben mir Platz, wenn ich dich fahre! Ich bin nicht dein Chauffeur.«

Ich sage mir, dass das bei einem Taxifahrer anders ist, und frage ihn nach dem Geschäft. Er grummelt und nickt. Dabei sieht er in den Rückspiegel. Ich habe keines seiner Worte verstanden. Die restliche Fahrt verläuft schweigend.

Das Taxi hält. Der Fahrer stoppt den Taxameter. Ich betrachte dessen rot leuchtende Ziffern und bezahle die genaue Summe.

Beim Aussteigen lege ich dem Fahrer einen fünf Euro Schein in die Hand. Er lächelt. Vielleicht auch nicht.

Die Friedhofsmauer scheint mir höher als untertags. Ich fahre mit den Fingern über den groben Verputz. Lehne mich an den Stein. Seine Kälte lähmt mich. Ich rutsche in die Hocke. Bleibe zusammengekauert, die Taschenlampe halte ich fest in meiner Hand. Es riecht nach Moos und feuchter Erde. Der Boden ist weich. Weicher als die Matratze meines Bettes. Als ich die Augen öffne, steht jemand über mich gebeugt. Ich höre seine Stimme und es ist hell. Mein Blick fällt auf die Lampe, die zu meinen Füßen liegt. Ihr Glas gebrochen. Ich sehe auf.

»Wie spät ist es?«, will ich von dem Mann in Uniform wissen, deren Knöpfe perlmuttfarben schimmern. Ich glaube, es ist ein Friedhofswärter oder ein Totengräber. Fünf nach halb acht, ist seine Antwort. »Genug Zeit, um noch pünktlich zur Arbeit zu erscheinen«, denke ich und erhebe mich. Im Laufen werfe ich eine Kusshand über die Friedhofsmauer. Der Mann in Uniform ruft mir nach. Ich wende mich nicht um. Will ihn nicht verstehen. Weil ich glaube, dass er hinter mir herläuft, renne ich an der Straßenbahnhaltestelle vorbei.

Ich laufe und laufe. Der Wind gegen mich. Ich habe das Gefühl, Laufen sei meine eigentliche Fortbewegungsart. Wenn ich langsamer werde, kommen die Erinnerungen und ich weiß nicht mehr, ob ich gegen den Wind laufe oder gegen etwas anderes.

Als ich weit genug gekommen bin, stelle ich mich an die nächste Haltestelle. Der Bus fährt ein, als hätte ich ihn bestellt. Ich löse eine Fahrkarte und setze mich in die hinterste Reihe. Der Fahrer hat das Radio eingeschaltet. Wir sitzen zu zweit im Wagen. An entgegengesetzten Enden.

»Geld macht nicht glücklich«, sagt der Sprecher des öffentlichrechtlichen Rundfunks, »manche unter uns mussten das schmerzlich am eigenen Leib erfahren.«

Er berichtet von Lottomillionären, die kurz nach ihren Gewinnen an Herzinfarkten gestorben sind oder seither unter Panikattacken leiden, weil sie sich Tag und Nacht um ihre Besitztümer sorgen. Er erzählt von solchen, die von Fremden belagert werden und von Freunden. Von Freunden, die zu Bittstellern geworden sind und fremd. Von denen, die ihre Millionen in Wochen verspielt, versoffen und verkokst haben und jetzt unter der Armutsgrenze leben. Er berichtet über die Langeweile, unter der die Gewinner leiden. Von einem, der den Großteil seines Geldes verschenkt und beschlossen hat in einer gewöhnlichen Mietwohnung und von tausend Euro im Monat zu leben. Von einem anderen, der seinen ehemaligen Chef so lange angefleht hat, bis dieser ihm seinen alten Job zurückgegeben hat. Einer der reichsten Männer der Welt hätte seine neue Luxusjacht mit einem Raketenabwehrsystem ausstatten lassen, weil er sich nirgends mehr sicher fühlt. Der Busfahrer schüttelt den Kopf.

»Die können einem leid tun. Diese armen Lottomillionäre!«, sagt er und stellt einen anderen Sender ein. Aus dem Radio tönt Volksmusik. Der Interpret besingt seine Sonne, die seinen Tag beherrscht. Es wird nicht klar, ob er sich auf den Himmelskörper oder auf eine Frau bezieht.

Meine Telefon vibriert in meiner Hosentasche. Manuel Schmidt steht auf dem Display. Ich ignoriere den Anruf. Mein Handy vibriert. Beim dritten Mal erhalte ich eine Kurzmitteilung. Ich überlege, ob ich sie löschen soll, ohne zu lesen. Ich drücke das Briefsymbol.

»Ich fliege in einem Monat nach Thailand. Liebe Grüße, Manuel«, steht auf dem Display.

24

Es gibt Menschen, die man sich merkt, hat man sie einmal getroffen. Bettina ist so ein Typ. In der Mittagspause begleite ich sie auf einen Kaffee in ihr Lieblingsbeisl, das zwei Quergassen von unserer Filiale entfernt liegt. Auf dem Gehweg kommt uns ein Mann mit seinem Schäferwelpen entgegen. Das rechte Ohr des Hündchens hat noch nicht gelernt zu stehen, seine Pfoten scheinen größer als alles andere an dem Tier.

»Ach, ist das ein süßes Baby«, sagt Bettina und beugt sich zu dem Welpen. Sie berührt seine Schnauze, streichelt seinen Nacken. An dieser Stelle wirft sein Fell Falten. Es sieht aus, als müsste der Welpe erst hineinwachsen. Er schleckt über ihre Finger, sieht zu ihr hoch mit seinem Hundeblick. Die Zunge hängt ihm aus dem Maul. Der Besitzer verzieht seinen Mund. Er öffnet ihn und hebt seine Brauen, als er Bettina ins Gesicht sieht.

»Du bist das!«

Bettina sieht auf. Sie mustert ihr Gegenüber mit zusammengekniffenen Augen.

»Kennen wir uns?«

»Aber ja«, der Mann nickt eifrig, »vor zwei Jahren sind wir gemeinsam auf einer Geburtstagsfeier eingeladen gewesen. Du weißt schon, auf dem Partyschiff am Donaukanal. Du hast mir von den Katzen deiner Schwester erzählt und ich dir, dass ich schon lange plane, mir einen Hund anzuschaffen. Und ta da …!«

Er deutet auf den Welpen, der an seiner Leine kaut, sie in dem Moment, als wir ihn ansehen, fallen lässt und sein Herrchen schuldbewusst anblickt.

Bettina nickt. Ihre Augen sind noch immer zusammengekniffen.

»Jetzt erinnere ich mich wieder«, sagt sie und lächelt. Der Mann stellt sich vor. Er lacht und erzählt, dass ihn Bettina auf der Party davor bewahrt hätte, betrunken in den Donaukanal zu stürzen. Er klopft ihr auf die Schulter. Bettina lächelt. Als er außer Hörweite ist, erklärt sie mir, dass sie sich nicht erinnern kann, ihn jemals getroffen zu haben.

Wenn man Bettina begleitet, laufen Begegnungen mit anderen Menschen häufig nach diesem Muster ab. Sicherheitshalber sollte man für einen Weg an ihrer Seite ein paar Minuten länger einplanen. Aus Seitengassen, Geschäftslokalen und von den Plätzen der Stadt kommen Leute auf sie zu, die sie zu kennen glauben und sich mit ihr unterhalten wollen. Vermutlich wäre das außerhalb Wiens nicht anders.

Anders ist das natürlich bei mir. Einmal habe ich mich auf einer unserer dienstlichen Weihnachtsfeiern einige Minuten mit Bettinas Ehemann unterhalten. Er hat mir von einem Brief erzählt, der in einem Vorarlberger Postarchiv verschwunden und seiner Großmutter erst vierzehn Jahre nach seiner Aufgabe zugestellt worden ist. Sein Inhalt sei eine Liebeserklärung gewesen.

»Wäre der Brief pünktlich angekommen, wäre ich heute vielleicht nicht auf der Welt«, hat er gelacht. Danach ist er auf die Terrasse gegangen, um mit seiner Frau eine Zigarette zu rauchen und ein Glas Sekt zu trinken. Als die beiden wieder zurück in den Raum gekommen sind, haben sie sich zu mir gestellt. Er hat mir die Hand hingehalten und gesagt: »Ich glaube, wir kennen uns noch nicht. Ich bin Bettinas Ehemann.«

Dieses Mal bin ich aufgefallen. Ich kann nicht glauben, dass ich so viel Glück hatte. Im Outletcenter standen die Leute in Viererreihen um den Verlosungstisch des Reisebüros. Ihre Gewinnscheine hielten sie in den Händen, manche von ihnen hatten zwei oder noch mehr Lose gekauft. Sie hatten ihren Blick auf die Ziffernfolgen auf deren unteren Rändern gerichtet. Bewegten die Lippen, wenn sie stumm die von einer Blondine mit einer Zahnlücke zwischen den beiden Frontzähnen aufgerufenen Zahlen wiederholten. Am Ende ergab die Folge meine Gewinnnummer.

Das Karussell in mir begann neuerlich zu kreisen. Als ich mir einen Weg durch die Menge bahnte, suchte ich mit den Augen nach dem Jungen, der mir den Hauptgewinn versprochen hatte. Die Leute musterten mich. Flüsterten. Ich bekam einen Rempler in die Seite. Wankte. Richtete mich auf. Der Junge war nirgends zu sehen.

Ein Mann in einem grauen Anzug drängte die Blondine zur Seite. Hielt mir ein Mikrofon vor mein Gesicht.

»Sie haben soeben eine Reise nach Thailand gewonnen! Hin- und Rückflug nach Bangkok plus einem zweiwöchigen Aufenthalt in einem Luxusresort auf Ko Chang. All inclusive. Was sagen Sie dazu?«

Ich sah die Augen der Leute auf meine Lippen gerichtet. Ihre offenen Münder, die hochgezogenen Brauen. Ich dachte daran, dass ein ausgewachsener asiatischer Elefantenbulle bis zu fünf Tonnen wiegen und drei Meter hoch werden kann.

»Warum haben wir nicht gewonnen, Mama?«, schrie ein Mädchen mit einer Nickelbrille und stampfte mit einem Fuß auf den Boden. Ich schwieg.

»Sind Sie einverstanden mit einem Foto in unserer Werbezeitschrift?«, fragte ein anderer Mann, der eine Kamera mit einem überdimensionalen Blitzapparat in Händen hielt. Er winkte die Blondine neben mich. Deutete ihr, ihren Arm um meine Schulter zu legen. Sie drängte sich an mich. Lächelte mit geschlossenen Lippen. Bevor ich ihm eine Antwort gegeben hatte, drückte der Fotograf ab. Noch eine halbe Stunde später tanzten leuchtende Flecke vor meinen Augen.

Der Fotograf, der auch Reporter des Blattes war, für das er mich abgelichtet hatte, stellte mir Fragen. Wollte meinen Namen wissen, mein Alter, meinen Wohnort und meinen Beruf. Ob ich schon einmal erfolgreich bei einem Gewinnspiel teilgenommen hätte. Ob ich es bereits geahnt hätte, als ich das Los gekauft hatte. Ob ich schon einmal in Thailand gewesen sei. Tatsächlich. Sie waren noch nie außerhalb Österreichs?

»Das gibt es doch gar nicht«, lachte die Blondine und hielt sich schnell die Hand vor ihren Mund. Der Mann im grauen Anzug sagte, dass ich für ein paar Hundert Euro eine Begleitperson zu meiner Reise buchen könne. Ich antwortete ihm, dass ich niemanden wüsste, der mich begleiten würde, und dass ich außerdem keine paar Hundert Euro besäße. Er erklärte mir, dass die Zubuchung im Vergleich zu dem Komfort, der uns in dem Luxusresort erwarten würde, eine lächerlich geringe Summe wäre. Ich wiederholte meine Aussage. Der Mann im grauen Anzug lächelte säuerlich.

Eine Woche später bekam ich von dem Reporter ein Belegexemplar der Reisezeitschrift zugesandt, für die er mich fotografiert hatte. Er hatte ein Begleitschreiben beigelegt, in dem er sich dafür entschuldigte, dass auf dem Bild die ganze Blondine, von mir hingegen nur die rechte Körperhälfte zu sehen war. Ein bedauerlicher Fehler, den er sich nicht erklären könne. Ich las den Text, der neben dem Foto abgedruckt war. »Postbote Michael Schmidt gewinnt eine luxuriöse Thailand-Reise«, stand dort. Fast beruhigte es mich, alles wieder beim Alten zu sehen.

25

MANUEL gibt mir den Schlüssel zu seiner Wohnung. Sein Gesicht bleich, als er ihn mir in die Hand legt, seine Finger kalt. Er trägt einen Rucksack auf dem Rücken und eine Bauchtasche um die Taille. Auf dem Kopf hat er einen Sonnenhut, auf dessen kakifarbenem Stoff pinke Palmen gedruckt sind, in seiner Brusttasche steckt eine Sonnenbrille mit übergroßen Gläsern in einem weißen Rahmen. Der Schnee auf meinem Fensterbrett ist eine schlechte Filmkulisse. Ich muss lachen, obwohl ich vorgehabt habe, Manuel unfreundlich gegenüberzutreten.

»Es tut mir leid, dass ich dich im Hummel versetzt habe«, murmelt er, ohne mich anzusehen. Er kramt in seiner Bauchtasche. Seine Bewegungen fahrig. Er holt einen gefalteten Plastiksack mit dem Logo eines Internetversandhauses aus der Tasche und hält ihn mir hin. Ich verziehe den Mund. Ich nehme das Geschenk und nicke.

»Der Kaffee hat mir ohne dein Computergeschwätz sowieso besser geschmeckt.«

Manuel macht eine Rückwärtsbewegung mit dem Oberkörper. Seine Augen groß. Ich tätschle seine Schulter.

»Ganz der Alte! Das war ein Scherz.«

Manuel seufzt. Ich ziehe das Päckchen aus dem Plastiksack. Das Geschenkpapier ist ebenfalls mit Palmen bedruckt. So viel unfreiwilligen Humor kann ich fast nicht ertragen. Ich löse den Bindfaden von der Verpackung. Ziehe die Klebestreifen ab und entwickle das Geschenk aus drei Lagen Packpapier. Es ist die orangefarbene Keramikkatze aus Manuels K–L Regal.

Ich bedanke mich. Bin ehrlich überrascht. Ich kann mir denken, was es für Manuel bedeutet, einen Gegenstand aus seiner Sammlung zu entfernen. Ich stelle mir seine Überwindung vor, die Figur aus dem Regal zu nehmen und dann die neuerliche, sie in Geschenkpapier zu wickeln und in einen Plastiksack zu stecken. Ich betrachte die Katze. Sie sieht aus, als würde sie lächeln. Plötzlich ist es warm in meinem Bauch. Ich schaue Manuel an.

»Manchmal trifft das Glück genau die Richtigen«, sage ich. Ich wünsche ihm eine gute Reise. Versichere ihm, dass er mit einem erweiterten Horizont nach Österreich zurückkehren werde. Verspreche ihm, seine Wohnung am nächsten Wochenende auf mögliche Einbruchsspuren zu kontrollieren. Abzustauben, falls ich Schmutz auf seinen Sammlungsgegenständen bemerken sollte.

Als Manuel die Tür hinter sich geschlossen hat, beginnt es zu schneien. Ich ziehe einen Stuhl an mein Küchenfenster, setze mich und betrachte die tanzenden Kristalle. Ich finde es nicht unglaublich, dass keiner dem anderen gleichen soll. Mit der Zeit wachsen sie zu Flocken. Schweben vom milchigen Himmel. Samtig legen sie sich auf mein Fensterbrett.

Die Keramikkatze beobachtet mich vom Küchentisch aus. Ich drehe sie so, dass ihr Gesicht zur Wand zeigt. Sie grinst in die entgegengesetzte Richtung. Als sie zu lachen beginnt, packe ich sie in meine Tasche. Mich packe ich in meine Winterjacke, schlüpfe in meine Stiefel und verlasse die Wohnung.

Mit dem Auto fahre ich Richtung Wienerwald. Im späten Frühjahr habe ich mich einer Exkursion der Biologiestudenten angeschlossen. In der Gegend von Altlengbach haben wir Feuersalamander und Flusskrebse beobachtet. Als ich die schwarz-gelb gemusterte Haut und die rötlich-braunen Panzer der Tierchen zwischen den Kieseln sah, befand ich mich in einem exotischen Land.

Ich stapfe durch die Winterlandschaft. Der Schnee ist früh liegen geblieben in diesem Jahr. Es knirscht unter meinen Füßen, wenn ich auf seine gefrorene Oberfläche trete. Die Äste der Zweige tragen weiße Pudelhäubchen. An Stellen, die dem Wind ausgesetzt sind, Eisnadeln. Gezackte Kristallkämme, die in die Winterluft ragen. An den Ufern der Bäche hängen von den

Moospolstern kurze Eiszapfen, die tropfen. Das Wasser springt über die Steine. Plätschert und rauscht. Ich setze mich auf einen umgestürzten Baumstumpf, dessen Wurzeln sich nun als Krone in den Himmel strecken. Ich beobachte das Fließen. Am Wasser fällt es mir leicht, in der Gegenwart zu leben. Es trägt aufgestaute Gedanken fort und zerstreut die Worte, bevor sie sich zusammenballen. Ich sitze, bis mein Kopf geleert ist. Ich greife in meine Tasche. Fahre mit den Fingern über die Keramikfigur. Die Katze lacht nicht mehr. Sie nickt.

In der Nacht schlafe ich. Mein Schlaf ist ohne Träume. Zumindest kann ich mich in der Früh nicht an sie erinnern und fühle mich erholt. Als ich die Wohnung verlasse, stecke ich die Katze in meine Handtasche. Die Nacht über stand sie auf meinem Wohnzimmertisch. Eine Wächterin in der Dunkelheit.

Der Schnee auf den Straßen und Gehwegen ist grau. Nicht weiß. An manchen Stellen ist er gelb gesprenkelt. Die Autos fahren ihn zu Wasser. Beim Gehen quillt Matsch unter meinen Schuhsohlen hervor. Benetzt meine Seidenstrümpfe. Bald sind meine Füße in den Pumps feucht und ich beginne zu frieren. Im Winter sind Businessoutfits besonders lächerlich.

Die Fassade unseres Bürogebäudes ist kilometerhoch. Ich berühre die Katze in meiner Handtasche. Denke an Manuel. Stelle mir vor, wie er durch einen unübersichtlichen Flughafen in Thailand irrt. Fremde Passagiere und deren Angehörige, eine Tonsprache, deren Klang nicht vertraut ist, Gates, Abflug- und Ankunftstafeln, Durchsagen auf Thai, Französisch und Englisch, Geld, das er nie zuvor gesehen hat und dessen Wert er ständig aufs Neue berechnen muss, Essen, dessen Geschmack er nicht kennt. Was er kann, kann ich … Ich presse meine Zähne zusammen und trete durch die Eingangstür. Ich grüße den Portier. Steige in den zweiten Stock. Ich gehe an meinem Büro vorbei. Meine Kollegen, die ich am Gang treffe, nicken mir zu. Ich bin erleichtert, dass mich keiner anspricht.

Ich öffne die Tür zum Chefsekretariat. Die Hilfskraft aus dem letzten Sommer telefoniert. Aus der Praktikantin ist eine Angestellte geworden. Sie ist eine aus der Generation Praktikum, die Glück gehabt hat. Ich hänge immer noch an Karla. Wahrscheinlich wegen des Zwischenfalls. Deswegen missgönne ich es der Praktikantin.

Das glatte dunkle Haar der jungen Frau sieht gewaschen aus. Ihr Stufenschnitt wie frisch vom Friseur. Sie hat den Hörer zwischen Schulter und Kopf geklemmt, schreibt etwas in den Terminkalender, tippt in die Tastatur ihres Computers. Als ich eintrete, lächelt sie mir zu. Ich kann nicht behaupten, dass sie nicht multitasking-fähig oder freundlich wäre.

»Ist der Chef da?«, unterbreche ich ihr Telefonat.

Sie streckt ihren Arm aus, den Zeigefinger senkrecht und bewegt ihn mehrmals schnell nach links und rechts. Ich ignoriere ihr Zeichen und klopfe an die Bürotür meines Chefs. Die Praktikantin erhebt sich. Bevor sie etwas sagen kann, werde ich hineingerufen. Ich schenke ihr ein Lächeln, das sie nicht erwidert, und betrete das Zimmer.

Hinter dem Schreibtisch sitzt mein Vater. Als ich mir überlege, ob ich verrückt werde, sehe ich meinen Chef vor mir. Ich hole Luft. Überfliege gedanklich die Ansprache, die ich mir zurechtgelegt habe.

»Ich kündige!«, sprudelt es aus mir heraus.

Mein Chef lächelt. Ich runzle die Stirn.

»Ich bin froh, dass Sie das sagen«, meint er.

Meine Halsmuskeln spannen sich. Ich habe mich vor dem Verhalten meines Chefs gefürchtet. Gefürchtet, er würde versuchen, mich zum Bleiben zu überreden. Diese Reaktion ist mir noch weniger recht. Als ich sagen will, dass ich meine Kündigung zurücknehme, hebt er die Hand.

»Frau Kramer, regen Sie sich nicht auf! Ich wollte damit nicht andeuten, dass Sie eine entbehrliche Mitarbeiterin waren. Wenn wir auch unsere Meinungsverschiedenheiten hatten, im Grunde habe ich Ihren Widerstandsgeist geschätzt. Sie haben mich mehrmals dazu gebracht, eine Entscheidung zu überdenken, und das war nicht immer zum Schlechtesten für die Kanzlei.«

Dass er in der Vergangenheitsform über mich spricht, lässt meine Halsmuskeln versteinern. Ich öffne meinen Mund.

»Aber …«

»Frau Kramer«, unterbricht mich mein Chef neuerlich. Er erhebt sich. Legt mir über den Schreibtisch hinweg seine Hand auf die Schulter und sieht mir in die Augen.

»Was ich damit sagen wollte: Jeder hier hat gemerkt, dass Sie als Steuerberaterin nicht glücklich waren.«

Hinter dem Horizont

1

MEIN Nachbar lutscht an einer Lakritzstange. Soweit ich den Überblick behalten habe, ist es die dritte, seit die Boeing 737 die Startbahn in Wien Schwechat verlassen hat. Mir hat die Reisebegleiterin geraten, beim Steigen und Sinken des Fliegers Kaugummi zu kauen. Kurz vor Abflug, auf den Bildschirmen blinkte »boarding« neben unserer Destination, bin ich in den Supermarkt der untersten Ebene des Flughafens gelaufen.

Als ich meine Großpackung Kaugummi bezahlen wollte, erklärte mir die Mitarbeiterin des Lebensmittelladens, dass diese Kassa soeben geschlossen werde. Sie stellte ein Schild mit demselben Wortlaut vor mir auf das Förderband. Ich blickte zur Nachbarkassa. Dort hatte sich während unserer kurzen Interaktion eine Schlange von sieben Kunden gebildet.

Vor der Passkontrolle, am Gate und im Flughafenbus habe ich mir meine Nase zugehalten, um den Druckausgleich zu üben, wie es mir die Reisebegleiterin gezeigt hatte. Die Blicke, die man mir zugeworfen hat, habe ich zu ignorieren versucht.

Thomas' Lakritzstangen sind grün-weiß gestreift. Seine Mutter hat einen Sack voll von ihrer Stockholmreise im Frühjahr mitgebracht.

»Wenn der geleert ist, muss sie wieder dorthin«, hat er mir erklärt. Das sei seit seiner Kindheit Tradition. Damals hätten sein Vater und er jedes Jahr mehr auf die Lakritzstangen als auf die Heimkehr der Mutter gewartet. Thomas ist meine Begleitperson. Er hat die Thailand-Reise in einem niederösterreichischen Outletcenter gewonnen. Zu Jahresbeginn kauft er sich dreihundertfünfundsechzig Briefmarken, eine Fünfhunderter-Packung Kuverts und nimmt jeden Tag an mindestens einem Gewinnspiel teil.

»Du kannst dir nicht vorstellen, wie gut das läuft«, erklärt er mir, »ich habe schon elf Kugelschreiber gewonnen, elf Schlüsselanhänger, acht oder neun Taschenkalender – da bin ich mir nicht sicher, sieben Feuerzeuge, drei Briefbeschwerer, vier T-Shirts, zwei Baseballkappen, ein Dampfbügeleisen, einen Radiowecker, ein Abonnement der Apothekenzeitschrift, ein Set Golfbälle, eine Fahrradklingel, eine Multifunktionsschere, ein Nadelkissen, eine Aerobic-DVD, eine Sportbrille und jetzt diese Reise! Obwohl ich meine Preise gerne in Händen halte. Deswegen …«

Thomas deutet auf eine Fototasche zu seinen Füßen. Er wickelt die vierte Lakritzstange aus ihrer Plastikhülle, lehnt sich in seinem Sessel zurück und steckt sie in den Mund. Ich betrachte seine geschlossenen Augen und nehme mir vor, eine Wegwerfkamera am Flughafen in Bangkok zu besorgen und einen Stapel Briefmarken nach meiner Rückkehr.

Der Pilot verlautbart, dass wir unsere Reiseflughöhe erreicht haben. Ich kann nicht glauben, mich zehn Kilometer über dem Erdboden zu befinden, und mir wird übel. Die Anschnallzeichen erlöschen. Die Reisebegleiterin kommt zu unserem Platz.

»In Bangkok werden wir uns nur kurz aufhalten. Sie werden so rasch wie möglich von unserem Bus abgeholt und an die Küste gebracht. Sie wissen schon. Wegen der Unruhen«, lächelt sie.

Ich betrachte sie von oben bis unten. Von Unruhen weiß ich nichts. Manchmal trifft das Glück genau die Richtigen, hat Maja gesagt. Ich hätte misstrauisch werden müssen.

Als wir nach neun Stunden Flug um Mitternacht am Suvarnabhumi International Airport aufsetzen, bin ich ruhig. Lichter säumen die Landebahn. Sie erinnern mich an das bevorstehende Weihnachtsfest. Wir steigen aus dem Flieger und ich höre keine Explosionen oder Schüsse. Unruhig werde ich erst, als man mir erklärt, dass wir uns noch dreißig Kilometer außerhalb von Bangkok befänden. Die Reisebegleiterin lächelt.

Als wir um halb zwei Uhr morgens in Bangkok ankommen, lächelt sie nicht mehr. Sie telefoniert. Gestikuliert. Ihre Stimme schrill.

»Der Busfahrer ist nicht erschienen«, erklärt sie uns, nachdem sie aufgelegt hat, wieder in ihrem neutralen Reisebegleiterton, »wir müssen hier in einem Hotel übernachten.«

In der Nacht schlafe ich schlecht. Man hat mich mit Thomas in einem Doppelzimmer ohne Klimaanlage einquartiert. Die Lakritzstangen haben Blähungen bei ihm verursacht. Ich habe mir das Leintuch über den Kopf gezogen und schwitze. Von den Unruhen bemerke ich nichts.

Am Morgen werden die Reiseleiterin, Thomas und ich von einem Einheimischen in ein sicheres Viertel geführt. Der Mann spricht Deutsch. Akzentfrei erklärt er uns, dass wir eine Stunde Zeit hätten, uns auf dem Markt Frühstück zu besorgen, bevor es an die Küste gehe. Er verabschiedet sich mit einem Lächeln. Ich schlucke. Meine Zunge schwer, das Schulenglisch eingerostet. Ich wende mich an meine Begleiter. Thomas und die Reiseleiterin sind bereits in unterschiedliche Richtungen geeilt. Offenbar ist jeder froh, die anderen für eine Weile nicht um sich zu haben. Am Ende der Straße sehe ich Thomas mit einem Verkäufer diskutieren.

»No photo!«, schreit der Mann und hält seine Hände über die Ketten, Edelsteine und Ringe auf dem Tischchen vor seinem Schmuckladen.

Ich gehe bis zu der nächsten Kreuzung. Blicke in die vier Himmelsrichtungen. Im Osten ragt eine goldene Buddhastatue über die Häuserdächer. Das Metall reflektiert das Sonnenlicht. Ich folge dem Glanz.

Eine Prozession Männer in orangefarbenen Gewändern und mit rasierten Köpfen wandert an mir vorbei. Aus dem Begrüßungsvideo der Airline weiß ich, dass es Mönche sind. Man darf sie nicht berühren. Ich bin überrascht, dass manche von ihnen nicht älter als Schuljungen aussehen.

Die Buddhastatue ist ein Tempel. Auf seinen Stufen liegen Blumenkränze mit rosa, orangen und roten Blüten. Daneben stehen Schuhe in verschiedenen Größen.

Jemand berührt mich am Arm. Ich drehe mich herum. Eine Frau, die mir bis an die Brust reicht und ein bodenlanges Kleid trägt, hält mir einen Käfig hin. Darin flattern drei Spatzen. Fliegen gegen die Gitterstäbe. Ihre Federkleider matt. Einem fehlt das rechte Auge.

Die Frau deutet in den Himmel. Sie deutet auf den Buddha. Hebt den Käfig hoch und öffnet eine imaginäre Tür. Sie hält die Hand auf. Ich blicke mich um. Zwei weitere Frauen mit Vogelkäfigen sind an mich herangetreten. Der jüngeren fehlen die oberen Schneidezähne. Ich krame in meiner Bauchtasche. Die Frauen halten die Hände auf. Auf meinem Nacken Schweißtropfen. Noch am Flughafen hat die Reiseleiterin Geld für mich gewechselt.

Ich lege hundert Bath in die Hand jeder Frau. Sie lachen. Öffnen die Vogelkäfige. Die Spatzen fliegen in den Himmel, der blau ist. Ihre Körper schnellen durch die Luft. Drehen sich, steigen und sinken. Ich fühle mich leicht und großmütig.

»Buddha gooood!«, sagt die Frau ohne Schneidezähne. Die anderen nicken. Als ich auf meinem Rückweg an einer Hecke vorbeikomme, sehe ich ein paar Kinder, die Spatzen aus den Maschen eines Netzes lösen, das zwischen den Zweigen gespannt ist. Einem der Vögel fehlt das rechte Auge.

2

BANGKOK riecht nach Abgasen, Urin und Kot.

Meine Nachbarin hat das gesagt. Ich habe sie bei meinem Aufbruch in unserem Stiegenhaus getroffen. Sie hat mich nach dem Grund meiner sommerlichen Kleidung gefragt. Als ich wissen wollte, ob sie Bangkok schon besucht habe, hatte sie sich bereits zum Gehen gewandt.

Ich kehre zu unserem Treffpunkt zurück. Auf beiden Seiten der Straße werden Garküchen herangerollt. Je näher ich dem Markt komme, umso dichter stellen die Verkäufer sie nebeneinander. Die Ersten beginnen mit dem Grillen, Braten und Kochen. Um mich fängt es an zu brutzeln. Dampf steigt auf. Bald riecht es nach Koriander, Zitronengras, Chili und Minze. Dank Maja sind mir die Gerüche nicht fremd. Fremd ist manches Essbare.

Ein Straßenhändler verkauft getrocknete Tintenfische mit verschrumpelten Saugnäpfen. Er hat die Weichtiere an einer quer über den Weg gespannten Schnur befestigt. Sie baumeln im Wind, wie Kleidungsstücke an einer Wäscheleine. Ein anderer bietet frittierte Heuschrecken an. Ich muss zweimal hinsehen, bevor ich die Insekten an ihren langen Fühlern und kräftigen Sprungbeinen erkenne. Um mich werden Suppen mit dünn geschnittenem Rindfleisch und Lauch verkauft, Reisnudeln, gebraten mit Ei und fingernagelgroßen Shrimps, es gibt Papayasalat mit Krabben und Garnelen, Lamm-, Huhn- oder Schweinefleisch mit Cocktailtomaten, Paprika und Zwiebeln am Spieß.

Ein Mädchen mit zwei steil vom Kopf abstehenden Zöpfchen und rosa glitzernden Haarspangen kommt auf mich zu. Die Kleine hält mir einen Pappteller mit Reis und Mangospalten hin. Das Fleisch der Frucht ist dunkelgelb.

»Sticky rice. Is very good! Sweet, sweet«, lächelt das Mädchen. Seine Zähne leuchten aus dem dunklen Gesicht. Als ich bezahle, leert es etwas Kokosmilch über die Mango. Es deutet mir, den klebrigen Reis zu einem Ballen zu rollen und in die Flüssigkeit zu tunken. Ich folge seinem Rat. Der Geschmack der reifen Frucht, die Süße der Milch und die Konsistenz des Reisballens lassen mich beim Kauen die Augen schließen.

Einmal bemerke ich einen schlechten Geruch. Vor einem aus Holz geschnitzten Puppenhäuschen, das am Straßenrand steht, sitzen Fliegen auf einem Teller mit Fleischresten. Vertrocknete Orangen- und braun gefleckte Mangostücke liegen daneben. Ich betrachte das Häuschen. Eine alte Frau aus dem gegenüberliegenden Massagesalon folgt meinem Blick. Sie reißt die Arme in die Höhe. Laut redet sie auf eine jüngere Mitarbeiterin des Salons ein. Sie läuft mit auf ihr Kreuz gedrückter Hand über die Straße, scheucht die Fliegen von dem Teller und deutet darauf. Die Junge folgt ihr. Sie nimmt den Teller an sich und verschwindet mit gesenktem Kopf im Massagesalon. Hinter ihr gestikuliert die Alte. Nach zwei Minuten ist die junge Frau zurück. Sie stellt einen Teller mit frischem Fleisch und Gemüse vor dem Häuschen ab. Sie macht eine kurze Verbeugung mit gefalteten Händen in seine Richtung.

Während der Busfahrt erklärt mir die Reiseleiterin, dass es sich um einen Ahnenkult handele. Seine Elemente hätten sich mit denen des Buddhismus vermischt. Einige Bräuche würden auch von vielen modern eingestellten Thailändern praktiziert. Bei der Errichtung eines Gebäudes wird ein Häuschen für die ortsansässigen Geister aufgestellt. Durch tägliche Opfergaben sollen sie den Bewohnern wohlwollend gesinnt bleiben.

Bald haben wir die Autobahn verlassen. Vor uns eine Kolonne Lastwagen. Im Schritttempo rollen wir über die Landstraße. Die Autos wirbeln Staub auf. Rötliche Wolken unter blauem Himmel. Thomas zerbeißt seine letzte Lakritzstange. Die Reiseleiterin lehnt am Vordersitz des Kleinbusses und hat die Augen geschlossen. Ich kurble das Fenster herunter. Betrachte die rote Erde, die Baracken am Straßenrand, die aus Brettern, Plastikteilen und Wellblech gezimmert sind, die von Kletterpflanzen überwuchert werden und neben denen die Palmen aus den Reisekatalogen wachsen. Zwischen den Hütten laufen Hunde und Kinder, die leuchtend bunte Gewänder tragen. Beide sehen sauber aus.

Die Reiseleiterin hat sich aufgesetzt und ist meinem Blick gefolgt.

»Reinlichkeit ist in Thailand ein Zeichen der Ehrerbietung und des Respekts anderen Menschen gegenüber. Jedes Straßenkind, dem ich hier begegnet bin, ist sauberer gewesen als meine beiden Neffen in Wien«, lacht sie.

Sie beugt sich nach hinten, ihren Arm um die Kopfstütze geschlungen, betrachtet meine Schuhe.

»Die Füße gelten als niedrig. Sie sind der schmutzigste Teil des Körpers. Deswegen soll man hier niemals mit dem Fuß auf etwas deuten oder es berühren. Schon gar keinen Menschen. Ein Thai wird darauf äußerst beleidigt reagieren. Vor ein paar Jahren hat ein Sänger in einer Karaokebar einen betrunkenen Gast angeschossen, der immer wieder die Füße in seine Richtung gehalten hat.«

Die Reiseleiterin mustert mich.

»Und der Kopf ist heilig, weil er der Sitz des Geistes und der Seele ist. Man soll Thais nicht am Kopf berühren. Auch den Kindern nicht über die Haare streicheln!«

Thomas lutscht an seiner Lakritzstange. Ich nicke und schweige.

Kurz bevor wir die Küste erreichen, fliegt ein türkisfarbener Vogel mit violetten Schwanzfedern aus dem Kronendach des Dschungels auf. Er breitet die Flügel aus. Ihre Unterseite leuchtet weiß. Ich beobachte sein Steigen und Sinken. Es sieht aus, als würde er über unsichtbare Wellentäler und -berge gleiten. Ich höre sein Kreischen. Das Kreischen anderer Tiere, vielleicht sind es Affen. Im Hintergrund klingt das Rauschen der Brandung. Ein leichter Wind weht ins Landesinnere. Er bringt Abkühlung und ich schmecke Salz auf meinen Lippen. Wir verlassen die Straße und fahren auf einem Schotterweg Richtung Meer. Hinter den Bäumen lassen sich Möwen vom Wind tragen. Stürzen auf unsichtbare Beutetiere herab. Es riecht nach Algen und Fisch. Der Dschungel weicht zur Seite. Vor mir spannt sich blau in blau der Horizont und ich weiß nicht, ob ich noch derselbe Mensch bin, der Wien vor kaum mehr als eineinhalb Tagen verlassen hat.

3

ICH bin derselbe Mensch. Zumindest wissen die anderen nichts davon, dass sich mein Horizont erweitert hat. In der Aula des Hotels werden Thomas und ich vom Manager begrüßt und im Namen des Reiseveranstalters, bei dem wir gewonnen haben, willkommen geheißen. Die Rezeptionistin nennt unsere Zimmernummern. Sie händigt uns die Schlüssel aus. Als der Page die Koffer in unsere Räumlichkeiten bringen will, bemerken wir, dass der Busfahrer vergessen hat, mein Gepäck abzuladen. Er und die Reiseleiterin sind mit der Fähre bereits auf dem Rückweg zum Festland.

Die Rezeptionistin telefoniert. Während Thomas das Hotel und den Strand besichtigt und an der Poolbar seinen Begrüßungscocktail einnimmt, warte ich in der Aula. Nach einer Stunde lächelt die Rezeptionistin mich an.

»No problem, luggage tomorrow evening«, sagt sie mit einer kleinen Verbeugung.

Ein Fotograf betritt die Eingangshalle. Er deutet auf die steinernen Balustraden, auf die Wandteppiche mit den gestickten Schmetterlingen und tropischen Vögeln. Dort möchte er ein Foto machen. Für das Reisemagazin. Thomas wird von einem Bediensteten in die Halle geführt. Der Fotograf platziert uns vor dem größten Teppich. Es blitzt.

»Good, good!«, sagt der Fotograf und hält einen Daumen hoch. Er zeigt uns den Bildschirm der Digitalkamera. Auf dem Foto sind meine Augen geschlossen. Mein Palmenhut verschwimmt mit dem gemusterten Stoff des Teppichs. Es sieht aus, als würde mein Körper vom Hintergrund assimiliert.

Thomas' T-Shirt ist beim Fotografieren nach oben gerutscht.

Auf dem Bild ist ein Stück seines Bauches zu sehen, das sich über den Gummizug seiner Hose wölbt. Thomas dreht einen Schlecker mit Colageschmack aus seiner Plastikhülle. Er bittet den Fotografen ein weiteres Bild zu schießen.

»Same, same!«, antwortet dieser und schüttelt den Kopf.

»Nix same, same!«, beharrt Thomas. Der Fotograf lächelt ihn an. Thomas greift nach der Kamera, die um seinen Hals hängt. Das Lächeln verschwindet. Bevor die beiden eine Diskussion beginnen können, tippe ich Thomas an die Schulter.

Ich erkläre ihm, dass ich müde sei, verabschiede mich von dem Fotografen und gehe auf mein Zimmer.

Als ich den Raum betrete, beachte ich die Aussicht nicht und auch nicht seine Ausstattung. Ich stelle den Regler der Klimaanlage auf die höchste Stufe. Falle quer auf das frisch überzogene Doppelbett, das ich für mich alleine habe, und in einen tiefen Schlaf.

Ich träume von der Überfahrt mit der Fähre. Wasser, das zu beiden Seiten des Bootes strömt, sich an dessen Rückseite verwirbelt, Wellen bildet und Schaumkronen auf der sonst ruhigen See. Ich beobachte die grünblaue Fläche, sehe Schatten darunter gleiten, eingebildet oder echt. Ich stelle mir Delfine vor, mit ihrer Gummihaut und ihrem Lächeln im Gesicht, Haie mit aufgerissenen Mäulern, aus deren rotem Zahnfleisch Reihen von dreieckigen Zähnen ragen, Thunfische, deren glänzende Leiber durch den Ozean gleiten, Kraken mit Papageienschnäbeln und Fangarmen von unendlicher Kraft.

Als ich erwache, ist es Nacht. Der Pool, den ich von meinem Balkon aus sehen kann, wird von Unterwasserspots erhellt. Leuchtet türkisblau in der Dunkelheit. Ich trete ins Freie. Im Pavillon stehen Kerzen in der Mitte der Tische. Ihre Flammen bewegen sich im anlandigen Wind. Von der Ferne nehme ich es als ein Pulsieren wahr. Nahtlos geht es in das der Sterne über. Menschen sitzen an den Tischen. Der Wind trägt ihre Stimmen in meine Richtung und manchmal an mir vorbei.

Mein Magen knurrt. Im Badezimmer erfrische ich mein Gesicht mit kaltem Wasser. Als ich vor die Tür trete, trocknet es schneller, als ich es glauben kann. In der Aula frage ich nach dem Restaurant. Ein Hoteldiener führt mich in den Speisesaal. Die Leute, die an den Tischen sitzen, unterhalten sich und lachen. Sie heben ihre Gläser und prosten sich zu. Ein Kärtchen mit meiner Zimmernummer steht auf meinem Platz. Ich setze mich. Beobachte meine Umgebung.

Die Menschen gestikulieren, sprechen mit vollen Mündern. Ein Stimmengewirr aus unterschiedlichen Sprachen. Rotweinflecken auf den Tischtüchern, Reiskörner, Sojasaucespritzer, Reste von Wasabipaste. Auf den Buffettischen stehen Platten mit exotischen Früchten, Käse und Gemüse, Sushi und Maki, Schüsseln mit Nudel- und Reisgerichten, Suppentöpfe, Behälter mit Fleischspeisen und Meeresfrüchten, Körbe voll Gebäck, Tabletts mit Kuchen, Pudding- und Schokoladenmusgläser, Becher mit Obstsalat und eine mehrstöckige Torte mit Zuckerguss und Marzipanrosen. Eine Eisskulptur in Elefantenform, die mit rosa und weißen Blüten umgeben ist, schmilzt auf einem Teller. Ich greife nach einem Stück Weißbrot, gehe zu meinem Platz zurück und kaue daran. Als das Mädchen vom Nachbartisch, das seit Minuten mit seinem Stuhl schaukelt, umkippt, erhebe ich mich und verlasse den Saal.

Im Treppenhaus kommt mir ein Mann in Shorts entgegen. Sein kinnlanges Haar ist von der Sonne gebleicht, seine Haut gebräunt. Er erkundigt sich, ob ich neu hier bin, und hält mir die Hand hin. Ich schüttle sie und wundere mich, woher er weiß, dass ich Deutsch spreche.

»Ich bin Bodo von Sunny Divers«, stellt er sich vor. Sein Händedruck entspricht seinem muskulösen Körperbau.

»Hast du Interesse an einem Tauchkurs, Manuel?«, fragt er. »Wir starten morgen Nachmittag um vierzehn Uhr dreißig am Pool. Der Kurs dauert fünf Tage. Danach erhältst du von uns die Bescheinigung, dass du dich rund um den Globus in die Tiefen der Ozeane stürzen darfst.«

Er zwinkert mir zu. Ich denke an das aufgerissene Haimaul und die Arme des Kraken. Wenn ich jetzt ablehne, werde ich für immer der kleine Postbeamte aus der Filiale im neunten Wiener Gemeindebezirk bleiben. Ich nicke. Ein »Ja« bringe ich nicht heraus.

4

DER Elefant ist größer, als ich ihn mir vorgestellt habe. Die Haut auf seinem Rüssel, Kopf und Rücken ist fleckig braun und rosa, nicht grau. Es ist ein männliches Tier, das den Namen Loi trägt. Der Junge, der den Elefanten führt, hat uns erklärt, dass das winzig bedeutet. Winzig, weil seine Mutter das Elefantenbaby nach seiner Geburt verstoßen hatte und es mit der Flasche aufgezogen werden musste. In seinem ersten Lebensjahr wuchs Loi, der ursprünglich auf den Namen Annan getauft worden war, kaum. In einer Nacht wurde das Kalb von dem Besitzer des Elephant Centers mit seinem Geländewagen beim Rückwärts-Ausparken übersehen. Die Narbe zieht sich quer über Lois linkes Hinterbein.

Über unsere Köpfe fliegt ein Vogel hinweg. Bunte Federn und metallisches Glänzen. Am Himmel Schäfchenwolken. Wenn er sich auf seine Hinterbeine stellt, kann Loi sie mit seinem Rüssel berühren. Ich strecke mich nach ihnen. Thomas mustert mich mit zusammengezogenen Brauen und ich lasse meine Arme sinken.

Die Elefanten des Elephant Centers stehen angekettet in offenen, mit Stroh ausgelegten Boxen. Sieben Tiere sind es. Vier Männchen und drei Weibchen. Ich kann ihre Geschlechter unterscheiden, weil man uns erklärt hat, dass die Kühe der asiatischen Elefanten im Gegensatz zu den afrikanischen keine Stoßzähne tragen. Der Junge, der uns zu Loi geführt hat, hält ihm eine grüne Banane hin und uns einen Korb voll.

»Twenty Baht, feed the elephant«, sagt er.

Der Junge steht seitlich, sodass der Elefant die einzelne Banane in seiner Hand erreichen kann, nicht aber den Korb, den er in der anderen hält. Der kleine Loi ist jetzt das größte Tier der Station. Ich stelle mir vor, wie er sich nach dem Bananenkorb streckt, an seiner Kette zu zerren beginnt, an ihr reißt, zornig und immer zorniger. Viereinhalb Tonnen Gewicht gegen einen Eisenring. Die Verankerung der Kette löst sich aus der Wand und Loi trampelt über uns hinweg.

Stattdessen tastet der Rüssel des Riesen die Hand des Jungen ab. Die Berührungen sind vorsichtig und leicht. Behutsam umschließt er die Frucht mit dem beweglichen Rüsselende und führt sie langsam zu seinem Maul.

»Good photo, good photo«, ruft der Fotograf, der soeben aus einem Geländewagen gestiegen ist, und deutet auf den Korb.

Thomas verschränkt die Arme vor der Brust und wendet den Kopf ab, als er ihn erkennt. Der Fotograf und der Junge sehen mich an. Ich krame in meinen Hosentaschen und finde ein paar Scheine. Ich reiche sie dem Jungen und er mir eine Banane. Als der mächtige Rüssel sich in meine Richtung bewegt, schließe ich die Augen. Ich öffne sie, als ich weiche, feuchtwarme Haut an meiner spüre.

Loi hat lange, dichte Wimpern. Ich sehe es, als ich von dem Holzgerüst, das als Aufstiegshilfe dient, auf den Tragesessel klettere, der auf seinem Rücken befestigt ist. Thomas setzt sich neben mich. Der Junge, den sie »Mahout« – Elefantenführer – nennen, schwingt sich auf seinen Nacken. Um den Elefanten zu bändigen, hält er einen Stock, nicht länger als sein Oberschenkel und nicht dicker als sein Unterarm, in seiner Hand. Sonst nichts. Als der Fotograf ein letztes Foto schießt und uns zuwinkt, habe ich das Gefühl, dass dies ein Abschied ist.

Wir schaukeln in das Grün des Dschungels. Äste streifen mein Gesicht. Vogelrufe. Das Summen zahlloser geflügelter Insekten. Das Brechen von Zweigen unter Lois Gewicht. Der Mahout und Thomas schweigen. Ich lege meinen Kopf in den Nacken. Ein Muster aus Blättern und Lichtflecken über mir und irgendwo das Kreischen eines Affen.

Mit der Zeit werden die Lichtflecke mehr und die Blätter weniger. Loi tritt aus dem Dschungel. Vor uns liegt eine aufgelassene

Plantage. An den Bäumen hängen Zitrusfrüchte von der Größe einer Zuckermelone. Der Junge beugt sich zu dem Elefanten. Es sieht aus, als würde er ihm etwas ins Ohr flüstern. Loi pflückt eine der gelben Früchte mit seinem Rüssel. Er reicht sie dem Jungen, der sie an uns weitergibt.

»Pomelo«, sagt der Mahout und Thomas nickt. Der Junge löst die Schale, die zwei Finger dick und weiß ist. Er gibt jedem von uns eine Spalte der Frucht. Ihr Fleisch schmeckt säuerlich-süß, ein wenig bitter und ist trockener als das der Zitrusfrüchte, die mir bekannt sind.

Beinahe den ganzen Ritt über lenkt der Junge den Elefanten mit unsichtbaren Mitteln. Erst als das Tier am Rückweg beginnt, Grasbüschel auszurupfen und zu verspeisen und dabei immer langsamer wird, schlägt er es auf den Rüssel. Ich deute ihm, dass das Fressen in Ordnung geht.

»No time!«, sagt der Junge und schüttelt den Kopf.

Nachdem ich in der Station von Lois Rücken auf das Gerüst geklettert bin, blicke ich ihm lange in die Augen. Schwarze Pupille, die Iris braungrün. In der Tiefe ein erloschener Funken. Sie sehen nicht anders aus als menschliche Augen. Im Vergleich zu dem riesigen Tier sind sie winzig. Als wir das Elephant Center verlassen, begreife ich, dass Loi nicht weiß, wie mächtig er ist.

5

DER Pool ist tiefer, als er aussieht. Als ich mich in der Tauchausrüstung vom Beckenrand in das Wasser gleiten lasse, sinke ich für Minuten. Das Gewicht der Sauerstoffflasche zieht meinen Körper. Entzieht ihm die Kontrolle. Ich wehre mich nicht. Schwebe in der Stille. Bodo, der am Grund auf seine Schüler wartet, deutet mir, Luft in meine Tarierweste zu pumpen, um das Gleichgewicht herzustellen. Als ich den Knopf drücke, spüre ich eine seltsame Enttäuschung.

Bodo weist uns an, einen Halbkreis um ihn zu bilden. Die Tauchschüler sind Raumfahrer. Wanken in ihren Anzügen und Luftpölstern. Stoßen aneinander. Kippen in Zeitlupe. Entschuldigen sich mit ihren Händen. Als alle ihre Plätze eingenommen haben, knie ich ein Stück weit hinter den anderen.

Der Reihe nach müssen wir Übungen durchführen. Bodo präsentiert uns Rechenaufgaben auf einer Unterwasserschreibtafel. Mit einem Bleistift notieren wir die Ergebnisse. Wir nehmen unsere Masken ab. Blinzeln in der ungewohnten Dichte. Wir setzen sie wieder auf unser Gesicht und verdrängen das Wasser darinnen, indem wir den Kopf in den Nacken legen und mehrmals kräftig durch unsere Nase ausatmen. Wir füllen unsere Sicherheitswesten mit Pressluft, bis wir vom Grund abheben. Menschenballone im Wasserhimmel. Über den Anblick muss ich lachen und verschlucke mich. Bodo paddelt heran. Mit Fingerzeichen möchte er wissen, ob alles in Ordnung ist. Deutlich nehme ich seinen besorgten Blick war. Durch das eingeschränkte Sichtfenster der Maske ist alles konzentriert. Das Wasser isoliert. Alles findet in dieser Langsamkeit statt, in dieser unendlichen Stille, in der jeder Gedanke laut ist.

Als wir wieder auf festem Grund stehen, schwindelt mir.

»Das ist die Stickstoffnarkose«, erklärt Bodo, »es dauert ein Weilchen, bis man sich an das Phänomen gewöhnt hat.«

Mein Körper ist müde. Ich stelle mir vor, mich ins Wasser zurückfallen zu lassen und in den Schlaf zu schweben.

Der Tauchkurs dauert eine Woche. Bodo hat zwei Tage angehängt, weil wir zwei Teilnehmer mehr als üblich sind und er die optimale Betreuung für jeden von uns gewährleisten will. Ich bin überrascht, wie wenig er auf seinen Vorteil bedacht ist. Jeder von uns scheint so zu denken. Am Abend kann Bodo die Hotelanlage nicht verlassen, ohne dass seine Schüler versuchen, ihn zum Bleiben zu überreden. Ihm ihre Lebensgeschichte erzählen, ihn auf Getränke einladen wollen.

»Kein Alkohol für einen Taucher!«, lacht er und winkt ab.

Ich denke an Maja und frage mich, ob sie es gutheißen würde, dass ich von ihrem Geld einen Tauchkurs bezahle. Ich male mir aus, wie wir nebeneinander durch das Wasser gleiten. Maja lacht über den Kraken. Sie ist ein Delfin und vollführt eine Seitwärtsrolle, schraubt sich aus dem Wasser, springt.

Am letzten Abend des Kurses kommt Bodo zu mir. Ich lehne an der Poolbar. Trinke Sodawasser mit Zitronenscheiben und Minzblättern, weil mich die Hitze vom Schlafen abhält.

»Darf ich mich zu dir stellen, Manuel?«, fragt er.

»Natürlich«, antworte ich und wundere mich, dass er noch hier ist.

»Ich habe das Gefühl, dass das Tauchen genau das Richtige für dich ist. Ich täusche mich doch nicht?«

Bodo legt den Kopf schief.

Ich erkläre ihm, dass der Kurs das Beste sei, was mir passieren konnte.

»Es gibt nichts Weiteres als das Meer«, sagt Bodo.

Wir schweigen.

Der Barkeeper kommt und fragt Bodo, was er bestellen möchte.

Der winkt ab. Sagt, dass er gleich aufbrechen wird. Er wendet sich zu mir.

»Übermorgen machen wir mit dem Schnellboot einen Ausflug zur Feuerkoralleninsel. Der Riffabhang an der Südseite erstreckt sich bis in fünfundneunzig Meter Tiefe. Das ist etwas anderes als die seichte Lagune, in der wir gegen Ende des Kurses geübt haben.«

Ich nehme einen Schluck von meinem Sodawasser. Verschlucke mich an einem Minzblatt. Bodo mustert mich.

»Ich möchte dich dazu einladen, Manuel. Dein Tauchgang ginge dann auf meine Kosten.«

Ich stelle das Glas ab. Frage Bodo, ob das sein Ernst sei. Er lacht und klopft mir auf die Schulter.

In der Nacht träume ich, dass ich Feuerkorallen von einem Riffabhang pflücke wie Heckenrosen von einer Almwiese. Ich verbrenne mich an ihren Dornen. Als meine Finger aufgehört haben zu schmerzen, forme ich eine Kette aus ihren Ästen. Sie ist das Prunkstück meiner Sammlung.

Am Morgen treffe ich einen Tauchschüler. Er hat den Kurs für Fortgeschrittene belegt. Will wissen, ob ich an dem Ausflug zur Feuerkoralleninsel teilnehme. Ich bejahe seine Frage. Er seufzt. Sagt, dass ihn die Tour reizen würde, er aber schon mehr Geld als geplant für den Kurs ausgegeben habe und er sich deshalb nicht mehr leisten könne.

Als ich Bodo beim Flaschenfüllen treffe, frage ich ihn, warum er ausgerechnet mich einladen möchte.

»Mach dir keine Gedanken!«, antwortet er und hebt die volle Pressluftflasche in einen Leiterwagen.

Als ich am nächsten Tag vom Hotelsteg in das Schnellboot steige, mache ich mir mehr Gedanken, als in meinem Kopf Platz finden. Bodo und seine Frau begrüßen uns. Zusammen sind wir acht Taucher. Ich setze mich an die Seite und verstecke meine zitternden Hände unter meinem Badetuch.

Das Boot legt ab, während Bodo den Tauchgang anhand einer Tafelzeichnung erklärt. Ich blicke auf das Wasser. Das Meer glatt wie eine Eisfläche ohne Sprünge und Risse. Meine Hände werden ruhig. Ich atme die Luft, die salzig schmeckt und nach Abenteuer.

Der Inselbogen erhebt sich aus der Horizontlinie. Das Eiland ist mit niedrigem Strauchwerk bewachsen. Unscheinbar liegt es inmitten des Blaus. Wir ankern im Osten. Bodo erklärt mir, dass er mein Tauchpartner sein wird, um besonders auf mich achten zu können. Weil ich ein Anfänger bin, werden wir zur Sicherheit nicht tiefer als dreißig Meter gehen.

Nachdem der Kapitän den Motor abgestellt hat, bilden die Taucher Zweierteams. Sie legen ihre Ausrüstung an, kontrollieren sie gegenseitig und springen vom Heck aus ins Meer. Bodo und ich sind die Letzten. Als ich meinen Schritt in das Bodenlose mache, spüre ich nichts als meinen Herzschlag.

Im Wasser Ruhe. Der Riffabhang ist mit Korallenstöcken, Anemonen und Röhrenwürmern bewachsen, die sich in der Strömung wiegen. Ich denke an den Meeresatlas, der in der Tauchschule aufliegt. Niemals können die Fotos darin diesen Überfluss an Farben und Formen widerspiegeln. Wir schwimmen nahe an die Felsen, die uns Schutz vor der starken Strömung bieten. Ich beobachte einen Schwarm winziger türkisblauer Fische, die sich auf ein unhörbares Kommando gleichzeitig in einen blassrosa Korallenstock flüchten, als sie unsere Schatten wahrnehmen.

Wir sinken langsam. Das Licht mit jeder Sekunde schwächer. Bodo deutet auf meinen Tiefenmesser, der neunundzwanzig Meter unter der Oberfläche anzeigt. Bodo macht eine Handbewegung, die bedeutet, dass wir eine Weile auf diesem Niveau bleiben werden.

Ich beobachte einen Kraken, der sich aus einer Spalte zwischen zwei Felsformationen löst, die Farbe und Textur seiner Haut verändert und in die Tiefe entschwindet. Ein Papageienfisch beißt

Polypen aus einem Stock. Das Knacken vernehme ich deutlich. Ein einsamer Laut. Aus einer Mulde stößt ein bunter Fisch auf mich zu. Ich erinnere mich, dass Bodo uns vor aggressiven Drückerfischen erzählt hat, die ihre Nester bewachen.

Eine Berührung an meinem Rücken. Ich fahre herum. Bodo sieht mir ins Gesicht. Seine Augen weit geöffnet. Er deutet mit ausladenden Handbewegungen. Ich blicke in die Richtung. Zwei Gestalten in der Ferne. Langsam treiben sie in die Dunkelheit des Ozeans. Verschwimmen. Bodo zeigt, dass ich in zehn Meter Wassertiefe aufsteigen und dort auf ihn warten soll. Dann schwimmt er mit kräftigen Flossenschlägen ins Blau.

Ich bleibe zurück. Der Drückerfisch ist verschwunden. Wasser über, unter mir und um mich. Alleine ist die Stille vollkommen. Eine Zebramuräne windet sich aus einem Felsloch. Der Stein ist mit Algen bewachsen, deren Blätter in der Strömung schaukeln. Die rot leuchtenden Körper von zwei Putzergarnelen schweben um spitzes Korallengeäst. Ein Schwarm aus silberrückigen Fischen zieht an mir vorbei. Jeder gleicht dem anderen. Ich folge ihnen. Einer von ihnen zu sein ist eine Erleichterung.

6

VOR dem Fenster wartet der Winter. Der Himmel drückt die Häuserdächer, die schwer sind vom Schnee. Ich liege in der Badewanne. Das Wasser hat die gleiche Temperatur wie meine Haut. Bevor ich in die Wanne steige, kontrolliere ich die Grade mit dem Thermometer. Ich mag das Gefühl der verschwimmenden Grenzen.

Am Fensterbrett streift eine Katze vorbei. Sie wendet den Kopf, als sie beinahe aus meinem Sichtfeld verschwunden ist. Sieht mich an. Schwarzer Körper auf weißem Grund. Das Tier kauert sich zusammen. Beginnt sein Fell zu lecken. Rhythmisch streicht die rosafarbene Zunge über das dichte Haar. Ich greife nach meinem Badeschwamm und reinige mich.

Das Telefon läutet. Der Ton zerreißt die Idylle. Ich stelle mir vor, wie die Katze drei Stockwerke tief in den Schnee stürzt. Ich überlege, nicht abzuheben. Betrachte meine Finger, die Kuppen, deren Haut gequollen ist, und steige aus der Wanne. Die Katze sitzt nicht mehr auf dem Fensterbrett. Ich rubble mich trocken, bis mein Körper brennt. Wieder läutet das Telefon. Ich schlüpfe in meinen Bademantel und drücke die Annahmetaste.

Meine Kontaktdaten hätten sie in der Schublade von Manuels Schreibtisch gefunden. Neben dem Umschlag mit seinem Testament. Die Luft ist dünn, als das Wort fällt. Mir fällt das Atmen schwer. Langsam lasse ich mich auf den Rand der Wanne nieder.

Nach meiner Kündigung beschäftigte mich nichts als das Leben, das mich erwartete. Die Gedanken an Freiheit, an unendliche Wahlmöglichkeiten erleichterten mich. Die Wünsche meines Vaters, meines Chefs, kein Band mehr. Beim Gehen spürte ich nach dem Verlassen der Kanzlei den Asphalt unter meinen Sohlen nicht. Die Erdanziehungskraft galt nur für meine Mitmenschen. Ich schwebte in die Universitätsbuchhandlung, kaufte mir einen Studienführer und ein aktuelles Vorlesungsverzeichnis. Im Café Hummel bestellte ich mir heiße Schokolade mit einer Extraportion Schlagobers. Während ich den Kakao löffelte, die Süße jedes Schluckes auskostete, indem ich die Flüssigkeit so lange wie möglich in meiner Mundhöhle behielt, sie meine Geschmacksknospen umspülen ließ, blätterte ich in den Katalogen. Ich hörte keine der Unterhaltungen, die an den Nachbartischen stattfanden, erwiderte den Gruß eines ehemaligen Mandanten unserer Kanzlei nicht und ließ die Frage des Kellners nach meiner Befindlichkeit unbeantwortet. Ich sah keine Veranlassung, ihm zu berichten, dass ich mich seliger als ein in sein Lieblingsspiel vertieftes Kind fühlte.

Noch eine Woche später wärmte mich die Stimmung dieses Tages. Ich war immun gegen die Kälte des Winters, die bei mir noch kurz zuvor einen entzündeten Rachen und damit einhergehende Schwierigkeiten beim Atmen verursacht hatte. Ich genoss die Klarheit der Luft. Ihre Frische.

Unmöglich, dass diesem Anfang ein Ende folgen könnte.

Es sei ein Tauchunfall gewesen. Vermutlich Tiefenrausch. Ein Phänomen, das um dreißig Meter Tauchtiefe auftreten könne, je nach Gemütslage und körperlicher Fitness des Betroffenen schon früher. Ein rauschartiger Zustand, bei dem das Urteilsvermögen eingeschränkt sei. Oft würden die Taucher die Orientierung verlieren und sinken, statt zur Oberfläche zu steigen.

Während man auf mich einredet, die Details der Bergung der Leiche schildert, mir die weiteren Abläufe berichtet, sinke ich in mich zusammen. Die Wärme sickert aus mir. Wenn ich den Stöpsel ziehe, wird sie kreiselnd in den Abfluss gestrudelt. Ich sehe Maria, die sich Manuel entgegenstreckt. Hand in Hand entschwinden die beiden und lassen mich zurück.

Nach dem Telefonat bleibe ich bewegungslos am Wannenrand sitzen. Als ich meine Finger in das Badewasser tauche, spüre ich seine Temperatur nicht. Die Anzeige des Thermometers verschwimmt. Ich öffne das Fenster. Eisige trifft auf beheizte Luft und lässt sie flirren.

Ich stelle mir vor, mich flach auf den Boden der Wanne zu legen. Während ich ertrinke, friert das Wasser über mir zu einer gläsernen Decke.

Sie finden mich nach neun Tagen. Keiner der Sanitäter kann verstehen, dass eine solche Zeitspanne unbemerkter Abwesenheit bei einer jungen Frau möglich sein soll. Sie rätseln über meine Familie, Freunde, Arbeitskollegen. Als sie mich in ihrem Rettungswagen abtransportieren, treffe ich den Geist meines Vaters. Ich frage ihn, ob ich zu überheblich war. Er legt mir seine Hand auf die Schulter. Sie ist unerwartet schwer. Der Rettungsfahrer nimmt die nächste Kurve zu schnell. Die Insassen des Wagens schwanken. Die Hand meines Vaters rutscht von meiner Schulter und ich weiß, dass ich mich jetzt erheben muss.

7

DIESES Jahr verbringe ich Weihnachten mit meiner Familie. Als meine Mutter am dreiundzwanzigsten Dezember die Tür meines Elternhauses öffnet, grüßt sie mich nicht. Sie ruft in die Stube. Tanten, Onkel, Cousinen und Cousins kommen gelaufen. Ich werde gedrückt, geküsst und gehalten. Felicitas ist wieder da! Es macht mir nichts aus, dass sie mich bei meinem Namen nennen.

Mein Onkel legt seinen Arm um mich, führt mich in das Wohnzimmer, in dem alles so aussieht, wie ich es in Erinnerung behalten habe. Die Bauernmöbel, deren Fronten mit handgemalten Tulpen und Vergissmeinnicht verziert sind. Die schweren Teppiche und bodenlangen Vorhänge. Die Stubenfenster aus gelblichem Glas. Früher konnte ich die stickige Luft in den Räumen nicht ertragen. Hielt das Fenster meines Jugendzimmers tagsüber und während der Nacht geöffnet. Nur vor der Morgendämmerung schloss ich es für kurze Zeit.

Meine Cousinen wollen wissen, wie es sich auf Dauer in Wien lebt. Mein Cousin fragt nach meiner Arbeit. Meine Tante erkundigt sich nach meinem Gesundheitszustand. Ihr Gesicht besorgt. Ich winke lachend ab. Beteuere, dass es mir gut gehe. Meine Mutter schweigt. Wenn ich sie ansehe, ertappe ich sie, wie sie mich beobachtet. Nach dem wiederholten Treffen unserer Blicke gehe ich zu ihr. Umarme sie. Sie hält mich nicht fest. Ihre Berührung spüre ich kaum.

»Ich habe kein Geschenk für dich«, flüstert sie. Ihre Stimme zittert. Ich löse mich aus der Umarmung.

»Dann komm mit mir!«, sage ich eindringlich.

Wir fahren mit dem Auto meines Onkels zu zweit Richtung Bad Ischl. Meine Mutter sitzt stumm auf dem Beifahrersitz. Sie fragt nicht nach dem Ziel unseres Ausflugs.

Das kleine Museum für Luftfahrttechnik liegt am Ufer der Traun. Seine Pforten verschlossen. Auf dem Schild neben dem Eingang ist zu lesen, dass es Anfang April wieder öffnet. Meine Mutter weint. Ich mag ihre Tränen. Ich entschuldige mich für die Zurückweisungen der vergangenen Jahre. Sie schluchzt und lacht abwechselnd.

»Am ersten April«, sagt sie und sieht dabei in den Himmel.

Auf der Heimfahrt sprechen wir nichts. Es ist ein gutes Schweigen. Ich denke an Regine, die ich vor meiner Abreise am Bahnhof getroffen habe. Sie war auf dem Weg zu ihrem Bruder. Sie wollte das Weihnachtsfest mit ihm verbringen. An dem Tag, an dem sie von seiner neuen Freundin erfahren hat, hat sie mich angerufen. Sie würde mir verzeihen. Ich wollte etwas Unfreundliches antworten und habe geschwiegen.

Da wir beide vor der Abfahrt unserer Züge noch Zeit hatten, setzten wir uns in ein Kaffeehaus in der Mariahilfer Straße. Regine berichtete mir von dem Glück ihres Bruders und von meinem Nachfolger in der Kanzlei, den sie wegen seiner Überheblichkeit nicht ausstehen könne, der beim Arbeiten aber immerhin besser gelaunt sei als ich. Die Geschichte erheiterte mich. Vor allem hatte Regine nicht davon gesprochen, dass der neue Mitarbeiter zu einer ihrer Bekannten passen würde. Ich erzählte ihr von Manuels unerwartetem Tod.

»Ich werde mich um sein Baby kümmern«, sagte ich mit einem Augenzwinkern.

Regine schlug die Hände zusammen.

»Ich habe es gewusst«, triumphierte sie. Dann schien sie sich an den traurigen Inhalt unseres Gesprächs zu erinnern und zog ein ernstes Gesicht.

»Benötigst du Hilfe? In welchem Monat bist du?«

Ich runzelte die Stirn. Begann zu lachen, als mir dämmerte, wovon sie sprach.

»Ich bin nicht schwanger. Ich werde Manuels Sammlung fortsetzen. Er hat sie mir zum Verkaufen vermacht. Mit dem Geld sollte ich einen Leichenschmaus im Café Hummel spendieren.«

Ich erklärte Regine, dass ich den Leichenschmaus stattdessen selbst bezahlen würde. Ich lud sie dazu ein. Aus Zeitgründen hätte ich das Ehrenmahl nach den Weihnachtsferien organisiert. Regine versprach, ihren Bruder und seine Freundin mitzubringen.

Als ich mich entschieden habe, Manuels Traum am Leben zu erhalten, habe ich an einen Ausspruch von Maria gedacht: »Die Suche nach dem Lebensglück verläuft auf vielen Pfaden. Den einen gibt es nicht.«

Manuels Sammlung steht nun in meiner Wohnung. Weil ich nicht genügend Platz zur Verfügung habe, mussten die Regale weichen. Ich habe mir eine große Glasvitrine gekauft, in der ich einige Stücke präsentiere. Den Rest bewahre ich, in Zeitungspapier gewickelt und in Kisten verpackt, bis unter die Decke gestapelt in meinem Kellerabteil auf. Ich habe mir vorgenommen, die Gegenstände in der Vitrine jedes Jahr an Manuels Todestag auszutauschen und der Sammlung einen neuen hinzuzufügen.

Die Keramikkatze wartet auf meinem Nachtkästchen. Ich habe von einem Beziehungsmuseum gehört. Es soll sich in Polen befinden oder in Rumänien. In den Räumlichkeiten werden Objekte ausgestellt, die in einer Verbindung zweier Menschen eine besondere Bedeutung hatten.

Wenn ich herausfinde, wo das Museum liegt, bringe ich »unsere« Katze dort hin. Ein Gegenstand aus so vielen Tausend.